Infinite Dendrogram
インフィニット・デンドログラム
17.白猫クレイドル
海道 左近
イラスト タイキ

「最推しと、斬って斬られて、殺して殺されて、愛して愛されて……」
もはや、彼女は修羅。天地に巣くう修羅の一匹。

「存分に、殺し愛たぁぁぁあい！」
重兵衛……天地決闘四位【阿修羅王】が殺意と好意の牙を剥く。

Character

レイ

レイ・スターリング／椋鳥玲二（むくどり・れいじ）

〈Infinite Dendrogram〉内で様々な事件に遭遇する青年。
大学一年生。基本的には温厚だが、譲れないモノの為には
何度でも立ち上がる強い意志を持つ。

ネメシス

ネメシス

レイのエンブリオとして顕在した少女。
武器形態に変化することができ、大剣・斧槍・盾・風車・鏡・双剣に
変化する。少々食い意地が張っている。

ジュリエット

ジュリエット／黒崎樹里

王国の決闘ランキング四位。

【堕天騎士】のジョブに就き、各種呪いを駆使して戦う。

難解な言葉遣いをするが、なぜかレイには通じているもよう。

チェルシー

チェルシー

王国の決闘ランキング八位。ジュリエットの親友。男運が致命的に無い。

グランバロア出身の【大海賊】。

マックス

グレート・ジェノサイド・マックス

王国の決闘ランカー。ジュリエットに挑み敗れたことでファンシーな服を着せられている。

王国に来る前は天地に所属していた〈マスター〉。

曼殊沙華 死音

まんじゅしゃげ しおん

王国の決闘・討伐・クランランキング全ての十三位。不吉なものを好み、別名“不幸収集者”。

自称ジュリエットのライバル。

〈Infinite Dendrogram〉
-インフィニット・デンドログラム-
17.白猫クレイドル

海道左近

HJ文庫
962

口絵・本文イラスト　タイキ

Contents

プロローグ　波打ち際の……

□二〇四五年三月某日《ぼうじつ》・〈Infinite Dendrogram〉某所《ぼうしょ》

静かな、夜の浜辺《はまべ》だった。

リアルの海岸と違《ちが》いゴミ一つなく、月に照らされた砂浜《すなはま》に夜の色をそのまま映したかのような波が寄せては返している。

砂浜を少し離《はな》れれば木石が除かれた土の海道があり、道の両側には松に似た樹木が植えられている。海と合わせて見れば、それだけで浮世絵《うきよえ》のような絶景になるだろう。

ただ、そんな絶景の中にポツンと……不純物のように人間が一人座《すわ》り込《こ》んでいる。

何かに驚《おどろ》いたのか尻《しり》もちをついて、けれど視線の先には砂浜と海以外には何も無い。

否、砂浜に……窪《くぼ》みがあった。

少しずつ波が入り込んで均《なら》されていく窪みは大きく、そして二つあった。

まるで、寸前まで巨大《きょだい》な何かが二本足で立っていたかのように。

「……どうしよう」

静かな風景に、人の声が交ざる。

声は座り込んだ人物のものであり、その声音《こわね》には……何かを『しでかしてしまった』かのような焦《あせ》りと動揺《どうよう》が多分に含《ふく》まれていた。

けれど、『どうすればいいか』を教えてくれる存在はどこにもおらず、その人物は混乱の末にその場から立ち去ってしまった。

後には浜辺の絶景だけが残る。

そして翌朝、この浜辺に『何もない』ことがこの地を……この国を大きく騒《さわ》がせた。

第一話 イベントへの招待

□【斥候《スカウト》】レイ・スターリング

〈Infinite Dendrogram〉はＶＲＭＭＯであり、大別すればアクションＲＰＧである。

冒険者《ぼうけんしゃ》ギルドでクエストを受けてモンスターを討伐《とうばつ》したり、荷物を運んだり、あるいは生産活動に従事したり……というのが主流の活動らしい。

なぜ主流の活動を『らしい』などと他人事のように述べるのかと言えば、俺《おれ》の活動が主流から外れているからだ。

人捜《ひとさが》しで全くレベル帯の違うダンジョンに飛び込み、初心者らしくレベル上げしていればＰＫにデスペナされ、荷物運びのクエストを受ければ〈ＵＢＭ〉と遭遇《そうぐう》し、偶然《ぐうぜん》から王国でも最悪の山賊《さんぞく》団やその成れの果ての〈ＵＢＭ〉と戦い、〈超級《スペリオル》〉のテロに巻き込まれた上に名指しでターゲティングされ、比較的《ひかくてき》平和な時間を過ごしたかと思えば〈超級〉に拉致《らち》され、父を捜《さが》す子供を送り届けたら封印《ふういん》から目覚めた〈ＵＢＭ〉と空中戦になり、ジヨブチェンジに赴《おもむ》けば〈超級〉や古代兵器と連戦になり、ホームタウンのお祭りでは人の恋路《こいじ》で事件を画策した王国最強の準〈超級〉と戦いになり、戦争を止める講和会議の護衛につけば皇国の罠《わな》で最強の〈マスター〉と戦う羽目になった。

……流石《さすが》に俺でもこれが主流でも普通《ふつう》でもないことは分かる。

「だからまぁ、今は……平和だな」

『いや、この光景でその感想はどうなのかのぅ？』

そして現在、俺の眼前では大量の木製ゴーレムが燃えていた。

火元は俺の左手の【瘴焔手甲《てっこう》】……《煉獄火炎《れんごくかえん》》だ。

木々の並ぶ山の中、木製ゴーレム相手に火炎放射を続ける男。

傍《はた》から見れば、俺は放火魔《ほうかま》にしか見えないのではなかろうか。

……ちょっとこうなった経緯《けいい》を振《ふ》り返ろう。

◇

波乱の講和会議からリアルでもデンドロでも数日が過ぎた四月十八日、火曜日。

大学から帰宅した俺は、いつも通りデンドロにログイン。

デンドロ内では諸々《もろもろ》の事情で、ホームであるギデオンに帰らずに王都に留《とど》まっている。

壊《こわ》れた装備を新調するために店を回り、消耗《しょうもう》したアイテムの類も買い足していた。

何より〈エンブリオ〉というオンリーワンがあってもレベル制のシステムである以上、今より強くなるためにはレベルアップが必要だった。

「我らはまだ実力不足だからのぅ」

「ああ。それを実感させられたばかりだ」

〝最強〟と呼ばれる〈マスター〉の一人、〝物理最強〟の【獣王《キング・オブ・ビースト》】との激戦はクラン全員で力を合わせてもギリギリで勝利には届かなかった。

扶桑先輩《ふそうせんぱい》の交渉《こうしょう》がなければ、アズライトの身も危《あや》うかったと聞いている。

「あのとき、俺達《たち》にもう一押《ひとお》しの力があれば、今とは違う可能性を掴《つか》めたかもしれない。だから今は、レベルアップだ。次の機会こそ掴み取るためにな」

「うむ！」

そうして決意を新たにし、まずはレベル上げの途中《とちゅう》だった【斥候】に転職した。

それから、どうせレベル上げするならばと、冒険者ギルドで討伐のクエストを受けることにした。クランの仲間達《たち》とは時間や活動地域の都合が合わなかったが、ソロや臨時パーティで受ければいいと考えた。


ギルドに向かうと、折よく丁度いいクエストがギルドに入っていた。

大量に発生したモンスターを駆除《くじょ》するための大人数クエスト。

受注した者が同じエリアに向かい、個別に特定モンスターを倒《たお》していくというものだ。

場所は王都とギデオンの中間、今はもう懐《なつ》かしい〈サウダ山道〉。

対象はボスモンスター【アフォレスト・キング・ゴーレム】と近縁種《きんえんしゅ》【プランティング・ゴーレム】。

【アフォレスト】は〈UBM〉ではないが、【ゴブリン・キング】や【キング・バジリスク】と同じ枠《わく》の危険生物として常に駆除対象にされている。

自然豊かな地域に分体である【プランティング・ゴーレム】を勝手に植林し、土地の栄養を吸い上げて数を増やしていく厄介者《やっかいもの》だそうだ。

本来、この厄介者達は〈サウダ山道〉には生息していない。

しかし、最近は王国の各地で【モノクローム】のように休眠《きゅうみん》状態の〈UBM〉が活発化するケースが増え、他のモンスターの生息域も大きく変化しているらしい。

例の白衣のモンスターテロの後にギデオン周辺の生息図が変わった事例と似ているが、今回はより深刻だ。

元々そこにいるはずのないレベル帯のボスモンスターやその近縁種が、王都とギデオンの大動脈に居座《いすわ》ってしまっているのだから。

商人達の流通が阻害《そがい》されれば、今の王国にとってはダメージが大きい。

問題を解決すべく、王都とギデオン合同で大規模な討伐クエストが発注された。

◇

という訳で、俺達は大量発生した【プランティング・ゴーレム】の駆除中である。

「……生木ってあんまり燃えないはずなんだけどな」

『これ、山火事にならぬかのぅ……』

ゴーレムはモンスターなので倒せば消えるのだが、ドロップ品も木材なのでそっちに燃え移ってしまっている。

兄のようにエリアを全焼《ぜんしょう》させたくはないのだが……。

「なぁ、これ本当に大丈夫《だいじょうぶ》か？」

「ダイジョーブ！　あたしがちゃんと消火するからさ！」

俺が勢いよく燃える燃料（元ゴーレム素材）に不安がっていると、横から大量の水の塊《かたまり》が叩《たた》きつけられた。

火は水に押《お》しつぶされ、山の木々に燃え移る前に消し止められた。

「ね♪」

そう言って俺に親指を立てているのは、海賊帽子《かいぞくぼうし》を被《かぶ》った童顔の女性。

アルター王国の決闘《けっとう》ランキング八位、チェルシーである。

今回、俺と同じ討伐クエストを受けている模擬《もぎ》戦仲間である。

「こいつらって、切って砕《くだ》くだけじゃ木片《もくへん》からまた生えてくるんだよね」

厄介《やっかい》な性質だ。そんなものが増殖《ぞうしょく》していれば駆除対象にもなるだろう。

放っておけば、近隣《きんりん》の町や村が大きな被害《ひがい》を受ける。

「あたしとは相性《あいしょう》悪くってさ。火炎放射持ちのレイがいて助かったよ」

「助かった、はこっちの台詞《せりふ》だよ」

臨時でパーティを組んだが、これはお互《たが》いにとって良かった。

俺も俺で、大剣《たいけん》やネメシスのスキルで戦うのは効率が悪かっただろう。

消火してくれるチェルシーがいるから《煉獄火炎》を使えているのだ。

「さて、ジュリ達はそろそろ見つけたかな？」

チェルシーはそう言って、【テレパシーカフス】で連絡《れんらく》を取り始める。

俺はこのエリアでたまたま遭遇したチェルシーのパーティに入れてもらった。

そのパーティ用のウィンドウには、チェルシーの友人である決闘ランカーのジュリエットとマックスの名前や簡易ステータスも表示されている。

しかし、この場にいるのは俺とチェルシーだけ。翼《つばさ》のあるジュリエットとガーディアンに騎乗《きじょう》するマックスは、機動力を活《い》かして大本である【アフォレスト】を捜している。

植林し続ける【アフォレスト】を倒さない限り、このクエストにゴールはない。

だが、決闘四位〝黒鴉《くろがらす》〟として名を馳《は》せるジュリエット達ならば……。

「レイ！　見つけたって！　ここから東の尾根《おね》一つ越《こ》えたところ！」

「分かった！　シルバーに乗ってくれ！　俺達も空から向かおう！」

案の定、大本を見つけ出してくれた。

そして俺達を乗せたシルバーが指定の場所に到着《とうちゃく》すると……。

『ＵＵＲＡＡＡＡａａａ……』

背中から百本近い樹木を生やした、土と根でできた巨大なゴーレムが立っていた。

「…………でかいな」

流石ボスモンスターと言うべきか。講和会議で兄が戦ったレヴィアタンほどじゃないが、六〇メテルは優に超《こ》えている。こっちはこっちで怪獣《かいじゅう》サイズだ。

だが、こんなサイズならジュリエットが見つけるより先に、誰《だれ》かに見つかっていてもおかしくないが……。

「ジュリ⁉　こんなのどこに隠《かく》れてたの⁉」

チェルシーが、【アフォレスト】の周囲を飛び回るジュリエットに呼び掛《か》けた。

ジュリエットは闇《やみ》属性魔《ま》法《ほう》を【アフォレスト】に放ちながら、問いに答える。

「蠢《うごめ》く森林。天空の心眼」

なるほど。『地面に潜《もぐ》り、林に擬《ぎ》態《たい》して、地形ごと動いていた。空からは動いてるのが見えたけど、地上からじゃ見つけにくかったはずだよ』、か。

『……いや、翻訳《ほんやく》が長文すぎぬか？』

「兎《と》に角《かく》、こいつが大本だ！　とっとと伐採《ばっさい》しちまうぞ！」

ネメシスが何か言っていたが、この場にいるもう一人の決闘ランカー……背中に無数の剣《けん》を生やした熊型のガーディアンに乗ったマックスの声に遮《さえぎ》られる。

「《狂刃《イ》よ、血《タ》を啜《ム》れ》《ペ》！」

マックスの必殺スキル宣言と共に、イペタムの背から剣が射出される。

それらは【アフォレスト】を取り囲むように空中に展開され、そして一斉《いっせい》に【アフォレスト】に向けて飛翔《ひしょう》した。

数十の刃《やいば》はいずれも【アフォレスト】の身体に突《つ》き刺《さ》さったが……。

「～～！　効果が薄《うす》い！」

マックス自身が言うように、巨大な樹木と土の塊である【アフォレスト】は剣が突き刺さっても効いている様子がない。

「だったらオレが直接……！」

マックスは接近し、アズライトも使っていた【剣聖《ソードマスター》】のスキルである《レーザーブレード》で切り掛かるが、人間サイズであるためにダメージは限られている。

「くっそ！」

「慌《あわ》てない！　対人戦と対モンスター戦、マックスちゃんが得意なのは前者だからね！」

「分かって……ちゃん付けすんな！」

なお、マックスは口調こそ少年のようだが装備はフリフリしたドレスだ。

とても似合っているが……以前そう言ったらなぜか怒《おこ》られた。

「っと！」

頭上に影《かげ》が掛かったのを察し、咄嗟《とっさ》にシルバーを走らせて退避《たいひ》する。

直後、ビルのような巨大な足が寸前まで俺達がいた場所を踏《ふ》み潰《つぶ》した。

「やられっぱなしじゃ……ないよな！」

目の前の壁《かべ》の如き足に【瘴焔手甲】を向け、《煉獄火炎》を放射する。

超高熱《ちょうこうねつ》の炎《ほのお》が、植林されたゴーレムと同様に【アフォレスト】を燃やさんとする。


『——《High Fire Resist》』

——が、【アフォレスト】の纏《まと》った光の膜《まく》がその威力を大幅《おおはば》に弱めた。


「これ、先輩《せんぱい》も使ってた奴《やつ》か……！」

ビースリー先輩が【モノクローム】戦で使った、熱と延焼《えんしょう》を抑《おさ》え込む防御《ぼうぎょ》スキルだ。

「あっ、そっか！　レイ！　普通の上級ボスって〈UBM〉とは違うんだよ！」

チェルシーは俺に忠告するように、そう叫《さけ》んだ。

普通の上級ボス……言われてみれば、そんな相手と遭遇するのはこれが初めてだ。

大体いつも、格上の〈マスター〉か〈UBM〉と戦ってばかりだったから……。

「〈UBM〉みたいなオンリーワンのトンデモ技は少ないけど、代わりに汎用《はんよう》スキルを複数使ってくるから！　フィガロは『下手な〈UBM〉より強いのも多い』って言ってたよ！」

「オレ達は『下手な〈UBM〉』なんて見たことないけどな！」

ともあれ、理解した。こいつはこの巨体《きょたい》に見合うステータスだけでなく、弱点の火すらも克服《こくふく》する防御スキルまで持ち合わせている。

見れば、イペタムの刃がつけた傷も徐々《じょじょ》に塞《ふさ》がっている。《自動修復》持ちだ。

「……特別《ユニーク》でないからといって、弱い訳じゃないか」

直近の相手である【獣王】と比べれば天と地の差かもしれないが、俺と比べればまだ格上。

この場の四人で力を合わせて、勝利を掴み取らねばならない。

「遥《はる》かなる壁なれど、英雄《えいゆう》は集結せり」

『すごく大きくて強そうなボスモンスターだけど、みんなで力を合わせて頑張《がんば》ろう！』

……ジュリエットも俺と同じ気持ちか。

「ああ！　やるぞ！」

そして俺達はボスモンスター、【アフォレスト・キング・ゴーレム】に戦いを挑《いど》んだ。

◇

「勝っ……た」

『想定よりも、激しい戦いだったのぅ……』

凄《すさ》まじい戦いだった。

一時間近い激戦。俺とネメシスも《カウンター・アブソープション》のストックを使い切り、【紫怨走甲《しえんそうこう》】に溜《た》まっていた怨念《おんねん》もほぼ使い切ってしまった。

途中から背中の樹木を《甲殻剥離《パージ》・樹霊《トレント》》で分離《ぶんり》して強固なゴーレム軍団を作り、《ジオ・ドレイン》で土地を枯《か》らして急速回復し、更《さら》には日光を吸収して《グリント・パイル》……上級職の奥義《おうぎ》まで撃《う》ってきた。

『我らが戦ったときの【ガルドランダ】や【ゴゥズメイズ】より強かったのではないか？』

「……まぁ、あいつらは成長前に倒したようなものだしな」

【ゴゥズメイズ】は誕生直後で怨念がガス欠寸前だった。それに召喚《しょうかん》スキルで呼べる今のガルドランダは、時間制限さえなければこのボスよりも強いだろう。

ともあれ【アフォレスト・キング・ゴーレム】は十二分に強く、フィガロさんの言葉は正しかったと言える。

最終的にはチェルシーが《金牛大海嘯《ポセイドン》》を降らせて動きを封《ふう》じ、ジュリエットが《死喰鳥《フレーズヴェルグ》》を放って強固な胸部を砕き、イペタムに乗って駆《か》け上がったマックスが胸郭《きょうかく》を切り裂《さ》き、俺がコアに《復讐するは我にあり《ヴェンジェンス・イズ・マイン》》を叩きつけて撃破《げきは》したが……本当に強敵だった。

しかし、普通の上級ボスの強さがこれほどのものだとすれば、あんなものが無数にいるデンドロの自然界は怖《こわ》すぎやしないだろうか。

「残ったゴーレムの討伐は……」

「そっちは他の参加者に任せなよ。こっちが大物とその分の報酬《ほうしゅう》を持っていっちゃったしね。それでさレイ、そろそろドロップアイテム開けるよ？」

「ああ。……開ける？」

疑問に思ってチェルシーの方を見ると、そこには宝箱があった。

「【植樹王の宝櫃《ほうひつ》】？」

あ、そうか。ボスモンスターって倒すとこういう形でドロップするんだっけ。

これまで、普通のボスモンスターと戦った回数が少ないので忘れていた。

で、今回の宝箱だが、これまで出てきた箱よりもかなり大きい。

「激戦ののち、救いの雫《しずく》（強かったし、この箱ならドロップに期待できるね！）」

「事前に〈編纂《へんさん》部〉のサイトで調べた感じ、この宝箱の中身は換金《かんきん》アイテムとか杖《つえ》、あとは盾《たて》みたいだね。どっちも木製」

「……木製の盾って燃えるんじゃねーか？」

ジュリエット達は宝箱を囲んで盛り上がっている。

「討伐報酬《とうばつほうしゅう》自体はギルドから歩合《ぶあい》でもらえるけど、これはボーナスみたいなものだからね。でも、杖も盾もこの場の誰もメイン装備にしてないから……売却《ばいきゃく》して均等分配かな。レイもそれでいい？」

「ああ。問題ないよ」

チェルシーは元々中位クランのオーナーだったため、手際《てぎわ》よく段取りしていた。

俺も最近二位クランのオーナーになった。彼女《かのじょ》から見習うことも多い。

〈デス・ピリオド〉で受けたクエストはまだ講和会議の一回だけだし、今後少しずつクランでの活動も増やしていきたいな。

「よーし、開けるよー！」

目を期待でキラキラさせたチェルシーが、勢いよく宝箱の蓋《ふた》を開ける。

大きな箱の底には……四枚の紙切れだけが入っている。

「……ほえ？」

想定外のアイテムだったためか、チェルシーは硬直《こうちょく》していた。

それは俺達も同じで、みんながみんな「なにこれ？」という顔をしている。

「ん、これ……名前が書いてあるな」

四枚のチケットはいずれも同じものだが、四枚それぞれに違う名前が書いてある。

よく見ようと手を伸《の》ばしたが、俺が触《ふ》れたのは四枚の内の一枚。

俺の名前が書かれたチケットだけだった。

【〈アニバーサリー〉参加権】：
運営主催《しゅさい》の特別イベント、〈アニバーサリー〉への参加権。
この参加権を所有している者がログインしていた場合、四月二〇日の午前〇時（日本時間）に専用のイベントエリアへと転送される。
この参加権は『レイ・スターリング』のみ使用可能。

「特別イベント……〈アニバーサリー〉？」

記念日《アニバーサリー》というには微妙《びみょう》な時期だと思うが、これは……。

「あー！　そうか、これ！　参加権方式イベントの……やった！」

　硬直していたチェルシーが復活し、目をさっき以上に輝《かがや》かせて飛び跳《は》ねる。

「参加権方式？」

「運命に選ばれし者の宴。試練と探求の果てに至る祭典（ボスモンスターやダンジョンの宝箱からランダムで参加チケットが配られるイベント。すごくレアで、珍《めずら》しいんだよ）」

「へぇ。今回がそのレアドロップになったのか」

『運が良いことだのぅ。……いやまぁ、ジュリエットが何言っておるか分からぬが』

　しかし、運営主催のイベントか。

〈超級激突《ちょうきゅうげきとつ》〉や〈風星祭〉、〈愛闘祭〉、それに今週末の〈トーナメント〉はティアン主催のイベントだし、こういうのは初めてだ」

「運営イベントは特別なイベントモンスターが出現する季節物が多いけどね。この参加権方式は狭《せま》き門だけど、その分だけ報酬もいいらしいよ」

　なるほど。それで目を輝かせていたのか。

「宴までの猶予《ゆうよ》は短い。英傑《えいけつ》は揃《そろ》う運命か？（開催日《かいさいび》近いけど……みんな参加できそう？）」

「ああ。まぁ、大丈夫かな」

　夜中にスタートだから、翌日に影響《えいきょう》は出るかもしれないけど。

「あたしももちろんオッケー！　みんなでイベント参加！　パーティ式なら手を組んで、対抗《たいこう》式のバトルロイヤルだったら遠慮《えんりょ》無用でバトるよ！」

「へっ、面白《おもしろ》え！」

チェルシーはとても楽しそうで、マックスも乗り気だ。

「……良かった」

ふと、横を見ると……ジュリエットが何か安堵《あんど》したような顔で、小さくそう呟《つぶや》いていた。

「どうかしたのか？」

「ひゃ」

疑問に思い、小声で尋《たず》ねる。

彼女は少し驚いた表情で、少し口ごもってから話し始める。

「あの、チェルシーが元気そうだから、嬉《うれ》しくて。……最近、色々あったし」

「……あぁ」

たしかに。最近のチェルシーは不幸続きだった。

クランはオーナーである彼女とは無関係なところで痴情《ちじょう》の縺《もつ》れ（引き鉄《がね》：【光王《エフ》】）で崩壊《ほうかい》し、気を取り直して受けた護衛クエストでは【兎神《クロノ・クラウン》】にＰＫされた。

泣きっ面《つら》に蜂《はち》とはこのことだ。

しかし、今は参加権方式イベントに当選し、そのラッキーに喜んでいる。

それは親友であるジュリエットからすれば「良かった」と言いたくもなるだろう。

「イベント、面白いと良いな」

「うん、……楽しみ、だね」

「……？」

まだ少し、ジュリエットの様子が気に掛かった。

チェルシーを心配していたときとも、また少し違う雰囲気《ふんいき》だ。

「ジュリエット。まだ何か心配事があるのか？　俺でよければ聞くけど」

「ふぇ!?　な、ないよ！　心配、なんて……。んぅ……」

ジュリエットは慌てた様子で俺の問いかけに否定を返すが、次第《しだい》に表情が悩《なや》むようなものに変わっていく。

それから、何かを決心したように俺を見た。

「……あ、あのね。レイ。レイって……大学生なんだよね？」

予想外の質問が飛んできた。

「ああ。今年からな」

「……受験勉強って大変だった？」

なぜそんなことを気にするのだろうかと思いつつも、彼女の問いに答える。

「そうだな……。まぁ、大変といえば大変だったよ。高校二年の夏から娯楽《ごらく》を断ってずっと勉強してたから。その間、ずっと兄貴がデンドロに誘《さそ》ってきても始められなかったし」

「……………そう、なんだ」

なぜか俺の言葉を聞いたジュリエットの表情が曇《くも》る。

彼女の心配事を聞くはずが、何か不安になるようなことを言ってしまったのだろうか。

「ジュリエット？」

「大《だい》、丈夫《じょうぶ》。うん、大丈夫だから」

それ以上、彼女からは何も聞けず……その日は解散してログアウトとなった。

◇◇◇

□椋鳥玲二《むくどりれいじ》

明けて、四月十九日の昼。

俺は大学の食堂でサンドイッチを片手に携帯端末《けいたいたんまつ》の画面を眺《なが》めていた。画面が表示しているのは〈編纂部〉のサイトで、内容は俺が今夜参加することになる参加権方式イベントについての情報だ。

これまでにも何度か開催《かいさい》されているイベントだが、内容はその都度異なる。

共通点はイベント開催日より前にボスモンスターのレアドロップや〈神造ダンジョン〉の宝箱にチケットが加わることと、ティアンがいないこと。

参加者は絶海の孤島《ことう》やダンジョンなどの特殊《とくしゅ》エリアに転送され、そこで〈マスター〉のみ、あるいは〈マスター〉とモンスターのみでイベントを行うことになるらしい。

ティアンがいない……ティアンの生死が関わらないというのはありがたい。

……ミリアーヌの件からこれまで、そういう事態にばかり直面していた。

幸い、王国と皇国の問題も講和会議の後で一種の凪《なぎ》になっている。皇国で最も警戒《けいかい》すべき【獣王】も扶桑先輩のお陰《かげ》で動けない。

平和な時期なので、偶《たま》にはゲームイベントに参加するのも良いだろう。

今回は気楽に、……本当に気楽にイベントとして楽しむことができるはずだ。

「玲《れい》っち、なに見てんのー？　エロサイト？」

「……夏目、第一候補がそれか？」

端末《たんまつ》を見ながら普通のゲームイベントに参加できる喜びを噛《か》みしめていると、級友の夏《なつ》目高音《めソプラノ》が風評被害スレスレの質問をしてきた。

「なんか玲っちなのにリラックスした顔してるからさー。大丈夫？　あやとりする？」

夏目はそう言い、ささっと両手の中にあやとりの蝶《ちょう》を作って俺に向ける。

「しない。というか、何で俺がリラックスしてるのがおかしいみたいな口調なんだ」

あやとり自体はいつものことだが……。

「だって玲っちっていっつも悩んだ顔してるし？　トラブルと悩み事《ごと》がセットじゃん」

「…………」

否定しづらい。

「……今見ていたのはデンドロのＷｉｋｉだよ。ほら」

そう言って潔白を証明するべく、見ていたページをそのまま夏目に見せた。

「ほーほー、むん？」

夏目はワンポイントのペイントを施《ほどこ》した頬《ほお》に手を当てながら、コテンと首を傾《かし》げる。

「参加権方式イベント？」

「デンドロでチケットを入手したから、事前にどんなものか下調べしてたんだよ」

「マジで？　玲っちも？」

「も？」

夏目はあやとり紐《ひも》を片付けて携帯端末を取り出し、写真を俺に見せる。

それはCG視点のデンドロのスクリーンショットのようだったが……。

「……チケット?」

画面に映っていたのは、俺が手に入れたものとそっくりなチケットだった。

名前の部分にはプライバシー対策なのかぼかしが入っているが、間違《まち》いない。

「そうそう! アタシもチケットゲットで今夜はイベントフィーバーなのさ!」

「へぇ。じゃあイベントで会えるかもな」

俺は王国、夏目は天地が所属国家だ。

大陸を挟《はさ》んで東と西。ファストトラベルのないデンドロでは普段《ふだん》ならば会えない距離《きょり》だが、イベントエリアに転送される仕様ならば今夜はそれが叶《かな》うかもしれない。

「わぁ、玲《レイ》っち《っち》のアバターって有名人じゃーん。あっちで会ったらツーショットスクショプリーズ! ていうか一緒《いっしょ》にイベント攻略《こうりゃく》しよー!」

「ああ、いいよ。イベント攻略が協力型だったらだけどな」

ちょっと恥《は》ずかしいが、滅多《めった》にない級友と遊ぶ機会だからいいか。

ジュリエット達と夏目を加えても五人で一パーティの範囲内《はんいない》だろうし。

「いえーい♪ 今夜はマジで楽しみだー♪」

夏目は本当に楽しそうな顔だ。……なぜか両手は高速であやとりをしているが。

「どうしたんだい二人とも？」

「ああ、冬樹《ふゆき》。実は……」

「玲っちと今夜ご一緒するの♪」

「え⁉　いつのまにそんな関係に⁉」

「違わないけど違う⁉」

級友の誤解を解いている内に、俺の昼休みは終わった。

……あ、夏目のアバターの名前を聞きそびれた。

幕間　外側と内側の一幕

□リアル・黒崎《くろさき》家

四月十八日の夕方、ジュリエットのリアルである黒崎樹里《じゅり》は、友人であるチェルシーやマックスとのクエストを楽しみに帰宅した。

「♪～」

王国の決闘四位〝黒鴉〟として名を馳せる彼女もリアルでは普通の……少し引《ひ》っ込《こ》み思《じ》案《あん》で我を出しづらい中学二年生である。

しかし、ジュリエットというアバターを得る〈Infinite Dendrogram〉では、思う存分に自らのファッションと世界観で振る舞《ま》うことができた。

そんな世界で得た無二の友人達との決闘や冒険《ぼうけん》は何よりも楽しい。

「ただいまー♪」

「おかえりなさい」

そうして母に帰宅の挨拶《あいさつ》をして上機嫌《じょうきげん》なまま自室に向かおうとしたとき。

「ねぇ樹里ちゃん。家庭教師の先生のことなのだけど」

「…………え？」

「明後日から来てもらうことになったわ。T大に現役《げんえき》合格した優秀《ゆうしゅう》な先生なんですって」

母の言葉を聞いて、樹里の心臓はドキリと跳ね上がった。


そして丸一日が経過し、中学校から帰宅した四月十九日……ジュリエットのテンションは昨日とは打って変わって低かった。

その理由は昨日に母と、そしてレイから聞いた言葉だ。

「はぁ……」

自室のベッドで俯《うつぶ》せになりながら、ジュリエットは溜息《ためいき》を吐《つ》いた。

中学二年からは家庭教師をつける、とは以前から母に言われていたことだ。

何とか引き延ばして春休みの間は回避《かいひ》したが、もう四月の半ばも過ぎて限界がきた。

樹里の成績は可もなく不可もなくだが、高校受験を考えれば今から学力を上げておいて損はない。それは樹里も分かっている。

受け入れられないのは、家庭教師の授業を受けることが友達と過ごす楽しい時間が削《けず》れることに他ならないからだ。

〈Infinite Dendrogram〉は三倍時間。

つまり、リアルで授業を受けた時間の三倍、友人達との時間が削れていく。

それが一週間や一日の僅《わず》かな時間ならばまだいい。

もしも、厳しい先生にみっちりと授業や課題を押し込まれたら。

もしも、遊ぶことそのものに制限をつけられて、母も同意してしまったら。

それこそ……レイのように受験までずっと〈Infinite Dendrogram〉ができなかったら。

もしかすると、今日のイベントがみんなと一緒に遊べる最後の機会かもしれない。

「うう……」

枕《まくら》に顔を突っ伏《ぶ》していると、ネガティブな考えが次々と浮《う》かんでくる。

「むん！」

しかし奮起して、ベッドから起き上がる。

家庭教師のことはもう樹里にはどうしようもない。明日どうなるかも分からない。

だから、何が起きてもいいように……覚悟《かくご》を決める。

悔《く》いなく、全力で、友人達とのイベントに臨《のぞ》もうと考えた。

◇◇◇

□リアル・ニューヨーク某所《ぼうしょ》

米国東海岸の深夜、チェルシーは眠《ねむ》らずに夜を過ごしていた。

何となく眠れず、ブランデーを舐《な》めながら〈Infinite Dendrogram〉からアウトプットした写真の整理をしている。

中にはもちろん、既《すで》に解散してしまった彼女のクランの写真もあった。

「…………はぁ」

まさかグランバロアにいた頃《ころ》から続いていたクランが、二十股《また》（チェルシーは蚊帳の外）で崩壊するとは思わなかった。

「グランバロアに残らず、あたしについて来てくれた子達《たち》だったんだけどね……」

クランの全盛期《ぜんせいき》の写真を眺めながら、そんな言葉を漏《も》らす。

写真の頃の〈黄金海賊《かいぞく》団〉は解散前の倍以上の人数がいて、クラン内外問わず他の〈マスター〉との交流も盛《さか》んだった。包帯を全身に巻いたミイラのような少女との写真もある。

「あたしもレオン……エルドリッジのことは言えないなぁ」

自分同様にクランが崩壊した友人の名を呟きながら、写真を整理する。

古い写真から順に整理して、次第に王国での写真が増えていく。

(王国に来た頃は、ルールの違《ちが》いに慣れるまで時間が掛かったっけ)

グランバロアと他の国では決闘の在り方が違う。

王国などの決闘は個人戦だが、グランバロアの決闘は船を運用する集団戦だ。

勝敗を決める要因も異なるため、移《い》籍《せき》当初は結果を出すのに苦労した。

それでもジュリエットというライバルにして友人を得て、楽しくやっていた。

「…………あ」

先日ギデオンで開催された〈ウォーターサバイバル〉で優勝したときに友人四人で撮《と》った写真を、チェルシーは眺める。

(そういえば……まだ見せたことなかったな)

グランバロアの頃と、王国に来てからのチェルシーのバトルスタイルは異なる。

そして未《いま》だ超級職《スペリオル・ジョブ》を獲得《かくとく》していないチェルシーの全盛期は、前者なのだ。

「…………」

今、写真を通して過去を振《ふ》り返ったチェルシーの心は、とある好奇《こうき》心《しん》を強めていた。

全盛期の自分のバトルスタイルで親友と戦えばどうなるか、と。

(今日のイベントで、もしもそれをする理由と機会があれば……)

あるいは一つの区切りとして、それを試《ため》すのもいいと……チェルシーは考えた。

「さってと、写真の整理も終わったし、ひと眠りしよっかな」

イベントの開催は東海岸の時刻で四月十九日の午前十一時。

少しは眠っておいた方が良いだろう。

チェルシーの端末には彼女が整理した幾《いく》つもの写真が収まっている。

その中の一枚は、彼女が所有する海賊船《かいぞくせん》が戦場となった海原《うなばら》に浮かぶ遠景写真。

一隻《せき》の海賊船と、海に浮かんだ幾つもの木屑《きくず》。

――百隻を超える船の残骸《ざんがい》の中を、悠々《ゆうゆう》と進む海賊船。

それはグランバロアで開催されたとあるバトルロイヤルイベントの結果。

かつて、今とは違う二つ名で呼ばれていたチェルシーが為《な》した所業だった。

◇◆◇

□■管理AI十三号作業領域

「イ〜ベント〜♪　イ〜ベント〜♪」

「じゅ〜んび〜いそがしイ〜ベント〜♪」

「だ〜けどがんばるぼくたちだ〜♪」

無数のスクリーンが浮かぶ空間の中で、服を着た何匹《なんびき》もの猫《ねこ》……管理AI十三号チェシャが歌いながら作業を進めていた。

チェシャの分身はスクリーンの中にもおり、どこかの風景を映し出したスクリーンの中で何事かが書かれた石板を埋《う》めている。

どの猫も忙《いそが》しそうだが、しかし楽しそうでもある。

「精が出るな」

「わぁい。頑張ってるね〜チェシャ」

そんな猫だらけの空間に、猫以外の存在が入り込む。

双子《ふたご》の管理AI十一号、トゥイードルダムとトゥイードルディーである。

「うん。なにせ今回のイベントは僕《ぼく》の運営立案だからねー」

「雑用担当だからー。時々のイベント運営も仕事ー」

「頑張るよー」

分身して演算力をマルチタスクに振った結果か、若干《じやつかん》喋《しやべ》り方《かた》がゆるくなっている。

「ああ。今回の仕様は任せる。……だが」

「ちょっとイベントぬるくない～？　あと～職権濫用じゃない～？」

双子の指摘《してき》に、「ウッ」と呻《うめ》いたチェシャが一斉に止まる。

「だって楽しいイベントにしたいし……。ちゃんとアリスにも協力してもらったし……。

そ、それより、チケットの配布基準はいつも通り二人にお願いしてたけど……」

普段は雑用担当であるチェシャとは違い、双子はイベント担当の管理AIだ。

そして、こういう時の人選を任せるにもベストな人材である。

「ああ。今回もメインは第六形態の〈エンブリオ〉の〈マスター〉だ」

「イベントの主目的は～〈超級エンブリオ〉への進化だもんね～」

この〈Infinite Dendrogram〉を運営する管理AI達は、〈超級エンブリオ〉の数を増やすことを目的としている。

そのための手段は多岐《たき》にわたる。〈ＳＵＢＭ〉を筆頭とする〈ＵＢＭ〉の存在、トム・キャットやクロノ・クラウンという〈マスター〉と相対する強敵の配置。

そして、こうしたイベントも手段の一つだ。

「まぁ、そうなるよねー。でも、これまでも有力な第六形態……準〈超級〉を優先的に集めてこうしたイベントを行ってきたけどさ。進化したケースは少ないよー？」

「その通りだ」

「だからね～、今回はカンフル剤《ざい》……参加者の振れ幅《はば》を用意してあるの～」

チェシャの疑問に対し、トゥイードルダムはメガネを押《お》し上げ、トゥイードルディーは目を閉じてクルクル回りながら、……しかし共に不敵に笑っている。

「……それってレイ君とか？　まだ上級になったばかりだもんね」

最近リストに加わった見知った名前……本来の基準である第六形態には届かない参加者達の存在を思い浮かべる。

「あ、それとも……」

しかし同時にリスト上で『マル秘』と銘打《めいう》たれ、一応の主催者《しゅさいしゃ》でもあるチェシャにも秘密の参加者もいたことを思い出した。

「始まれば分かる」

「きっと面白いよ～♪」

「…………」

一見すると正反対なこの双子は、しかし一体の〈無限エンブリオ〉でもある。

そして、数ある管理AIの中でも指折りの、真面目に〈超級エンブリオ〉を揃えるという目的を達成しようとしている管理AIである。

だからこそ、このイベントに何を放《ほう》り込むつもりなのかと……チェシャは不安になったのだった。

（……なんか、〈愛闘祭〉を思い出すなぁ。まぁ、大丈夫《だいじょうぶ》だろうけど）

双子が手引きしたハンニャの暴走で、ギデオンは何度目かの崩壊の危機に陥《おちい》った。

しかし、今回のイベントではティアンに被害《ひがい》が出る危険はない。

なぜなら、舞台《ぶたい》はイベント用に調整した特別エリア。

絶海の孤島で行われる……〈マスター〉達のバトルロイヤルなのだから。

第二話 ルール説明

□【聖騎士《パラディン》】レイ・スターリング

大学が終わり、夕食も済ませて俺《おれ》はデンドロにログインした。

リアルはもう夜だったが、こちらはまだ昼過ぎだ。

「じきにイベントの開始時間だが、準備はこんなところかのぅ」

アイテムボックス内の回復アイテム等を見ながら、ネメシスがそう呟いた。

イベントに備え、諸々《もろもろ》の準備は済ませた。昨日のクエストでレベルが上がった【斥候《スカウト》】も、スキル等の兼《か》ね合いで【聖騎士】に戻《もど》している。

「鎧《よろい》の新調は間に合わなかったのぅ」

「まぁ、今回は繋《つな》ぎの防具でいいさ」

先の講和会議の戦いで先輩《せんぱい》から貰《もら》った【VDA】が全損し、代わりとなる新防具を発注していたのだが……残念ながら今夜のイベントには間に合わなかった。

仕方ないので店で売っていたそこそこの防具を装着している。

少し勿体《もったい》ないかもしれないが……まぁ資金はあるのでいいだろう。

「それで、イベントの下調べはどうだったのだ？」

「同じ名前のイベントはなかった。これまでのイベントはバトルロイヤル、謎解《なぞと》き、イベントモンスター討伐《とうばつ》競争と色々だったな。賞品はチェルシーの言うようにレアアイテムが多くて、中にはレベルアップアイテムが貰えるパターンもあるらしい」

下級職一つを五〇レベルまで上げられるアイテムとか、ジョブのビルドが未完成の身ではかなり欲《ほ》しい代物《しろもの》だ。

「そうか。まぁ、何にしても今回は気負うことなく楽しめばよい」

そうして日中を準備に費《つい》やし、こちらの時間でも真夜中になった頃。

イベントの開始時間になると同時に俺達《おれたち》はいずこかへと転送されたのだった。

◇

転送の直後、俺の視界は王都の風景から白くて広大な空間を映していた。

周囲には俺と同じ参加者らしい〈マスター〉が次々に転送されてきている。

「へぇ、こういう感じか……」

レジェンダリアにある〈アクシデントサークル〉は時として人を彼方《かなた》に飛ばすことがあると、以前レジェンダリアスタートのフィガロさんに聞いたことがある。

そのときもこんな感覚だったのだろうか。

「あれは……〝不屈《アンブレイカブル》〟？」

「皇国の〈超級《スペリオル》〉を次々に退けたルーキーか……」

「ククク、奴《やつ》を倒《たお》せば名も上がる……」

「いや、まだカンスト前の人を倒してもあんまり誇《ほこ》れないよ。待とうよ」

「そっすね」

……なんか俺の方を見ながら話してる人がそこそこいる。

いずれも見覚えはなく、装備の雰囲気もあまり見ないものが多い。

恐《おそ》らく、王国や皇国とは違う国の人達なのだろう。東方風の装《よそお》いが目立つ。

と、まずはジュリエット達を捜《さが》して、あと夏目のアバターってどんな……。

「みつけたー！」

そんなことを考えていると、大きな声が耳に届いた。

声のした方を振り向けば……なんだか目立つ色合いの着物を着た女性がいる。

ミニスカ振袖《ふりそで》とでも言うべきか、上半身と下半身の布のバランスが偏《かたよ》っている。

そんなコスプレみたいな着物のポニーテール女性がこちらを指差し、頬にワンポイントのフェイスペイントを施した顔で笑っている。

……頬にワンポイントのフェイスペイント？

「レイっちみーっけ！　いやー、実物はガチ暗黒系？　ブーツとコートだけで数え役満暗黒スタイルじゃん！　隣《となり》の黒リなネメシスちゃんも良いね！」

目立つ見た目の女性はそう言いながら俺に近づき、パシパシと背中を叩《たた》く。

ネメシスは「……久しぶりに黒リと言われたのぅ」と遠い目をしている。

ともあれ、俺を「レイっち」と呼んだことで相手が誰《だれ》か察しがついた。

「……夏目か？」

小声で確認《かくにん》をすると、相手は袖《そで》から紐を取り出す。

「大丈夫？　あやとりする？」

……一〇〇パーセント夏目だった。

「あ、こっちではアルトって呼んでね♪」

「了解《りょうかい》、アルト」

「うむ、御主《おぬし》がレイの学友か。よろしくな」

「ネメシスちゃんよろー♪」

アルトはピースとウィンクを合わせたポーズでネメシスに挨拶した。

ピースした右手には【ジュエル】があったので、テイムモンスターも使うらしい。

しかし、アルトか。高音《ソプラノ》と低音《アルト》。素直《すなお》なネーミングだな。

「それでも、名前がほとんどそのままの御主よりはひねっておるだろう」

……ぐうの音も出ない。

「突《つ》っ込んでくれるんだー。良いなー。メイデン良いなー。うちの〈エンブリオ〉は可愛《かわい》いとかそういうのじゃないからなー。ファッションを合わせたりできないし」

「……待て、それはまるでレイと私の服装が同レベルのようではないか？　心外だぞ？」

「あれ？　そういえば鎧が【魔将軍《ヘル・ジェネラル》】動画と違わない？」

ネメシスの発言をスルーしながら、アルトは俺の服装を指差してそう尋ねた。

「壊《こわ》れたから間に合わせなんだよ」

「準備不足は駄目《だめ》だよー？　アタシなんてバイトの準備もばっちり済ませてログインしてるもん！」

「バイト？」

「レイっちはバイトしないの？　うちの大学だと家庭教師とか引く手数多《あまた》だよ？」

「お金に困ってないからな……」

「言ってみたい台詞《せりふ》だっ！」

家賃は兄のマンションだから掛《か》からず、学費も親が出してくれた。

仕送りもあるし、日々の生活はデンドロばかりで生活費くらいしか掛からない。

……しかし、それはそれとしてお金は貯《た》めておいた方が良いか。ルークやフィガロさんがイギリスの人だから、もしかするとオフ会で海外に行くこともあるかもしれない。

「あ、レイいたね。その人は知り合い？」

そうして夏目《アルト》と話していると、チェルシー達から声を掛けられた。

既に三人とも揃っている……というか一人多かった。

喪服《もふく》のように黒いドレスを着た女性が、ジュリエットの隣に立っている。

たしか、曼殊沙華《まんじゅしゃげ》死音《シオン》というランカーだったはずだ。

交ぜてもらった決闘《けっとう》ランカーの模擬《もぎ》戦で見かけたことがある。

「ああ。俺の大学の友達だよ」

「アルトです！　よろしく！　あやとりします？」

「あはは｜。しないかな」

……夏目、初対面の相手にもあやとりを勧《すす》めるのか。

「たまたまアルトもチケットを手に入れていてさ。普段は天地でプレイしてるんだけど、良い機会だから一緒にイベント攻略しないか、って。協力型だったら彼女《かのじょ》もパーティに入れていいか？」

「そうだね。こっちもシオンと合流したし、合わせて六人なら大丈夫かな？」

チェルシーの言葉に、他の三人も頷《うなず》いている。

「……集《つど》いし運命」

「なんて？」

「ＯＫだってさ」

アルトはジュリエットが「一緒に楽しもう」と言ったのが分からなかったらしい。

しかし、ジュリエット……やっぱり昨日から少し雰囲気が違うか？

「そっかー、良かったー。……ところでレイっち。右見て美少女、左見て美少女のハーレムパーティになった気分はどーだい？」

「落ち着く……」

「猛者《もさ》の発言だね!?」

ミリアーヌとかリューイとかアズライトとか、死んではいけない人《テイアン》と一緒じゃないので安心して行動できる。

合流して初顔合わせ同士で自己紹介《しょうかい》を済ませ、あとはイベントの開始を待つばかりだ。

「しっかし、随分《ずいぶん》と集まってるみてーだな」

「そうだな」

マックスの言葉に周囲を見回せば、白く殺風景な空間に……概算《がいさん》で三百人以上の〈マスター〉が集まっている。離《はな》れた場所にいる人は顔や容姿を確認しづらいが……。

「ジュリエット達以外のランカーがいるかもしれないな」

「レイだって二位のランカーでしょ？」

「まぁ、俺のはクランランキングで個人の実力とは別だから……」

未だに安定とは程遠《ほどとお》いバトルスタイルだし。

「決闘もやればいいじゃん。あたしやシオンみたいにクランと決闘のどっちもランクインしたっていいんだからさ」

チェルシーは解散こそしたもののランカークランのオーナーだった。

シオンに至っては王国の全てのランキングで十三位という異例のランカーである。

「そういえば、シオンはどうやってチケットを手に入れたんだ？」

シオンは昨日のクエストにはいなかったので、気になって聞いてみると……。

「ええ！　私もチケットをガチャでゲットしてここにいますわ！　でもジュリエットさん達も手に入れていたとは驚《おどろ》きですわ！　しかも全員だなんて……何回引きましたの？」

「「「ガチャ？」」」

彼女は心配そうにジュリエット達を見ているが、三人はピンと来ていない顔だ。

が、俺には分かってしまった。俺がシルバーを手に入れて……以降も度々《たびたび》引いているアレハンドロさんのところのガチャ筐体《きょうたい》のことだろう。

そうか、チケットってガチャからも出るのか……。

もしも俺が引いていたら【探索許可証《たんさく》】みたいにダブっていたかもな。

……でも、最近ガチャを引いてないし引きたいな。

「なんだか遠い目をしていらっしゃいますわね？」

「まぁ、スルーしてやってはくれぬかのぅ……」

そうしていると、この空間にピンポンパンポンと古めかしい音が流れた。

『はーい。只今《ただいま》をもって、ログイン中の参加者の転送が完了《かんりょう》いたしましたー。これにてイベントの参加を締《し》め切らせていただきまーす』

そのどこか間延びした聞き覚えのある声は、拡声器か何かを使っているようだが、アバターのメイキングや〈ノズ森林〉の跡地《あとち》で会った管理AI……チェシャのものだ。

直後、白い空間の明かり(?)が落ちて暗闇《くらやみ》となる。

そして少しの間をおいて、空中の一点にスポットライトのような光が当てられた。

そこには前に会ったときとは違って、恐らくは正装と思われるタキシードを着たチェシャが空中の足場に立っていた。

『皆様《みなさま》、ようこそいらっしゃいましたー。本日はイベント、〈アニバーサリー〉に御参加《ごさんか》いただきありがとうございまーす』

チェシャがぺこりと頭を下げると、会場内の数ヶ所からパシャパシャと写真を撮る音が聞こえた。多分、ファンか動物好きがいる。

『これからルール説明をさせていただきますのでー、お静かにお願いしまーす』

チェシャがそう述べると、空中にホログラムの大スクリーンが浮かび上がり、海に囲まれた円形の島の写真を映し出す。

森があり、山があり、川もある。しかし文明が栄えている様子はない。

いかにも絶海の無人島といった雰囲気《ふんいき》の島だ。

『こちらが今回のイベントエリアでーす。正確には島の陸地。島の上空五〇〇メテル、島から二〇メテルの海まで。島を囲う結界に触《ふ》れたら失格になるので気をつけてねー』

スクリーンにチェシャが言った範囲《はんい》を示す図が表示される。

島から離れはしないとしても、シルバーを使うなら高度には気をつける必要があるな。

翼《つばさ》を持つジュリエットも同じことを考えているのか、ふむふむと頷いている。

『島の中心部の山の頂には、ゴールの門が設置されていまーす』

画面が切り替《か》わり、巨大《きょだい》な門を映し出す。

門にはドアノブもないが、代わりに奇妙《きみょう》な窪《くぼ》みが八つ彫《ほ》られていた。

『写真にある通り、門には鍵《かぎ》をはめ込む窪みがあります。そして、そのカギは島中に放されたイベントモンスターを倒すとドロップするようになっていまーす』

チェシャはそう言って、どこからか十枚の板のようなものを取り出し、トランプのカードを広げるようにこちらに示してみせた。

……猫の手でどうやって持っているのだろう。

『鍵は0から9までの数字のプレートでーす。門はこのプレートを並べて正解となる八桁《はつけた》の数字を入力すると開く仕組み。そして正解のヒントも島中に隠《かく》されてるよー』

モンスターを倒してプレートを集め、ゴールで正解する。

モンスター討伐と謎解きがセットになった、素直に冒険らしいイベントなのか。

『注意！』

チェシャが手の中からプレートを消し、人差し指(?)を立てて参加者を見回す。

『答えを間違うと使ったプレートは消えちゃうんだ。しかも、島のどこかにランダムで転送されるから、また山を登り直すことになるよ』

逆に言えば、間違えてもまたプレートを集め直して山を登れば再挑戦《ちょうせん》できる、と。

山登りも……まぁシルバーで移動すれば時間のロスは少ないか。六人で攻略するなら俺のシルバー、ジュリエットの翼、マックスのイペタム、それとシオンもたしか煌玉蟲《こうぎょくちゅう》という煌玉シリーズに乗っていたはずなので移動手段には困らない。

『さて、今回のイベントではちょっとしたボーナスがあるんだ』

ボーナス?

『今回のイベントでプレイヤーが死亡した際には、特別にデスペナルティなしで自分のセーブポイントに転送されるよー』

「え、マジで?」

つい声に出してしまったが、しかしそれは本当に驚きの情報だ。

デンドロは数あるゲームの中でもかなりデスペナルティが重い。

リアルで丸一日、こちらでは三日間も再ログインできなくなる。

しかし、このイベントではそれがない。本当に何も失うことなく楽しめる。

参加者の中からは「じゃあ普段《ふだん》からそうしてくれよ……」という声も聞こえてきた。

『でも、壊れた装備は修復機能がある奴以外直らないから気をつけてねー』

特典武具はともかく、シルバーの破損には気をつけよう。

そんなことを考えていると……。


『今回はアイテムのランダムドロップもないよー。ドロップするのはプレートだけだね』

――チェシャがイベントの性質を塗《ぬ》り替える情報を述べた。

それはデスペナルティ免除《めんじょ》と同様にリスクを下げる発言のようで、本質はまるで違う。

『他のプレイヤーを倒せばプレートを奪《うば》える』と言ったのだ。

謎解きの冒険イベントであると同時に、対人イベントでもあることを示唆《しさ》している。

他の〈マスター〉を相手取った……サバイバルなのだと。


チェシャは、その後も幾つかのルールを付け加えた。

イベントエリアには無関係の野生モンスターが入れないようになっていること。

【救命のブローチ】が着用不可であること。

　イベントエリアでのスタート位置は個々人でランダムであること。

　スタート時点では他の参加者とは一定以上離れていること。

　クリアした者が持っていたプレートは全て消えること。


『このイベントのクリアは先着三名までで〜す』

　そして……俺達の思惑《おもわく》を崩《くず》す、最も重大なルールを告げたのだった。


『じゃあ五分後にイベントエリアに転送するから、準備してねー』

　チェシャはそう告げて空中から消え去り、空間には明かりが戻った。


「さて。どうしよっか？」

　チェルシーが俺達全員を見ながら、問いかける。

「先着三名。クリアできるのは最大でもこの場にいる半数のみ。他の参加者のことも考えるともっと少ないかもね」

「ま、元々協力型なら組むって話だったんだ。露骨《ろこつ》な対立型なんだから個々人でクリアを目指せばいいんじゃねーか？」

　チェルシーの言葉に、マックスがちょっと不貞腐《ふてくさ》れた様子でそう答える。

　もしかすると、本当はみんなで協力してイベントを進めたかったのかもしれない。

しかし完全対立、という訳でもない。

クリアが三名までなら、三人パーティなら全員クリアの目がある。

スタート地点がバラバラかつランダムだから、成り行き次第《しだい》ではあるが……。

「対立……対立型かぁ……」

アルトはあやとりをしながら何かを悩《なや》んでいる様子で、シオンは……。

「？　？　？」

……まだルールを噛《か》み砕《くだ》けていないようだ。

「ま、出たとこ勝負だね。でもさ、ジュリ。対立型イベントなら良い機会じゃない？」

「え？」

チェルシーはジュリエットに笑いかける。

けれど、それはいつもの陽気で朗《ほが》らかなものとは少しだけ違う。

決闘ランカー達が――好敵手に対して浮かべる笑《え》みだ。

「デスペナなし。決闘ルールや結界もなし。こんな好条件はそうないよ」

「！」

「思いっきりやりあおうよ。正真正銘《しょうしんしょうめい》、全力の全開でさ」

チェルシーがジュリエットを指差しながら、そう宣言する。

「……うん！」
チェルシーの言葉に、ジュリエットは力強く頷いた。
その表情に、先刻微《かす》かに見えた憂《うれ》いはない。
『それでは、一斉《いっせい》転送はじめるよー』
と、再びチェシャの声が聞こえた。いよいよ始まるのだろう。
「ネメシス」
『応』
俺はネメシスを大剣《たいけん》に変化させ、転送に備える。
『転送前、最後に言っておくけれどー』
間もなくここに送られたときと同じ感覚があり、
『――このイベントの名前をよく覚えておいてねー』
――その声と共に、俺達はイベントエリア《戦場》へと転送された。

◇

転送を経て、俺が立っていたのは木々が深く生い茂《しげ》る森の中だった。

周囲を見回しても木と地面、木々の隙間《すきま》から見える空以外に見えるものはない。

『島の写真にあった森林地帯に飛ばされたようだのぅ』

「ああ。モンスターの気配は……ないか」

イベントモンスターを倒してプレートを集める仕様だが、今はそれも見えない。

他の参加者のスタート地点とは距離《きより》があるはずなので、今は周囲にいないだろう。

『また森の中か……《煉獄火炎《れんごくかえん》》を使うか？』

「……周辺被害は気にしなくていいかもしれないけど、山火事を起こすと目立ちすぎる」

対人戦が激化するのは参加者がプレートを集めてからだと思うが、それでも注意するに越《こ》したことはない。

「まず、周囲の状況《じょうきょう》や現在位置を確かめたいな。シルバー！」

俺はシルバーをアイテムボックスから出し、その背に跨《またが》る。

こいつで空中から周辺の地形や人の位置を見て、行動方針を決めよう。

ジュリエット達と早目に合流して組むことも考える。

「よし、それじゃあ上に……」

そうして高度に注意しつつ空に上がろうとしたとき、音が聞こえた。

それは、ヘリコプターのような音だった。

「！」

俺は咄嗟《とっさ》にシルバーに意思を伝え、森の木々の枝葉の中に飛び込《こ》む。

そして枝葉に身を隠しながら、空の様子を窺《うかが》った。

音の発生源は、ローターを二つ持つ鳥に似た飛行機械だった。〈エンブリオ〉か、それともドライフの機械兵器か、どちらにしても俺よりも先に空に上がっている。

『どうするのだ？』

いま空中に出れば、そのまま戦闘《せんとう》になる恐れもある。

情報アドバンテージとそのリスクを天秤《てんびん》にかけ、俺は……。

『――――』

だが、俺が行動に移すよりも先に、事態が動く。

――空中の飛行機械が爆散したのだ。

それは地上から伸《の》びた光の帯。光線《ビーム》としか言いようのない熱量を伴《とも》なった光が、飛行機械を撃墜《げきつい》していた。

飛行機械は貫《つらぬ》かれ、炎上《えんじょう》し、そして地上に落ちる前に光の塵《ちり》になる。

それを動かしていた〈マスター〉のデスペナルティ……失格を告げるように。

「先に飛んでいれば、俺がああなっていたかもな」

『……空は避《さ》けるべきだのぅ。少なくとも、あれほどの対空攻撃力《こうげきりょく》を持つ参加者が生存している間は飛べぬ』

「ああ」

ともあれシルバーを枝葉の中から地上に下ろし、森林の木々をあの遠距離《えんきより》攻撃へのブラインドとしながら地上を進むことにした。

このイベント、どうやら一筋縄ではいかないようだ。

盤上の猛者達

■イベントエリア北部

小高い丘《おか》の上に鎮座《ちんざ》していたのは、多脚の機械だった。

使用されたばかりの砲門《ほうもん》は熱を宿し、空気に触れて白煙《はくえん》を発している。

しかしそれは、砲台《ほうだい》ではない。多脚は文字通りの脚であり、砲門は尾《お》である。

更《さら》に機体の前部には鋏《はさみ》を設けたソレ……機械の蠍は、今しがた空中にあった参加者を先々期文明由来の魔導式荷《か》電粒子砲《でんりゅうしほう》で撃墜した超兵器《ちょうへいき》である。

「……ヒット」

機械蠍のコクピットの中で、一人の女性が呟《つぶや》く。

機械蠍と繋がった機械式バイザーで顔の上半分を隠した彼女には、撃墜の感慨《かんがい》もない。

「今の敵は──……データなし。どうせなら、待機エリアで見た〝不屈《アンブレイカブル》〟か〝黒鴉《くろがらす》〟を落としたかったけれど──……」

彼女は、皇国の〈マスター〉である。

無論、このイベント自体は戦争や各国の関係とは無関係。七ヶ国全てから参加者がいる。

しかしその中で、何らかの意図を自ら付け加える者はいる。

「賞品がどの程度のものかは不明だけどー……。ラインハルトのためにも王国に入るのは避けたい……かな」

自らの機体を整備してくれている人物……皇王の名を述べながら、彼女は頷く。

「勝ちを狙《ねら》いつつ、倒しに行く。やるよ、【黄水晶《シトリン》】」

愛機である煌玉蟲二号機【黄水晶之抹消者《シトリン・オブリテレイター》】を駆《か》る女。

ドライフ皇国討伐五位、【流　姫《フロー・プリンセス》】ジュバ。

皇国の準〈超級《スペリオル》〉である。

■イベントエリア南東部

見晴らしのいい平原で、二人の〈マスター〉が向かい合っていた。

左右で形状の違《ちが》う両刃斧《りょうばおの》を背負った、禿頭《とくとう》の壮年《そうねん》男性。

テンガロンハットを被《かぶ》り、西部劇のような風体《ふうてい》をした青年男性。

相手の影《かげ》を追い、戦うべく近づいた後で……しかしその手を止めている。

その表情は互《たが》いに憎々《にくにく》しげだが、お互いを攻撃《こうげき》する様子もない。

「牛飼い。貴様もこのイベントに参加していたのか」

「こちらの台詞だよ、木こり。運よく選ばれたと思ったけれど、これは運が悪かったのかもしれないなぁ」

互いに相手への不満を隠さない様子の二人は、同じ国の同じクランに属する者達《たち》だ。

「七位風情《ふぜい》は引っ込んでいろ。賞品を輝麗《フウリー》様にお届けするのは俺だ」

「だからこちらの台詞だと言っているだろう。ここは闘技場《とうぎじょう》じゃあない。潰《つぶ》すよ、五位」

彼《かれ》らは黄河帝国《ていこく》の決闘ランキングにおいて、五位と七位に位置する者達だ。

同時に、クラン一位〈輝麗愚民軍《フウリーユーミンジュン》〉において五支将と呼ばれる幹部達でもある。

彼らは決闘ランキングで競《きそ》い合うと同時に……〈Infinite Dendrogram〉屈指《くっし》の美女と

称《しょう》されるクランオーナー輝麗への貢献度《こうけんど》でも競う仲だ。その性質上、仲が悪い。

　彼らの争う様は黄河では珍《めずら》しくなく、決闘二位の迅羽《じんう》などは『……あー、何でうちの決闘上位ランカーって俺とツァン以外はこんなんなんだヨ』と嘆《なげ》いている。

「「…………」」

　互いに威嚇《いかく》し合い、しかし手は出さない。

　醜《みにく》く競い合う仲でも足を引っ張ることだけはオーナーから禁じられているため、このイベントでも相手を攻撃して脱落《だつらく》させることはできなかった。

「……チッ。精々露払《つゆはら》いをしてから脱落しろ」

「本当に……台詞を先に言ってくれるね」

　そうして二人は踵《きびす》を返し……別の獲物《えもの》を求めて歩き出す。

　黄河決闘五位、【斧鉞王《キング・オブ・アックス》】万梓豪《バン・ズーハオ》。

　黄河決闘七位、【牽牛王《キング・オブ・カウボーイ》】ジャミー・クレセント。

　共に、黄河の準〈超級〉である。

■イベントエリア東部

「♪～」


一人の女が楽しそうに『かごめかごめ』をハミングしながら、川沿いの道を歩いている。

華族《かぞく》の令嬢《れいじょう》のような整った顔立ちに反し、まるで子供がピクニックを楽しむような……本当に楽しみで堪《たま》らないという表情。

相反するものを宿した顔は、不思議な魅力《みりょく》を醸《かも》し出している。

ただ、そんなにも陽気で魅力的なのは彼女の首から上のみ。

首から下、着物を改造した独特の衣服の内側に見える肌《はだ》には大小様々な傷が走っていた。

肩口《かたぐち》からは生身の腕《うで》に加え、金属の腕が左右二対四本生えている。


何より、彼女の周囲では……他の参加者が次々に死亡し、光の塵になっている。


「ぎゃあああああ……」

「も、もうやめ……!?」

「げはっ……」

他者の断末魔《だんまつま》と血飛沫《ちしぶき》の中を、彼女は喜びを隠しきれない様子で歩いている。

しかし不意に、表情から笑みを消し、『かごめかごめ』も止めて周囲を見回す。

「後ろの正面……だぁれもいませんね」

至極《しごく》真面目な顔で、残念そうに呟く。

既《すで》に周囲で動いているものは……彼女の武器だけだった。

「楽しくて、嬉《うれ》しくて、歌っている間に終わってしまいました。死んだくらいで足を止められても困りますね。……【死兵《デス・ソルジャー》】持ちはいないのでしょうか？」

彼女は、少しガッカリした様子で溜息《ためいき》を吐《つ》いた。

「ふぅ。まぁ、いいでしょう。殺していけばいずれ強い方にも当たるはず。数多の国の〈マスター〉が集まるお祭りなのですから」

気を取り直して再び笑顔《えがお》で彼女は歩き出す。

「島国の中の見知った方々だけではないのです。こんなにも心躍《おど》る殺し合いの祭典。私の気分も高揚《こうよう》いたしますね。♪～」

そうして再び歌いだし、島国……天地の修羅《しゅら》は島を徘徊《はいかい》し始めた。

■イベントエリア中央部

「…………」


彼は自分が転送された場所が、映像で見た島の中央の山地であることに気づいた。

意図的なものか、偶然《ぐうぜん》か、自分の降りた近くにはゴールの門がある。

ただし、プレートを落とすモンスターの類はこの付近には見当たらず、彼はこれから島を回ってプレートを集めなければならない。

しかし、門に書いてあるヒントは読むことができた。


「…………」


彼は、すぐに着替《きが》えることにした。

彼の装備は知れ渡《わた》っているため、待機エリアでは装備を変えて目立たずにいたのだ。

《瞬間装着《しゅんかんそうちゃく》》で、すぐに普段から身に着けている全身装備に切り替える。


『…………』


普段の装《よそお》いに戻《もど》った彼は、門の周囲でゴソゴソと何かを行った後、歩き出す。

その足跡《あしあと》はまるで……デフォルメされた熊の足跡のようだった。

第三話　暗黒騎士と抜忍と堕天使

□【聖騎士《パラディン》】レイ・スターリング

さて、このイベントのターゲットモンスターは【プレートホルダー】というらしい。

見た目は鉱物性の人形で、……今まさに手に武器を持って俺《おれ》に襲《おそ》い掛かってきている。

「ッ！」

木々が乱立した森の中であるため、大剣から戦いやすい黒翼水鏡の双剣《そうけん》に切り替える。

今回も火災を避けるため《煉獄火炎》は使えず、《地獄瘴気《じごくしょうき》》は見た目から効くかも怪《あや》しいためネメシスで戦うしかない。

だが、相手のステータスはさほどでもない。

昨日の【プランティング・ゴーレム】から再生能力を除いたくらいの強さであり、俺でも普通《ふつう》に戦って倒《たお》せそうだ。

まぁ、最低でも八枚のプレートが必要な上、クリア人数や不正解だったときのことも考えると参加者全員で大量に倒す必要がある。あまり強くてもイベントのバランスが崩れそうだ。

「っと」

考えている間に【プレートホルダー】を撃破《げきは》すると、『2』と書かれたプレートが落ちた。

『ふむ。このように八枚のプレートを集めるのだな。しかし、八桁となると……」

素直《すなお》に考えれば八桁の時点で候補は限られる。

「……西暦《せいれき》の日付あたりが怪しいな」

『仮にそうだとしても、何の日付を入力するのか分からなければ正解は一億分の一だの。それに西暦が無関係という線もある』

「ああ。だから島に隠されたヒントが重要なんだろう」

モンスターを倒してプレートを集め、隠されたヒントを探し、さらにさっきの対空砲火《たいくうほうか》を見るに他の参加者を警戒《けいかい》する必要がある。……やることの多いイベントだ。

リスクがないので精神的には普段よりも余程《よほど》良いし、楽しい部類だが。

『気を抜《ぬ》くなよ。今回は【ブローチ】がないのだ。命綱《いのちづな》が減ったと考えよ』

「ああ。危ないと思ったらすぐに《カウンター・アブソープション》を展開してくれ」

『うむ』

ネメシスは応じる声と共に双剣から再び大剣に戻った。

黒翼水鏡はネメシスにとって最新の第四形態だが、《カウンター・アブソープション》は使えないので不意打ち対策には大剣の方が良い。

そうして準備を整え、周囲を警戒しながら再び進み始める。


何度かモンスターとの戦闘を繰《く》り返したが、未《いま》だに他の参加者には遭遇《そうぐう》しない。

戦闘音らしきものは聞こえてくるが……。

『先に発見されて、距離を取られたのかもしれぬ』

「……何で近づいてこない？」

『所持プレートの少ない序盤《じょばん》で潰し合っても得にならないと判断したか、あるいは……』

「あるいは？」

『……御主《おぬし》の格好がヤバすぎて逃《に》げた』

「ええ……」

俺の格好はいつも通り。大剣ネメシス、【ストームフェイス】、【黒纏套】、【紫怨走甲《しえんそうこう》】の組み合わせだ。【VDA】がないだけむしろ控《ひか》えめだ。

『ティアンなら山賊《さんぞく》でも逃げるからの』

「相手、〈マスター〉しかいないはずだが……」

『それならそれで、御主が皇国の〈超級〉達とやり合ったことも、継戦《けいせん》能力の低いバトルスタイルであることも知っておるのだろう。誰《だれ》が好き好んで手札の揃《そろ》った御主とかち合う貧乏《びんぼう》くじを引くものか』

「……なるほど」

まぁ、実際はそこまで手札は揃っていない。

講和会議の戦いでガルドランダを呼ぶのに使ったから【紫怨走甲】の怨念《おんねん》残量は心許《こころもと》ないし、【黒纏套】のチャージもフルには程遠い。

しかし、それは余人には分からないことだ。警戒されても不思議はないか。

「……っと！」

ふと、前方の進行方向から誰かの走る音と——木々を破壊《はかい》する音が聞こえた。

木々の先、遮《さえぎ》られた視界の中に……それまでの森とは異なる風景を見る。

それは、煙《けむり》だ。

前方に白い煙が濛々《もうもう》と立ち込め、それだけでなくこちらに流れてきて……。

「待ってー⁉　アタシ、持ってないから！　プレートないからー！」

「ヒャッハー！　見敵必殺！　参加者が俺一人になれば余裕《よゆう》の優勝だぜぇ！」

聞き覚えのある声の悲鳴と、『ロールプレイ？』と疑いたくなるほどノリノリな脳筋宣言が聞こえてきた。

「あ！」

そして煙の中から飛び出してきたのは、こちらを見て驚いているアルトと……。

「おぉ！　第二の敵ぃ！」

モヒカン鉄仮面としか言いようがない装いのマッチョだった。

モヒカン鉄仮面の右腕《みぎうで》には異常に巨大なガントレットが装着されており、それが放つパンチの軌道《きどう》には俺がいる。

「『――《カウンター・アブソープション》！』」

――それを、防ぐ。


ストックがどうのと考えている余裕はない。素で耐《た》えられるかもとは考えない。

参加者は全員が〈マスター〉、どんな初見殺しを持つか分かったものじゃない。

その考えは正しく、――光の壁《かべ》はパンチ一発で粉々になる寸前まで罅《ひび》が入った。

「ナニィ！　俺の《素手喧嘩最強伝説《ポリデュークス》》を防いだだとぉ!?」

攻撃を受けた俺の身体は、これまで幾度《いくど》も重ねてきた動作を既に実行している。

即《すなわ》ち、衝撃即応反撃《インパクト・カウンター》。

攻撃を受けた瞬間にカウンターでネメシスを叩《たた》き込む戦術は……。

「――《復讐するは我にあり《ヴェンジェンス・イズ・マイン》》」

――【ブローチ】がないこのイベントにおいては、敵を一撃《いちげき》で粉砕《ふんさい》する。

《カウンター・アブソープション》を砕きかけた一撃は、恐《おそ》らく先輩《せんぱい》のアトラスと同じ攻撃力強化の必殺スキルだったのだろう。

そんなものを倍返しされたモヒカン鉄仮面は、断末魔の声もなく一瞬《いっしゅん》で光の塵となる。

後には、モヒカン鉄仮面がモンスターから集めたのだろう数枚のプレートが落ちた。

『完璧《かんぺき》に決まったのぅ』

「割られてたら危なかったけどな」

しかし、推定三〇万ダメージを受け止める光の壁を一発で割りかけるとは……。

あのレベルの〈マスター〉がゴロゴロいると考えると、中々レベルの高いイベントだ。

「っと、そうだ夏……アルトは」

「レイっち～。マジ感謝だよ～！」

今の〈マスター〉に追われていたアルトが俺の手を取り、ブンブンと上下に振《ふ》る。

「プレート持ってないって言ったのにめっちゃ追ってきてさー！　煙幕《えんまく》張って頑張《がんば》って逃げてたけど追いつかれる寸前で……」

この煙はアルトのスキルだったか。

「それで、どうする？」

「へ？」

アルトは俺の顔を見て、ネメシスを見て、次いで今しがたモヒカン鉄仮面が塵になったあたりを見て……。

「やらないよ!?　怖《こわ》いもん!?」

首を振って、俺との戦闘を全力で拒否《きょひ》していた。

「戦わないから手を組もうよ！」

『……一気に話が飛んだのぅ』

「だって三人までクリアできるし友達だし手を組まない理由がないし！」

……まぁ、俺も似たようなことを考えてはいたが。

「それにほら。レイっちって何回も戦えるタイプじゃないでしょ？　今もバリアを一回使っちゃったし」

「…………」

俺の動画を見ているので、手の内も知っているらしい。

実際、あのパンチを防ぐのに使ってしまったから残りは二回だ。

「その点、アタシは【抜忍《ヌケニン》】だからね！　逃げるスキルは色々あるよ！」

「忍者《にんじゃ》系統があるのは知ってたけど【抜忍】なんてジョブまであるのか」

しかし、それってジョブか……？

『それを言ったら御主の【死兵《デス・ソルジャー》】も職業ではなかろうよ』

言われてみればその通りだ。

「さっきのは《煙遁の術》ね。感知スキルもある程度阻《はば》む煙をばら撒《ま》くスキルかな。まぁ、敵も味方も遮断《しゃだん》しちゃうんだけどね！」

そのスキルがあったから、あのモヒカン鉄仮面も俺に気づくのが遅《おく》れたのか。

「結構強力なスキルなんだな」

「ういうい。【抜忍】は忍者系統の上級職の一つだよ！　戦闘力《せんとうりょく》は低いけどね！」

……上級職なんだ。まぁ、忍者を経ないと抜忍にはなれないからそうなるのか。

「という訳で、無駄《むだ》な対人戦を避けられるメリットをお届け！　どう？」

今回のイベントはサバイバルでもある。

ならば彼女《かのじょ》のジョブスキルは、生半可な戦闘能力より有用かもしれない。

「今ならあやとりもついてくるから！　大丈夫《だいじょうぶ》！　あやとりしよう！」

「お前のそのあやとりへの熱意は何なんだ？」

まぁそれは置いておくとして……。

「あやとりはしないけど、手を組むのは了解《りょうかい》したよ」

継戦能力に不安のある俺と、逃走《とうそう》能力はあるが戦闘力は低いと言うアルト。

お互いにメリットはある。

「うぇーい！　ボディガードゲットー！」

いや、モンスター相手なら自分でも戦ってくれよ。


何はともあれ、アルトという仲間を得て探索《たんさく》を再開した。

他の参加者を警戒しつつ、モンスターを狩《か》っていく。

アルトもああは言っていたがモンスターとの戦闘にはちゃんと参加している。

彼女の武器は忍者らしく苦無と手裏剣《しゅりけん》で、中距離《ちゅうきょり》からの攻撃を繰り返していた。

まぁ、火力はあまりないようだ。

「普通は毒とか爆薬《ばくやく》とか仕込《しこ》んでダメージ増やすけど……。相手は明らかに毒が効かなそうな見た目だし、爆発音で他の参加者を引き付けても困るっしょ？」

たしかに。こちらも森林火災で耳目《じもく》を集めるのを避けるために《煉獄火炎》が使えない。

ほとんどの参加者が敵という状況で目立つ行動がとれるのは、それができるくらいの実力がある者に限られるだろう。

そうでなければ、あの飛行機械の〈マスター〉のように倒されるだけだ。

「あ。レイっち。これ被っといた方が良いよ」

アルトはそう言って、畳《たた》んだ布を俺に手渡《てわた》してくる。

「これは？」

「布」

「それは分かる。何で俺にこの布を？」

「レイっちはそれで顔隠《かく》した方が良いよ」

「…………何で？」

装備品でもないし、防御《ぼうぎょ》効果もなさそうだが……。

「だってレイっちってカウンター型っしょ？　しかも有名人なんだから、顔バレしてるしさっきみたいな綺麗《きれい》なカウンターは決められないと思うよ？」

……一理ある。

「レイっちをレイっちって分かって戦う人には効果ないけど、このイベントって誰が参加者かも分からないし、ちょっとは意味あるんじゃない？」

「なるほどな。じゃあ、ありがたく使わせてもらうよ」

アルトから布を受け取り、顔に巻きつけていく。

息苦しいかと思ったが、【ストームフェイス】のお陰《かげ》で問題ない。

「こんな感じでどうだ？」

「『…………』」

おい、そのダブル無言は何だよ。

「暗黒騎士《きし》通《とお》り越してアンデッド。顔をなくした死体系」

『布越しに酸素マスクを着けているせいで呼吸音まで怖いのぅ……』

「シュコーシュコー（呼吸音）」

『……うむ、まぁ、正体は隠せておるのではないか？』

「うん！　バッチリ！」

まぁ、目的を達成できたなら良いか。勝率は少しでも上げておきたいしな。

変装（？）を終えて、道行きを再開する。

「ん？　そういえば……」

アルトが俺達《おれたち》のスキルを知っていて、他の参加者への露見《ろけん》を危惧《きぐ》したのは分かった。

しかし、俺の方は彼女のスキル……〈エンブリオ〉を知らない。

「なぁアルト」

「あやとり？」

「違う。お前の〈エンブリオ〉がどんなものかまだ聞いていない」

「あー……」

アルトは……困ったように目を泳がせた。

「んー。レイっちってさ、頭良い？」

「……お前と同じ大学だが？」

急に何を聞いてくるのだろうかこの同級生。

「そうじゃなくてさ、なぞなぞとか得意系？」

「人並みかな」

特別、出したことも出されたこともない。

「じゃあ、やめとこ。ダメだと詰《つ》んじゃうし」

「……まさか、仲間になぞなぞを解かせないと使えない〈エンブリオ〉か？」

「大体そんな感じかなー」

「そうか……」

そういう妙《みょう》なものがあっても不思議ではないのが〈エンブリオ〉だ。

むしろ、リアルでも常々『あやとりする？』と聞いてくる夏目の〈エンブリオ〉ならば納得《なっとく》できる代物《しろもの》である。

「それよりもレイっち。プレートって今どんな感じ？」

「ああ。今のドロップでちょうど十枚だな」

内訳は……『2』と『4』が三枚ずつ、『0』が二枚、『1』と『5』が一枚ずつだ。

「……かなり偏《かたよ》ってるっぽくない？」

「そんな気もするけどまだ十枚だからな。ただ、もしも偏りに意味があるなら、『2』や『4』は使うということだろうか？」

「八桁《はっけた》って西暦っぽくない？」

同じことを考えていたか。

「その可能性はあるけど断言はできない。ここからはヒントを探していかないとな」

「ういうい。でも探し物なら飛んだ方が良くない？　レイっち飛べるっしょ？」

ああ、そういえばまだその説明をしていなかったな。

「今は難しいな。対空砲撃能力の高い参加者がいるらしくて、空に上がると……」

俺が説明をしている最中に、森から見える空に再び光の帯が流れた。

「……あんな感じで撃《う》たれる」

どうやら対空警戒は継続《けいぞく》中らしい。

「うわー。ＳＦアニメみたーい。あれは無理だね！」

一発でご理解いただけたらしくて良かった……ん？

『何か空から落ちてくるような音が……』

ネメシスの言葉と風を切る落下音に、再び空を見上げる。

直後、森の木々の枝を圧《へ》し折りながら、黒い物体が俺達の視界の中で落ちた。

それは地面に触《ふ》れる寸前で大きな風を巻き起こし、羽根を撒き散らした。

雪のようにゆっくりと地に落ちる無数の黒い羽根。

その中心、僅《わず》かに抉《えぐ》れた地面の上で黒衣の少女が仰向《あおむ》けに倒れて気を失っている。

「……ジュリエット？」

その正体は王国の決闘《けっとう》ランカーであり、このイベントに共に参加した友人でもあるジュリエットだった。

ただ、その体と装備は大きなダメージを受けているようであり、何より彼女の翼《つばさ》でもある〈エンブリオ〉……フレーズヴェルグの羽根は大半が抜け落ちていた。

「レイっち！　空から女の子が！」

「アルト、ちょっと静かに」

ド定番の台詞《せりふ》を『一度は言ってみたかった！』という顔で述べるアルトはさておいて、ジュリエットの状況《じょうきょう》を考察する。

俺がやろうとしたように、ジュリエットも空から地形を探《さぐ》っていたのだろう。

そしてあのビームの射程圏《しゃていけん》に入ってしまい、撃墜《げきつい》された。

「この羽根、ダメージを《換羽《モルティング》》で軽減したのか？」

《換羽》は以前、ジュリエットと模擬《もぎ》戦をしていたときに使われたスキルだ。

フレーズヴェルグに備わったスキルの一つで、一種のリアクティブアーマー。羽根を散らしながら風属性と闇《やみ》属性の魔力《まりょく》を放出し、防御とチャフを兼《か》ねる代物。

ただし、使用後の三分間はフレーズヴェルグの羽根が抜け落ち、飛行能力も攻撃スキルもランクが数段落ちてしまうという欠点がある。

「ところで、レイっち……トドメ刺《さ》す？」

「刺さねえよ!?」

ライトなイベントとはいえ友達の寝込《ねこ》みを襲う外道《げどう》になった覚えはねえよ！

「でも決闘ランカーって戦場で遭遇したら歌いながら人間をミンチにするんでしょ？　危なくない？」

「それは俺が知ってる決闘ランカーと違…………いや、うん。違うぞ、多分」

『断言しづらいのが困るのぅ』

……フィガロさんとか先輩のクラン《（凶城）》を全員ミンチにしてたもんな。

ていうか、天地の決闘ランカーにはそんな奴《やつ》がいるのか？

「ジュリエットならそういう心配はいらない。さて……」

【気絶】した彼女をこのまま放置するのも後味が悪いし、一緒《いっしょ》に連れていくか。

◇◇◇

□？？？

「失敗しちゃった……」

ジュリエットは【気絶】や【強制睡眠《すいみん》】中に〈マスター〉の意識が送《おく》り込《こ》まれる場所……呼び方は様々だが、ジュリエットやチェルシー達の間では『待機スペース』と呼んでいる空間で俯《うつむ》いていた。

「焦《あせ》っちゃったのかな……」

今までのように友人達と遊べるのも今日が最後かもしれないという不安。

だからこそ、彼女は転送前のチェルシーとの約束……このまたとない機会に全力で戦うという目的のために、彼女を捜《さが》した。

これまでずっと決闘で競い合ってきたライバルであり一番の親友との、最後かもしれないバトルのために。

ただ、その気持ちが強く出過ぎていたのだろう。対空砲撃をする〈マスター〉がいるかもしれないという考えを失念し、先手を打たれた。

咄嗟《とっさ》に《換羽》で直撃《ちょくげき》は避《さ》けられたものの、気を失ってそのまま墜落《ついらく》したのだ。

「【堕天騎士《ナイト・オブ・フォールダウン》】が物理的に堕天するなんて冗談《じょうだん》にもならないよ……。『待機スペース』にいるなら、デスペナルティにはなってないはずだけど……」

けれど、いつ誰にトドメを刺されるかも分からない状態だ。

「チェルシー……」

親友への申し訳ない気持ちでいっぱいになったまま、途方《とほう》に暮れる。

けれど、それから五分ほど過ぎても、彼女がデスペナルティになることはなかった。

「どうしたんだろ……？」

疑問に思っていると、自分の周りの空間……『待機スペース』が消えていく。

それが【気絶】からの回復であると、彼女は知っている。

ジュリエットの意識が回復したとき、彼女は規則的に揺《ゆ》られていた。

瞼《まぶた》はまだ開けられないが、耳に聞こえる音……馬の蹄《ひづめ》が地面を蹴《け》る音を把握《はあく》する。

「あれから他の参加者に会わないねー、レイっち。あんまり会いたくないけど」

「顔を合わせたのはアルトとモヒカン、それにジュリエットの三人だけだしな。この島自体が結構広いのかもしれない」

そして、ジュリエットは聞こえてきた声が友人であるレイと、そのレイの友人であるアルトという〈マスター〉のものだと気づいた。

どうやら自分は二人に助けられたようだと察して……さらにあることに思い至る。

それは、自分が今、どんな状態であるかということ。

（あ、まさか……これって……!?）

連想したのは小学生の頃《ころ》、メルヘンなものが好きだった時期に読んだ童話の挿絵《さしえ》。

王子様が、お姫様《ひめさま》を抱《だ》きかかえながら白馬に乗っている……あの絵。

それを連想したジュリエットは考える。

『もしかして自分はレイに、彼の馬の上でお姫様抱《ひめさまだ》っこされているのでは』、と。

（……！　………!?）

レイのことは好意的に思っている。服装の趣味《しゅみ》が合う友人であり、驚《おどろ》くほどの戦闘《せんとう》センスを持つ模擬戦仲間だ。

友達以上親友未満。あるいは別のベクトルの好意の芽があるかないか。そのくらい。

でも、こんなメルヘンチックな行動をされてしまうと、どうしても緊張《きんちょう》して……。

「それにしても……レイっち。こういうときって、おんぶかお姫様抱っこじゃないの？」

（え？）

アルトの言葉で、ジュリエットは気づく。

お姫様抱っこなら自分の体勢は仰向けのはず。

しかし今、自分の体勢は俯《うつぶ》せ……というか何かにおぶられている感触《かんしょく》だ。

「両腕《りょううで》が使えないと戦闘に突入《とつにゅう》したとき困るだろ？」

『アルトよ。レイは基本的にはツッコミ役だが、こういう突飛《とっぴ》なこともする奴だ』

そして、背中や腰《こし》には何かに縛《しば》られているような感触があって……。

「…………」

「あ、目が覚めたか。大丈夫か、ジュリエット？」

ジュリエットが瞼を開けたとき、ダークな覆面《ふくめん》のレイが心配そうに話しかけ、アルトは……気の毒そうにジュリエットを見ていた。

そうしてジュリエットは……自分がシルバーの背中におぶされた上に紐《ひも》で括《くく》り付けられていることを確認《かくにん》した。

（あ、これお姫様じゃなくてお米の運び方……）

あんまりにもメルヘンとかけ離《はな》れた運び方に、流石《さすが》のジュリエットもショックを受けていた。

第四話 もう一つのチームアップ

□■イベントエリア南東部・平原

イベント開始から一時間。

生き残っている参加者達《たち》は方針を固め、クリアに向けて動き出している。

ひたすらにモンスターの撃破とヒント探しをしてクリアを目指す者。

自分の得意なフィールドを見つけ、そこで別の参加者を待ち構える者。

人もモンスターも手《て》当《あ》たり次《し》第《だい》に倒す者。

「さて、そろそろ頃合《ころあ》いかな」

今、この平原に立つ彼《かれ》……【牽牛王《キング・オブ・カウボーイ》】ジャミー・クレセントは『手当たり次第』を選んだ一人だ。

「おいで、マタンガ」

彼の左手に刻まれた紋章《もんしょう》が輝《かがや》き、待機していた彼の〈エンブリオ〉が顕現《けんげん》する。

『PAWOO』

その姿は、七つの鼻を持つ白い象。

銘《めい》は【雲煙万里《うんえんばんり》 アブフラ・マタンガ】。

インド神話においてはアイラーヴァタとも呼ばれる白象をモチーフとした〈エンブリオ〉であり、数多《あまた》ある名の一つであるアブフラ・マタンガは『雲の象』を意味する。

「――《白雲不視地《アブフラ・マタンガ》》」

その名を体現するように、アブフラ・マタンガは七つの鼻から濃密《のうみつ》な雲を噴出《ふんしゅつ》し始めた。

『白い雲で大地が視えない』という言葉を示すように白色の雲は拡大を続け、〈マスター〉であるジャミーを呑《の》み込み……四〇〇メテル四方にまで拡大した。

そして広がった雲は、七つの鼻を持つ巨象《きょぞう》へと変じる。

「よし。このサイズだ」

雲の巨象の中心、アブフラ・マタンガ本体の上に腰かけたジャミーが笑う。

スキルの発動が完了《かんりょう》したことで彼のイベント攻略《こうりゃく》――蹂躙《じゅうりん》の準備が整った。

「進め、マタンガ」

ジャミーの言葉に従い、アブフラ・マタンガが空中で足踏《あしぶ》みし――連動して雲も動く。

入道雲の如き巨象が音もなく地面の上を進む。

そう、これは雲なのだ。地に触れたとて霞《かすみ》程度の重さしか与《あた》えない。

だが、その威容《いよう》は他の参加者を戦慄《せんりつ》させるには十分だった。

「敵かッ！《天雷の滅尽弓《インドラ》》アッ！」

進路上の平原にいた〈マスター〉が、先手必勝とばかりに自身の〈エンブリオ〉の必殺スキルを雲の巨象に打ち込む。

超級職《スペリオル・ジョブ》の奥義《おうぎ》にも匹敵《ひってき》する威力《いりょく》の雷撃《らいげき》が、狙《ねら》い過《あやま》たず雲の巨象の眉間《みけん》に命中した。

そう、雲であるはずの巨象に当たった、、、のだ。

「良い威力だね。五〇万といったところかな」

命中したことに、ジャミーは驚かない。

なぜならこれは、アブフラ・マタンガのスキルの一環《いっかん》だからだ。

アブフラ・マタンガの姿を写したようなこの雲こそが、今のアブフラ・マタンガの身体。

「いきなりHPを一％も削《けず》られてしまったよ。猛者《もさ》が揃っているなぁ」

『五〇〇〇万ものHPを持つ』とでも言うようにジャミーは笑い……。

「――潰《つぶ》せ」

攻撃《こうげき》によって姿を晒《さら》した参加者を踏《ふ》み潰すように命じた。

そして、雲が動く。

その巨体《きょたい》と比較《ひかく》すればあまりにも静かな歩み。

だが、その踏《ひ》みつけで足元にある木はへし折られ、モンスターは潰される。

そして、巨象の歩みは止まらない。

反撃《はんげき》を浴びてもビクともせず、雲の巨象は自身を攻撃した〈マスター〉に突撃《とつげき》し……その巨大《きょだい》な歩みで逃がすことなく、幾度も踏みつける。

それは巨体と比較すれば威力が低いように見える攻撃だったが、しかし何を受けてもまるで堪《こた》えない相手に潰され続ければ人は死ぬ。

雷撃を放った〈マスター〉は、逃《のが》れることも耐えきることもできずに息絶えた。


黄河クランランキング一位、〈輝麗愚民軍《フウリーユーミンジュン》〉。

その幹部の一人である【牽牛王】ジャミーの役割は……端的《たんてき》に言えばタンクである。

莫大《ばくだい》なHPを持つ巨象であらゆる攻撃を耐えながら、戦線を抉《こ》じ開ける。

それを可能とするのはジョブと〈エンブリオ〉のコンボだ。

アブフラ・マタンガは本来ならば純竜《りゅう》級のガーディアンである。

HPは一〇万、STRとENDが五〇〇〇、AGIは四桁《けた》に届かない。

だが、必殺スキルの使用時は雲によってサイズアップし、HPを最大で五十倍にする。

雲は増設ＨＰにして、身体——当たり判定の拡大。

ＨＰ以外のステータスに変化はないが、攻撃力《こうげきりょく》はそのままに攻撃範囲《はんい》は拡大する。

巨大であるということは攻撃の回避《かいひ》が困難であるということ。

それは敵に当てる場合も、自分が受ける場合も同じだ。

巨象と化してＨＰが増えても、その分だけ的になれば遠からず息絶える。

それを補強するのが、【牽牛王】のスキルだ。

東方における騎兵《きへい》系統と従魔《じゅうま》師系統の複合超級職であり、【車騎王《キング・オブ・チャリオッツ》】の対。

無生物を強化する【車騎王】に対し、【牽牛王】は生物を強化する。

スキルレベルＥＸの《家畜《かちく》生命強化》は、テイムモンスターのＨＰのみ一〇倍にする。

本来ならば牧畜《ぼくちく》の援《たす》け、あるいは奥義の前段階のためのスキルだが……元よりＨＰが増大するアブフラ・マタンガと組み合わせたとき、その値は常識を超《こ》える。

第六形態のガーディアンでありながら、神話級を上回るＨＰを獲得《かくとく》するコンボ。

さらにはテイマーのＨＰをモンスターと繋《つな》げる《ライフリンク》を組み合わせ、本体狙いの攻撃さえも受け切ってみせる。

削り切れぬタンクとして、ジャミーとアブフラ・マタンガは強力極《きわ》まる存在だ。

「まったく、決闘でもこれができれば七位などに収まってはいないのですがね」

彼がこの必殺スキルを最大出力で使えるのは、広大なフィールドのみだ。

闘技場《とうぎじょう》の結界にはとても収まらず、全力を発揮できない。

サイズアップを制限した必殺スキルでは、他のランカーに押《お》し切られた。それこそ、決闘二位の【尸解仙《マスター・キョンシー》】迅羽《じんう》によって焼き尽《つ》くされたこともある。

「ですが、このルールでオープンフィールドならば私達の独壇場《どくだんじょう》。参加者を潰して、クリアして、輝麗様に褒《ほ》めてもらおうか」

未来を想像してジャミーはうっとりと頬《ほお》を染める。

しかし、その間にも様々な攻撃が巨象に放たれている。

目下最大の脅威《きょうい》と見られ、炎《ほのお》や闇の魔法《まほう》、弓矢や投剣といった攻撃が突《つ》き刺さる。

だが、莫大なHPを持つアブフラ・マタンガにはどれほども堪えてはいない。

「愚《おろ》かな。貧弱《ひんじゃく》な的が自分から位置を教えてくれているよ」

そうして攻撃が飛んできた方角に向けて更《さら》なる突撃を敢行《かんこう》した。

敵を蹴散《けち》らし、南東の平原エリアから北上していく。

やがて、進路上には一本の川が現れ、その先には木々の密集した森が見えた。

それなりの幅《はば》がある川も巨象ならば一跨《ひとまた》ぎであるし、森も雑草でしかない。

ゆえに、そこにいるだろう敵を蹂躙するために進軍しようとして……。

「……ストップ」

ジャミーが、アブフラ・マタンガを止めた。

〈マスター〉の意に従うアブフラ・マタンガの上で、彼の視線は一点に注がれている。

それは森の中に見えた……とある光景。

「……映像で見たことがある。聞いたこともある。そうか、世界中から〈マスター〉が集まるとはこういうことなんだね。さて……」

足を止めたジャミーは転進か、突進《とっしん》かを少し考え……。

「マタンガ……《ロデオドライブ》を使うよ」

——全力での突進を決断する。

『BARAAAAH!』

それこそは、【牽牛王】の最終奥義。発動中は騎獣のHPを秒間一万という破格のペースで消耗《しょうもう》するが、HP以外の全ステータスを一〇倍にする。

本来であれば瞬《またた》く間《ま》に騎獣のHPが消滅《しょうめつ》するスキルだが、五〇〇〇万のHPを有するジャミーとアブフラ・マタンガにとっては大したコストではない。

増設HPが最大値に至らない決闘では使えず七位に甘《あま》んじているが、今は軛《くびき》などない。

「迎《むか》え撃てるものなら迎え撃つがいいさ！《ロデオ……」

そして森に向けて最終奥義での突撃を敢行せんとして、

――アブフラ・マタンガが消滅した。

「ドラ…………、は？」

雲の巨象は消え失《う》せ、彼を乗せていた本体も光の塵《ちり》になって。

彼の身体は、数百メテルの空の上に置き去りにされて……。

「何、が……？」

そのまま地上まで落下して……即死《そくし》した。

◇

◆

巨象の消滅と、その〈マスター〉の墜落死《ついらくし》。

それを遠くから双眼鏡《そうがんきょう》で確認しながら一人の〈マスター〉……黒衣の美女が胸を張る。

「ホーッホッホッホ！　一丁上がりですわ！」

それは王国の全ランキング十三位……【闇　姫《ダーク・プリンセス》】曼殊沙華《まんじゅしゃげ》死音《シオン》だった。

「……エグすぎねーか？　ジャミーが気の毒になったぞ」

勝ち誇《ほこ》る死音の隣《となり》では、マックスが憐《あわ》れむように光の塵になるジャミーを見ていた。

「あのでっかいのも〈エンブリオ〉！　私《わたくし》のジューダスも〈エンブリオ〉！　条件はイーブンの公平な勝負ですわ！」

ジューダス。それが巨象の消滅……即死を引き起こした死音の〈エンブリオ〉だ。

TYPE：ルールであり、『攻撃によるダメージ判定』の発生時に高確率の『状態異常判定』を追加する。通常時に発生するのは全十三種のランダムの状態異常だが、必殺スキル発動時は【死呪宣告】を付与《ふよ》する。

闇属性魔《ま》法《ほう》超級職【闇姫】である死音は、ジューダスと闇属性魔法を組み合わせた『被《ひ》弾《だん》による高確率状態異常』を強《し》いるビルドだ。

「あんなに大きくて、攻撃にビクともしないから気づかなかったんだろうね。頭上にちゃんとカウントダウン出てたのにさ」

少し呆《あき》れるようにそう述べたのはチェルシーだ。

彼女も死音とマックスの後ろから、二人と共に事の次第を眺《なが》めていた。

チェルシー達は、あの巨象が出現する前に合流し、一時的に手を組むことにした。

そして先刻の巨象への攻撃に際しては、チェルシーが死音に攻撃を指示していた。

必殺スキルである《告死の接吻《ジューダス》》を付与した闇属性誘導弾《ゆうどうだん》を、自分達の現在地とは異なる方角から回り込むように命中させた。

そうして相手を誘導《ゆうどう》しつつ、カウントダウンの呪《のろ》いが効果を発揮して巨象が死ぬのを待ったのである。

（まぁ、気づいてもどうしようもなかったけどね。命中すれば交渉《こうしょう》以外に打つ手がないのがシオンの必殺スキルだから）

ジューダスの【死呪宣告】は、死音の意志でしか解除できないとされている。

（本当に解除不能なのか。発動条件は本当に命中だけでいいのか。ハッキリ言えば強すぎて怪《あや》しいとは思うんだけどね。まぁ、ちょっとおバカなシオンでも自分の手の内は晒さないだろうし……。自分で分かってない場合でも他人に検証させてはいないだろうね）

どうあれ、不意打ちでも一発当てればいいジューダスは、こうしたバトルロイヤルでは敵に回したくない能力の筆頭格だ。

（でも、味方なら頼《たの》もしいのも知ってる）

それが分かっているからこそ、先着三人というクリア人数を再提示しながら説得し、チームアップに至ったのだ。

（レイとレイのお友達は置いとく。シオンは敵に回せない。マックスちゃんは、あたし達

の知らない東側のランカーの情報を持ってる)

マックスは元々が天地の出身であり、そちらでも決闘ランカーだった。

ゆえに先のジャミーを含《ふく》めた東方のランカーの情報も有している。

(ジュリと戦う前提なら、信頼《しんらい》と戦力を考えてこれが最良のチームアップ。イベントクリア……そしてジュリとの全力バトルのためにも、ね)

決闘ランカーにして元ランカークランのオーナーでもあるチェルシーは、冷静に、的確に、状況を判断して事を進める。

(ただ、さっきの象はシオンが完全に相性《あいしょう》勝ちしてる相手だから、もう少し放置しても良かったかな。……あ、そういえば)

「……あの象、何で足を止めたのかな?」

チェルシーは、川の手前で雲の巨象が踏み止《とど》まった理由を気にかけた。

「スキルの発動準備じゃありませんこと?」

「だとしても、わざわざスキルを使う何かがあの森にあったってことだからね」

「つっても、ここからじゃあの森に何があるかなんて分からねえよ」

「……そうだね」

地上を見下ろしていた巨象ならばともかく、チェルシー達の位置からでは森の内部の様子は分からない。

（ジュリがいれば空から見てもらうけど、今回ばっかりは仕方ないね）

情報が足りないがあれだけの巨象が足を止め、スキルを併用《へいよう》して全力で突撃しようとした森だ。迂闊《うかつ》に踏み込むことはできない。

「じゃあ、森とは反対側に進もうか。まだヒントもプレートも全然集まってないしね」

「え？　あの象さんの落としたプレートはどうしますの？」

「放置。丸見えだったからね、他の〈マスター〉との争奪戦《そうだつせん》や乱戦になっちゃうよ」

「しょぼーんですわ……」

死音は残念そうだったが、チェルシーが口にしたリスクは理解できたのか彼女の意見に従った。

そうしてチェルシー達は北東部の森を離れ、南西へと進む。

（……ジュリは、今頃《いまごろ》どこで戦ってるのかな）

全力で戦うことを誓《ちか》った親友のことを、考えながら……。

チェルシー達が背を向けた森の中ほどの……木々が奇妙《きみょう》に切り拓《ひら》かれた空間にジュリエットはいた。

◇
◆

「ッ……！」

その表情は言葉よりも雄弁《ゆうべん》に、緊迫《きんぱく》した状況を伝えていた。

『此奴《こいつ》は……！』

「……何でだろうな、フィガロさんと初めて会ったときを思い出したよ」

「あわわわ!?　あわわわわ!?」

この空間には彼女《かのじょ》だけでなく、レイとアルトの姿もある。

「ああ、楽しそうな方々に逢《あ》えましたね」

そして——三人と対峙《たいじ》する者の姿もあった。

それは女であり、修羅《しゅら》だった。

両の手に異なる武器を握《にぎ》り、両の肩口《かたぐち》に生えた二対四本の義手も武器を握り、そして周囲にも六振《ふ》りの武器を浮遊《ふゆう》させている。

あたかも、神仏の像の如き威容。

「あ、あああああ……き、アシュ、……!?」

女の姿を一目見たときから怯《おび》えていたアルト。

だが、歯の根が合わない口で……それでも口にした言葉は……。

「【阿修羅王】……華牙重兵衛《かがじゆうべえ》!?」

女のジョブであり、二つ名。

天地決闘ランキング第四位。

【阿修羅王《キング・オブ・アシュラ》】、〝重ね阿修羅〟の華牙重兵衛。

レイ達が遭遇《そうぐう》した……このイベントの最上位参加者の一人である。

幕間　蠍と斧と着ぐるみと

■イベントエリア北部

機械の蠍──【黄水晶之抹消者《シトリン・オブリテレイター》】を駆《か》る【流　姫《フロー・プリンセス》】ジュバは、北部の丘《おか》から中央の山《さん》岳部《がくぶ》へと移動していた。

それまで北部に陣取《じんど》り、島の北半分を飛行する敵を撃墜していたが次第に迂闊に飛ぶような手合いもいなくなったためだ。

今度は南部で獲物《えもの》を探し、他者のプレートを回収する算段だ。

（さっきの……巨象の〈エンブリオ〉）

移動の過程で、彼女《かのじょ》もまたジャミーのアブフラ・マタンガを目撃《もくげき》している。

そして、それが一瞬《いっしゅん》で消失した様も……。

（たぶん、あれに命中した攻撃の幾《いく》つかに遅効性《ちこうせい》の即死効果があったのかな。それができそうな手合いは……王国の〝夜蜘蛛《やくも》〟）

ジュバが連想したのは、実際にジャミーを仕留めた死音だった。

王国で全ランキングに入っている有名人であるため、死音《シオン》の名は皇国にも知られている。

（一号機、【紫水晶之捕獲者《アメジスト・キャプター》】の所有者）

加えて、ジュバにとっては煌玉蟲《こうぎょくちゅう》……自らが駆る【黄水晶】の兄弟機を持つ〈マスター〉でもある。警戒《けいかい》するには十分な相手だと判断した。

（さっき、王国の〝黒鴉《くろがらす》〟は撃墜した。森に落下したからプレートを取りに入ることは避けたけど、生きていてもあの状態なら他の参加者に狩《か》られているはず。なら、王国サイドで一番警戒すべきは〝夜蜘蛛〟。巨象討伐《きょぞうとうばつ》の鮮《あざ》やかさといい、頭も切れる）

なお、警戒しすぎて評価が上がりすぎてもいる。ジュバの心の声をチェルシーやマックスが聞けば「それはどうだろう？　特に頭」と疑問を呈《てい》していたのは間違《まちが》いない。

仲間内ではちょっとおバカな子として扱《あつか》われている死音である。

（……狙いやすい空中戦力も減ったし、〝夜蜘蛛〟の曼殊沙華《まんじゅしゃげ》死音を最優先ターゲットに動くべきかな）

そうして、ジュバと【黄水晶】は動き出す。

ターゲットと定めた、一人と一機を捜して。

■イベントエリア南部

木立の間を歩いていた一人の男が空を見上げ……溜息《ためいき》を吐《つ》く。

「牛飼いめ。忠告を聞かんからああなる」

消滅するアブフラ・マタンガを見上げながら、【斧鉞王《キング・オブ・アックス》】万《バン》は先に退場した同僚《どうりょう》に呆れていた。

確かに最大化したアブフラ・マタンガのHPと最終奥義の突撃力は凄《すさ》まじい。

ああなってしまえば、たしかに万でも相手にするのは難しいだろう。

だが、的が巨大すぎるゆえ、「搦《から》め手《て》一つで落ちる」とは仲間内でも話していた。

〈エンブリオ〉はオンリーワン。被弾が致命的《ちめいてき》な被害《ひがい》を生む能力もそれなりにある。

（まぁ、あれを正面から粉砕《ふんさい》できるのは輝麗《フウリー》様くらいのものだがな）

万の知る限り、最も強く美しい〈マスター〉の姿を思い出し、彼は微笑《びしょう》を浮《う》かべる。

黄河の決闘ランキングは【龍帝《ドラゴニック・エンペラー》】が頂点に立ち、二位には迅羽がついている。

だが、万を含めた〈輝麗愚民軍〉は知っている。

黄河最強の〈マスター〉は、間違いなく自分達のオーナーである輝麗だと。

輝麗を倒《たお》せる【武神《ジ・アーツ》】名捨《ウージェ》がいたとしても、最強は揺るがない。

それはきっと黄河の〈マスター〉全員が認める事実だろう、と。

「ともあれ、同胞《どうほう》が消えたならば俺《おれ》一人で奮闘《ふんとう》するしかあるまい。そうは思わんか？」

独り言のようにそう言った万は、背後を振り返る。

木々の向こうには、槍《やり》を構えた参加者の姿が見える。

万は相手の装《よそお》いから、天地の〈マスター〉だろうと推察した。

「気づいていたか」

「不意打ちする心算もなかっただろう。俺が声を掛《か》けねば貴様がそうしていたはずだ」

「フッ。拙者《せっしゃ》は忍者《にんじゃ》や野伏とは違《ちが》う。武芸者として正々堂々と戦い、ただ勝つのみ」

「気に入った。戦おう、勝ちは譲《ゆず》らんがな」

リアルがある〈マスター〉のはずだが、両者共に時代がかった口調で言葉を交《か》わす。

傍《はた》から見るとロールプレイでしかないが、二人とも空気を共有できる猛者に出逢《であ》えたことを内心で喜んでいた。

「疾《シ》ッ！」

天地の槍使いは手にした槍――十文字槍を構えて万へと駆ける。

万も背負っていた両刃斧《りょうばおの》を構え、槍使いを迎え撃《う》つ。

刃《やいば》と刃の激突《げきとつ》音が、木立の中に響《ひび》く。

「……ふむ、その槍は〈エンブリオ〉だな」

「御主《おぬし》の斧は……業物《わざもの》だが違うようだな」

槍使いが言うように、万の斧は〈エンブリオ〉ではない。

クランの鍛冶師《かじ》が製作したオーダーメイド品であり、二枚の刃はそれぞれ『純粋《じゅんすい》強度』と『耐性突破《たいせいとっぱ》』に秀《ひい》で、状況に応じて使い分けられるようになっている。

それこそ、樹木によって使い分けられる木こりの斧に近い。

「〈エンブリオ〉ならば、備えた力の一つや二つはあろう」

「無論よ！」

槍使いが吼《ほ》えると共に、十文字槍の刃が紅《あか》い光に包まれる。

打ち合う刃を通して、万の手にまでも熱が伝わってくる。

（『加熱』、そして『放熱』か）

槍を突き出す勢いで、小型の火球までもが放たれる。

それを万は回避するが、掠《かす》めた火球から伝わる熱量で火属性魔法の上級奥義にも匹敵する威力だと察する。

（天地らしくシンプルで、使い勝手がよく強い。……だが）

「爆《は》ぜろ！」

意気込《いきご》みと共に槍使いが突きを放ち、先端《せんたん》からは連続して火球が飛ぶ。
万はそれを回避し、的を外した火球は万の背後の樹木に当たる。

直後、樹木が大爆発《だいばくはつ》を起こした。
大爆発は、そのまま万を呑み込んだ。

「……え？」
驚愕《きょうがく》の声は、万ではなく槍使いのもの。
これまで火球の鍛錬《たんれん》で樹木を的にしたことは幾度《いくど》もあったが、こんな事態は初めてだ。
爆風《ばくふう》に押されるように、槍使いは後方へと跳《と》んで回避する。
――その背が、樹木にぶつかる。
（こんなところに木はなかったはず……!?）
槍使いは天地の猛者であり、槍を振るう環境《かんきょう》の確認を怠《おこた》るほどマヌケではない。
木は、槍使いがぶつかった衝撃《しょうげき》で枝に生らせていた実を落とす。
熟《う》れた実が真下にいた槍使いの肩《かた》にぶつかり、潰れて果汁《かじゅう》を飛び散らし、
――肉を灼《や》く音と不快な臭《にお》いが周囲に満ちた。

「ぐあああああ⁉」

果汁がふりかかった防具は溶《と》け、槍使いの肩肉《かたにく》も焼け爛《ただ》れていた。

爆発《ばくはつ》、激突、そして大火傷《おおやけど》。

想定外の現象の連続に、槍使いの意識と注意力が削られたとき。


「──詰《つ》めだ」

──肉薄《にくはく》した万によって槍使いは胴《どう》を背後の樹木ごと断《た》ち切られた。


両断された槍使いの内臓が零《こぼ》れるよりも早く、断たれた木から大量の樹液が溢《あふ》れ……それが再び大爆発を引き起こした。

槍使いは跡形《あとかた》もなく吹《ふ》き飛び、塵となる。天地の武芸者は【死兵《デス・ソルジャー》】をサブジョブに置くことが多いが、それもここまで肉体が破壊《はかい》されてしまえばどうしようもない。

「搦め手ですまんな。しかし、戦うとは言ったが正々堂々と言った覚えはない」

そして、二度も爆発の只中《ただなか》にいた万自身には、火傷《やけど》どころか服の焦《こ》げ目《め》一つない。

その事実が、不可思議な現象を引き起こした樹木と彼の関係を物語っている。

「さて、プレートは……ここか」

万は周囲を捜し、吹き飛んだ槍使いのプレートを見つけ出した。

プレートは爆発で砕《くだ》けることもなければ、果汁で溶けてもいなかった。

「……見た目や感触よりも頑丈ということか。持ち帰れるなら、鍛冶屋《かじや》連中に土産《みやげ》ができるのだがな」

プレートを拾い集めた万は、小さく笑い歩き出す。

「この調子でプレートを集めるか。先着三名と言うが、早い方が良かろうさ」

万は上機嫌《じょうきげん》で次の獲物を探しはじめる。

それがモンスターでも、参加者でも、万にとってはどちらでもいい。

戦い抜《ぬ》いて〈輝麗愚民軍〉の力を示しつつ、賞品を敬愛する輝麗に捧《ささ》げる。

それこそが、今の彼の目的である。

そんな彼の歩いた後には、奇妙な実をつけた樹木が次々に生えていった。

■イベントエリア中央部

ゴール周辺でスタートしたとある〈マスター〉……クマの着ぐるみを着ている彼は、空を見上げて考えていた。

視線の先では、今しがた巨大な雲の象が消滅したところだ。

誰《だれ》も彼も、忙《せわ》しなく動き回っている。

しかし、最後は皆《みな》同じだ。

最終的に誰も彼もがプレートを嵌め込むため、ゴール地点に向かわなければならない。

ゆえに、この付近に仕掛《しか》けを施《ほどこ》せば、空を飛ぶ参加者でも掛かるということだ。

そう考え、彼はせっせとトラップを配置していた。

とても熱心にトラップを仕掛ける彼は、その作業に集中していた。

だからだろうか……彼の背後には敵が忍《しの》び寄っていた。

忍者、というよりは砂漠《さばく》のアサシンのような風体《ふうてい》。気配や音を消すジョブスキルを多重発動し、黒く焼いた刃には〈エンブリオ〉が生成した特別製の猛毒《もうどく》を塗布《とふ》してある。

隙《すき》だらけの背中に突き込《こ》めば、それだけで勝負は決する。

(迂闊だったな。無警戒《むけいかい》にも程がある)
まるで背後を警戒していない彼を心で嘲笑《あざわら》い、アサシン参加者は刃を振り下ろす。
狙い過たず首へと迫《せま》った刃は……しかし布地を破ることなくただ柔《やわ》らかく沈《しず》み込んだ。
「⁉」
まるで枕《まくら》に拳《こぶし》を振り落としたような感触《かんしょく》に、アサシン参加者は驚愕する。
だが、見た目に反して想定以上に防御《ぼうぎょ》性能が高い装備だとそこで理解する。
同時に、想定以上だったのは、着ぐるみを着た彼の機敏《きびん》さ。
攻撃を受けた直後、彼の左手はコマ落としのように一瞬で敵手の首を掴《つか》んでいた。
(くっ……！　しかし、問題はない！)
布地には、しっかりと〈エンブリオ〉の猛毒が沁《し》み込んでいる。
血液に直接流《なが》し込まずとも、皮膚《ひふ》接触《せっしょく》だけでも十分な効果を発揮する。
(一秒と掛からず、昏倒《こんとう》するは……ず……？)
だが、着ぐるみの手の力は緩《ゆる》まない。
ギリギリと、アサシン参加者の首を絞《し》め続ける。
(な、え？　不は、っ……？)
自分の毒が何の効果も齎《もたら》していないことを疑問に思う間に、肉を絞める音に骨が罅割《ひびわ》れる音が混ざる。

そのときになって、アサシン参加者はようやく理解した。

（あ、そうか。無警戒なんじゃ、なくて……警戒する必要が、無――）

その思考を抱《いだ》いた瞬間《しゅんかん》、彼の首はブチリと千切れて地面に転がった。

『…………』

アサシン参加者は光の塵となり、着ぐるみの彼は落ちたプレートを拾う。

そうしてゴール周辺へのトラップの配置と襲撃者《しゅうげきしゃ》の撃破《げきは》を済ませた彼は、次なる目的地へと移動し始めるのだった。

第五話 修羅

□【聖騎士《パラディン》】レイ・スターリング

その襲撃は突然《とつぜん》だった。

木々が密集し始めたため、俺達《おれたち》はシルバーを降りて歩いていた。

そこに……複数の刃が飛んできたのだ。

「ッ！」

反応できたのは俺とジュリエット。

ジュリエットが復調した翼《つばさ》を羽ばたかせて後方に跳び、俺はアルトを庇《かば》いながら二度目の《カウンター・アブソープション》を展開した。

光の壁《かべ》は飛来した刃——怨念《おんねん》を纏《まと》った槍の攻撃を防ぐ。

『これは……』

俺が反応できたのは、これが呪いの武器だったからだ。攻撃が来るより先に【紫怨走《しえんそう》甲《こう》】が怨念を吸う気配を見せたために、敵の接近に気づくことができた。

最初の攻撃をやり過ごし、周囲の状況《じようきよう》を把握《はあく》する。

ジュリエットが回避した刃――太刀《たち》が、まだ動いている。

「！」

これは単に武器を投擲《とうてき》したのではなく、マックスのイペタムのように敵をホーミングする類のものだと理解した。

《カウンター・アブソープション》の防御は強力だが、一度目の攻撃しか防げない。

二度目の攻撃を続けざまに放たれれば砕かれる。

『ちっ！』

ネメシスが三枚目――最後のストックを使おうとして。


「――ああ、良き方々ですね」

嬉《うれ》しそうな声と共に、太刀が動きを止めた。

「ようやく、初太刀で死なない方々と……殺し合いができる方々と出逢えました♪」

美しい声が、隠《かく》そうともしない喜びの感情を伴《とも》なって聞こえてくる。

しかし同時に、刃の閃《ひらめ》きが見えて……周囲の木々が一斉《いっせい》に伐採《ばっさい》されていく。

倒れゆく木々の先、強引《ごういん》に拓かれた空間に立っていたのは……一人の女。

着物のような衣服の内側からは、傷だらけの肌《はだ》を晒《さら》している。

肩から生えた四本の義腕はそれぞれに刀を持ち、さらに彼女の周囲には……俺やジュリエットが対処した槍や太刀と同じような武器が合わせて六本も浮遊している。

彼女も参加者の一人だろうが、その異様さと……既視感《きしかん》が俺を戦慄《せんりつ》させる。

『此奴は……！』

「……何でだろうな、フィガロさんと初めて会ったときを思い出したよ」

あの〈墓標迷宮《めいきゅう》〉での、ファーストコンタクトに似たプレッシャーだ。

加えて、義腕は形状こそ異なるものの、あのカシミヤを連想させられる。

「【阿修羅王《キング・オブ・アシュラ》】……華牙重兵衛《かがじゅうべえ》!?」

そのとき、アルトが相手のジョブやネームと思われる単語を述べた。

「……【阿修羅王】？」

「あら、もしかして天地の方ですか？　くのいちのようですし……けれど」

「あわ!?」

アルトは彼女……【阿修羅王】の眼光に射すくめられ、びくっと震《ふる》えていた。

天真爛漫《てんしんらんまん》でノリの軽い謎《なぞ》あやとりの彼女でも、こうなるような相手ということ……か。

『……さらっとディスった気がするのぅ』

「見覚えはありませんね。天地でこのようなイベントに選ばれる方なら、顔くらいは記憶《きおく》していてもよいはずなのですが……」

「アタシはこの二人と違ってモブなのでお気になさらず！」

あ、こいつさらっと俺達を盾《たて》にしやがった。

……まぁ、今回のチームでは壁役《タンク》だから別にいいけど。

『最近、ルークにも盾にされたしのぅ』

流石《さすが》に【獣王《キング・オブ・ビースト》】相手に肉壁やるよりは気分的にマシだな……。

「けれど、こちらの翼の方はどこか……見覚えがありますね」

【阿修羅王】は首を傾《かし》げながら、俺達の名前を思い出そうとしている様子だ。

その仕草の間も……隙はない。

今も、六本の浮遊武器は彼女の周囲を衛星のように回っている。

「歴戦の気配……（すごい傷、だね……）」

「最近は死んでおりませんので。傷が残っているのですよ」

アバターが負った欠損や肉体変化は、デスペナルティからの復帰時には元に戻《もど》る。

だが、生きたままならば傷が残る。

俺も以前、腕を一本失ったまま暫《しばら》くログインしていた時期がある。

そして眼前の相手も同じだというのならば、あれだけの傷を受けるような死闘《しとう》を経たということであり……それを生き延びたということでもある。

ジュリエットはそれに気づき、言葉にしたのだろう。

「あぁ。思い出しました。王国のランカーですね」

【阿修羅王】は武器を持たない生身の両手をポンと打って、俺とジュリエットを見る。

「王国四位、〝黒鴉〟のジュリエット。合っておりますか？」

「……然《しか》り」

顔と名前、それに〈エンブリオ〉を見られていてはしらばっくれても意味がないと考えたのか、ジュリエットが【阿修羅王】の言葉を肯定《こうてい》する。

「うふふ。西側の有名人と会えるなんて幸先《さいさき》良いですね。私は重兵衛。私も天地の決闘《けっとう》で四位なのです。この奇縁《きえん》、きっと良い斬《き》り合いができますね♪」

そう言って艶《あで》やかな笑顔《えがお》と物騒《ぶっそう》な言葉で、【阿修羅王】はそう宣言した。

「決闘四位……か」

ランクはジュリエットと同じだが、たしか天地は……。

「天地の決闘は苛烈《かれつ》にして峻厳《しゅんげん》。我らが大地を凌駕《りょうが》する」

そう、ジュリエットが言うように天地の決闘人口は王国の倍以上。

ゆえにそのランキングも王国と比べれば、数字を半分にするのが正しい。

「つまりはこっちの決闘二位相当。……カシミヤ級、か」

だとすれば、ジュリエットを含めた三人がかりでも分が悪いかもしれない。

しかし、それならば彼女はどうして……。

「どうして、連続攻撃《こうげき》を仕掛けて殺さなかったんだ？」

さっきの攻撃を俺達は防いだ。

だが、彼女の周囲に滞空する武器は六振り。その全てで攻撃を放っていれば、防ぐこともできずに俺達は……少なくとも俺は敗れ去っていただろう。

そんな俺の疑問に対し彼女は……。

「こんな風に東と西の果ての〈マスター〉が話せる機会はあまりないでしょう？」

ニッコリと、笑顔でそう口にする。

「斬り殺してしまったら二度と話せないかもしれませんし、お話しして思い出づくりがしたいのです」

……殺意とフレンドリーのミックスがひどいが、どういう人間かは分かった気がする。

ただ、そうであるならば……俺も相手の意図に乗ろう。

「話すと言うなら、こっちから質問してもいいか？」

質問で相手の情報を探《さぐ》る。それがベストだと考えて、俺が選んだ行動は……。

「どうぞよしなに。後で私からも尋《たず》ねさせていただきます」

あっさりと【阿修羅王】……重兵衛に了承《りょうしょう》された。

自分で試《ため》しといてなんだが、通るのか……。

「……その武器、浮いているのは〈エンブリオ〉のスキルなのか？　肩から生えてる腕が〈エンブリオ〉だよな？」

フィガロさんの置換《ちかん》型と違い、ジュリエットと同じように体のパーツを増やすアームズ……いわゆるフュージョンアームズという代物《しろもの》だろう。

「そうですね、アシュラは私の〈エンブリオ〉ですが、武器が浮いてるのはジョブスキルとなります。《修羅道《しゅらどう》戦架》というジョブスキルで、効果は、簡単に説明させていただきますと念力で武器を動かす追加の装備スロット、でしょうか」

「念力……」

装備スロットの拡張はフィガロさんもやっていたが、あんな風に『装備していないのに装備する』という特殊《とくしゅ》な形もあるのか。

「見ての通りアシュラの方にも装備スロットがありますので、沢山《たくさん》武器を持てますね」

〈エンブリオ〉のアシュラと、超級職《スペリオル・ジョブ》の【阿修羅王】。

共にアシュラの名を冠《かん》し、能力も『武装の拡張』で重なっている。

なるほど……だからこそ、〝重ね阿修羅〟か。

「これならたっぷりと斬り合いができますから、私はどちらも大変好みですね♪」

「……そうだな」

装備部位を増やすだけ、というのは〈エンブリオ〉の能力としては決して強くない。

固有かつ一撃《いちげき》必殺でもおかしくはない中で、地味とさえ言えるだろう。

ならば、まだ隠し玉があるのかもしれない。

ひとまず、今の内にステータスを見て……。

――【Resist】。

「っ？」

《看破》が弾《はじ》かれてステータスを見ることはできない……？

「ああ、今、もしかしてステータスを見ようとなされました？」

「…………ああ」

しまった。これで話が途切《とぎ》れて戦闘《せんとう》に突入《とつにゅう》……。

「申し訳ありません。アシュラはそうしたものを弾いてしまうのです」

そうしたものを……弾く？

「それは、自分を対象とするスキルを無効化するってことか？」

「ええと、少し違いますね。アシュラの常時発動型必殺スキルは、私を傷つけないまま影《えい》響《きょう》を及《およ》ぼそうとする現象を無力化します。【暗黒騎士】と思《おぼ》しき貴方《あなた》が呪いの武器で私を傷つければちゃんと呪われます。斬れるなら斬ってもらって構いません♪」

……俺は【暗黒騎士】じゃないけど、理解はした。ダメージに伴《ともな》う効果は受けるが、それ以外の《看破》や遠隔《えんかく》の呪い……扶桑先輩《ふそうせんぱい》のカグヤみたいなデバフは弾くってことか。

純粋に戦いに集中するための能力。

あるいは、仏道において正義の神とされる阿修羅をモチーフとするためか。

レジストが必殺スキルなら、〈エンブリオ〉に今見えている以上の隠し玉はない……が。

『……見えているだけでも恐《おそ》ろしげな武器が十本あるが』

……俺もそう思ったところだ。

そして、彼女についても理解できた。

彼女は、隠す必要がない。

〈エンブリオ〉もジョブスキルも、敵にバレたところで不利にはならない。

そして自らの手札を晒した上で、真っ向勝負での戦いを望む。

純粋に斬り合って殺すためのビルドであり……パーソナル。

「……これが天地の修羅か」

冬樹《ふゆき》達《たち》から散々聞いてはいたが……なるほど、これは怖《こわ》い。

けれど、無事に情報は収集できた。

あとは得られた情報から勝ち筋を探るだけだ。

「それでは、次は私の質問を……」

そう思っていた俺の目論見《もくろみ》を――運命が嘲笑うように、

「――あら？」

――重兵衛の表情が変わる。


何かに気づいたように目を見開き、――俺を凝視する。

「あら、あら、あらあらあらあら……」

次の瞬間には、彼女は俺の眼前にいた。

「!?」

飛び退《の》こうとしたときには、身体が動かなかった。

彼女の義腕からは武器が手離《てばな》され、その内の三本が俺の両腕《りょううで》と首を掴んでいた。

「ッ！」

状況が急転する中で、ジュリエットの羽ばたきが聞こえる。

重兵衛に押《お》さえつけられた状態では見えないが、俺を助けるためにスキルを使うか、あるいは向かって来ようとしているのだろう。

「少々お待ちくださいね」

だが、その行動は浮遊する武器によって阻《はば》まれたようだった。

俺の傍にいたアルトは……残る一本の義腕に取り押さえられている。

「手荒《てあら》なことをしてすみません。私の質問ですが、少し確かめさせていただきたく……」

そう言って重兵衛は……俺の顔を隠していた布と、【ストームフェイス】を剥《は》いだ。

「あぁっ！」

そして、俺の髪《かみ》と顔が露《あら》わになったとき……。

「レイ・スターリング様!?」

それまでの比ではないほどに目を輝《かがや》かせて、俺の名を呼んだのだ。

「「『様…………？』」」

俺も、ネメシスも、ジュリエットも、アルトも、全員が声を揃《そろ》えて疑問を口にした。

なぜ……様付け？

だが、そんな俺達の疑問など露《つゆ》知らず、重兵衛は言葉を捲《ま》くし立てる。

「動画見ました！　痺《しび》れました！　あれこそパーフェクトでクレイジーでファンタスティックな修羅です！　大ファンです！　サインを刻んでください！　プリーズ！」

俺達の拘束《こうそく》を解き、生身の両手でネメシスを持っていない方の手を握りながら、重兵衛が跳《は》ね上がったテンション……というか別キャラのような口調で話しかけてくる。

「ちょ、ちょっと待……」

「【魔将軍《ヘル・ジェネラル》】との戦い！　悪魔《あくま》の群れを掻《か》い潜《くぐ》って、悪魔を噛《か》み千切りながらラッシュラッシュラッシュ！　それに【獣王】との戦い！　今朝見ました！　最高です！　四肢《しし》が千切れた状態から自分ごと【獣王】を貫《つらぬ》いて瀕死《ひんし》に追い込む様は感動です！」

「…………え？　レイっち何してんの？」

……なんかアルトがドン引きした目で俺を見ている気がする。

「斬って斬られてカーニバル！　今話題のカウンター使いにしてジャイアントキリング！

〝不屈《アンブレイカブル》〟のレイ・スターリング様！　王国在住だから諦《あきら》めていたけれど、まさか会えるなんて……もう私はイベントクリアしたくらいの感動を味わっています！」

重兵衛は本気で嬉しそうにはしゃいでいる。

これは演技でもなさそうで、要するに……。

『……御主のファンのようだぞ。良かったではないか』

決闘ランカーでもない俺にファンがいたのか……。

「ああ、嬉しい。嬉しい。嬉しい……」

彼女はどこか夢見心地で言葉を繰《く》り返しながら、少しずつ元の雰囲気《ふんいき》に戻る。

『どうなるかと思ったが、これで戦闘も回避《かいひ》できるかもしれぬな』

ネメシスがそう口にしたとき、俺は――全く逆のことを考えた。

「――レイ様と殺し合えるなんて最高です」

――瞬間、彼女の殺意が爆発する気配を感じた。

「シィッ！」

振《ふ》るわれた刃を大剣《たいけん》のネメシスで受けながら、地を蹴《け》って跳ぶ。

俺とは桁違《けたちが》いのSTR、耐《た》えようとすれば断たれて死ぬと本能が理解した。

ゆえに、その力で吹き飛ばされることでダメージを抑《おさ》える。

その目論見は成功し、

「あっはぁ♪」

飛ばされた先に浮遊《ふゆう》する武器があった。

「ッ！」

読まれていた。あるいは、この詰めまで含《ふく》めての常套《じょうとう》戦術なのか。

初撃でジュリエットに振るわれた太刀が空中にいる俺を断ち切ろうとして……。

「《黒死楽団葬送曲《ブラックウィング・オーケストラ》》！」

ジュリエットの放った黒い風属性魔法《まほう》が――俺に命中。

そのまま俺の軌道《きどう》を変えて吹き飛ばし、重兵衛の浮遊武器の圏外《けんがい》へと弾《はじ》き飛ばした。

『レイ！　大丈夫《だいじょうぶ》か！』

「……ああ」

ジュリエットが俺の方を狙《ねら》ったのは、最初にあの太刀の攻撃を間近で見たからだろう。

自分のスキルでは弾けないと考え、逆に俺を弾くことで助けてくれたようだ。

「ありがとな、ジュリエット」

「……うん！」

言葉を交わす間も、俺とジュリエットは警戒を続けている。

まただ。また、重兵衛の動きが止まった。追撃《ついげき》が来ない。

彼女《かのじょ》がどうしているかと言えば……。

「うふ、あは、きゃほ、すごい。直感？　ＡＧＩを超《こ》えた神防御、生で見れた……素敵《すてき》」

今しがたの攻防《こうぼう》を噛みしめるように、笑《え》みを深めている。

アルトは……興味がないのか攻撃を受けなかったらしい。射程外に逃《に》げている。

『……レイ。アヤツには、好意を持たれていたはずでは……？』

「だから、だろ」

『何？』

「あいつが、真正のバトルジャンキーだってのはこれまでの言動で分かるだろ？」

『うむ』

「だったら……一番興味を持った相手とは戦いたくなるに決まっている。重兵衛が俺を語る言葉、全部……俺の戦闘時の行動についてだったぞ」

『……あ』

アイドルの歌に惚《ほ》れて、生の歌を聞きたくてコンサートに行くように。

俺の戦闘映像を見て惚れたのならば、自分自身で戦いたいに決まっている。

……自分でこの喩《たと》えをあげるのも、なんだがな。

「もっと、もっと見たい。ゆっくり。じっくり。終わるまで、斬れるまで、事切れるまで」

恐らく……初撃から俺の正体に気づくまでは、まだ遊び半分だったのだ。

本気ではなかった。余裕《よゆう》があった。

だが、今の彼女は……次第《しだい》に殺意と戦意の純度が増している。

相手が強いからではない。相手の……俺の戦いを味わいたいから。

手加減はしない。する性格ではない。全力で、限界で、俺を殺しにかかる。

【獣王】相手に俺が繰り広《ひろ》げた戦いを、生で再現するために。

「……あの戦い、みんなの力があってのものなんだけどな」

言っても、もう聞こえていないかもしれない。

「最推しと、斬って斬られて、殺して殺されて、愛して愛されて……」

もはや、彼女は修羅《しゅら》。天地に巣くう修羅の一匹《ぴき》。

「存分に、殺し愛たぁぁぁあい！」

重兵衛……天地決闘四位【阿修羅王】が殺意と好意の牙《きば》を剥《む》く。

その実力が先に述べたようにカシミヤ級であるならば、戦力はあちらが勝る。

だが、カシミヤとは違い、重兵衛の斬撃は俺でもまだ視える。

カシミヤの抜刀術《ばっとう》……理解も察知もできない超々音速斬撃《ちょうちょうおんそく》ではない。

しかし、彼女の戦い方の特徴《とくちょう》は速度ではない。

狂喜《きょうき》に吼える重兵衛の周囲では、今も六つの武器が飛び交っている。

それら一つ一つが前衛超級職が振るう武器であり、四本の義腕も合わせて一〇の武器を同時に駆使《くし》することができるだろう。

何より、それらの武器は……。

「アルト」

「……なーにー、レイっち」

アルトはかなり逃げ腰《ごし》になっている。天地の〈マスター〉であるがゆえに、彼女の危険さを俺やジュリエットよりも遥《はる》かによく知っているのだろう。

だからこそ、聞かねばならない。

「アイツの情報、何か知らないか？」

「……《修羅道戦架》の射程は半径二五メートルって言われてるけど、あくまで決闘で伝わった情報だから本当のところはわっかんない」

重兵衛から目を離《はな》さないまま、アルトは説明してくれる。

その間、なぜか重兵衛は動かない。

まだ悦《えつ》に浸《ひた》っているのか、生身の両腕を頬《ほお》に当てて俺《おれ》を見ていた。

「飛んでる武具の内、アタシが知ってるのは四本、かな。

防御スキルを無効化する壁裂《かべさ》きの太刀、【遮過無二　ホーラ】。

斬られた者の回復を一〇〇分間禁止する見殺しの小刀、【晒死物　クビガワラ】。

霊体《れいたい》さえも呪《のろ》い殺す狂《きょう》呪の槍《やり》、【苦花奉天《ほうてん》　ヒガンバナ】。

間合いに入った者に必ず当たる神速の返し刀、【禁足致　ダンカジン】」

「…………それはまた」

この時点で、特典武具が四つ。俺の所有数を上回っている。

そして先刻の二撃目……ジュリエットのお陰《かげ》で回避できたのは【ホーラ】だろう。防御スキルを無効化するなら、《カウンター・アブソープション》で防ごうとすれば詰みだった。

恐らく他の武器も特典武具かそれに近いものだろう。

飛んでいる残り二つの武具は、円月輪《チャクラム》と大鉈《おおなた》。どちらも俺の【瘴焔手甲《てっこう》】や【紫怨走甲】のように形状が特殊であり、特典武具の公算が強い。

特典武具満載《まんさい》の、装備スロット拡張。

……やってることは、ほとんどフィガロさんだな。

「んふふ」

当の重兵衛は、アルトに手の内を明かされても慌《あわ》てる様子はない。

顔に浮《う》かぶ喜色は、まるで色褪《いろあ》せていないのだ。

「ねえ、他に何か言い残したことはありませんか？」

アルトに尋ねるように、重兵衛は笑みを深くしてそう述べる。

「ひっ⁉」

「……？」

遺言《ゆいごん》を聞くような口上だったので、アルトは情報提供を咎《とが》められたと思い怯《おび》えている。

だが、俺はむしろ逆のように思えた。

まるで、自分についての説明がなされることを待っていたかのような……。

「……そういうことか」

なるほど。天地の住民であり、決闘ランカーとはそういうものか。

「アルトがお前の手の内を俺達に説明するのを……待ってたな？」

「え？」

アルトが疑問符《ぎもんふ》を浮かべたが、ジュリエットとネメシスからは俺が言ったことの意味を察した気配があった。

そして重兵衛も笑みを深くする。

情報は重要だ。アルトが俺に顔を隠すように勧《すす》めたように、オンリーワンの能力がぶつかり合う〈Infinite Dendrogram〉において、情報アドバンテージは他のゲーム以上に大きい。

そして彼女は最初から自分の〈エンブリオ〉の能力やジョブスキルを、俺に聞かれるままに答えていた。ファンだという彼女が、俺の正体を知るよりも前に、だ。

「正解です♪　初対面で私の初太刀を耐えてくれた人には、できるだけ準備してもらいたいんですよ♪　ギリギリの戦いになって私が楽しいですからぁ♪」

初見殺しによる鏖殺《おうさつ》ではなく、フェアな殺し合いを望んでいる。

それが、華牙重兵衛という〈マスター〉のスタンスなのだろう。

体に残る傷はそうして手の内を明かした戦いでついたのだ。

油断や驕《おご》りと捉《とら》えることもできるが、根本的に違《ちが》う気がする。

こいつはフィガロさんやカシミヤのように、自分の中でルールを持っている奴《やつ》だ。

そして何より、手の内を明かした戦いであれだけの傷を負いながら……こいつはまだデスペナルティになっていない。

自分の力を詳《つまび》らかにした上で、猛者《もさ》を相手に勝ち続けた存在。

修羅の中の修羅――【阿修羅王】。

「ではそろそろ良さそうなので――始めますねぇ♪」

笑みを深めて、重兵衛が地を蹴る。

当然のように超音速機動《ちようおんそく》。レベルとステータスによるものか、それとも装備した武器のいずれかのバフ効果か。いずれにしろ俺よりも格段に速い。

「《黒死楽団鎮魂歌《ブラックウイング・レクイエム》》！」

相手の間合いに入るより先に、ジュリエットの放つ闇《やみ》属性魔法の黒球が重兵衛に飛ぶ。

だが、黒い弾幕《だんまく》を阻むべく浮遊武器の一つ――円月輪が動く。

それらは黒球をなぞるような軌道で動き、触《ふ》れた端《はし》から黒球を消し去っていく。

防御困難な闇属性魔法の弾幕が、消滅《しようめつ》する。

「……!?」

触れた魔法を消去する特典武具……ルークの【断詠手套】と同じ魔法殺し！

円月輪は投擲してぶつけるか、武器として振るうもの。

本来の運用なら投擲後の再使用や自身の被弾《ひだん》というリスクがあるが、念力で遠隔操作されているのであれば問題ないということか。

「《煉獄火炎《れんごくかえん》》！」

俺もまた、迎撃《げいげき》のために【瘴焔手甲】を向け火炎《かえん》を噴出《ふんしゅつ》させる。
だが、今度は大鉈が回転しながら飛び——炎《ほのお》の奔流《ほんりゅう》を真っ二つに断《た》ち割《わ》った。
「こっちは火炎……いや、ブレス殺しか！」
魔法を消す円月輪、ブレスを払《はら》う大鉈。
そして、ダメージを伴なわない効果を無力化する常時発動型必殺スキル。
どう足掻《あが》いても物理戦闘に持ち込ませるスタイルらしい。
「エントリイィ♪」
魔法と火炎を完全に防がれた俺達を、重兵衛の浮遊武器の殺傷圏《けん》が捉えた。
太刀が、小刀が、槍が、円月輪が、大鉈が、異なる機動で俺とジュリエットに迫る。
刀……返し刀の【ダンカジン】とやらは、まだ重兵衛の傍《そば》に浮いたままだ。
俺に迫るのは……太刀と大鉈の二つ。
《カウンター・アブソープション》では一度の攻撃しか防げない。
その上、相手に防御スキル無効の【ホーラ】がある以上、尚更《なおさら》それでは防げない。
そして俺のAGIはこの同時攻撃を回避しきれるほどのものではない。
ならばすることは一つ。
『——《追撃者は水鏡より来たる《チェイサー・フロム・ミラーリング》》！』

第四形態に変じると同時に、ネメシスは重兵衛のＡＧＩを対象に《追撃者》を発動。

俺の速度は超音速機動中の重兵衛と等しくなり、ＡＧＩの上昇《じょうしょう》に伴う体感時間の延長により、迫る武器の速度が相対的に落ちたように見える。

「ッ！」

念力で振るわれる武器の軌道を読み、両方の武器を回避する。

浮遊武器は軌道を捻《ね》じ曲げて更《さら》なる攻撃を重ねてくるが、前方に跳《と》んで回避。

『迅羽《じんう》との模擬《もぎ》戦の甲斐《かい》があったのぅ！』

「毎回最終的にはブチ抜《ぬ》かれてたけどな！」

それでもこっちの逃げ道を封《ふう》じながら死ぬまで追ってくるあの黄金の義肢《ぎし》よりは、まだ対処しやすい。

——だが、それで終わる相手でもない。

浮遊武器で攻め立《せ》てながら、重兵衛自身が正面から俺との距離《きょり》を詰《つ》めている。

四つの義腕が握《にぎ》る四本の刀が、俺の四肢を裂断すべく振るわれる。

それこそ斬撃の囲い。左右どちらに動こうと同じ速度の重兵衛の攻撃は回避できず、後ろにはまだ俺を狙う浮遊武器。

ならば、前に踏《ふ》み出すのみ。

【紫怨走甲】を装着した両脚《りょうきゃく》に力を込《こ》めて、全力でさらに前へと……重兵衛へと跳ぶ。

最も危険な、重兵衛への接近。

それはアルトに教えられていた【ダンカジン】の効果が適用されることを意味する。

だが、【ダンカジン】は俺のところへは飛んでこなかった。

俺同様に自らに迫《せま》る武器を回避したジュリエットが、俺よりも先に接近を試み……今は【ダンカジン】と鍔迫《つばぜ》り合っている。

（神速のカウンターは、抜刀されるまでの一度のみか！）

ゆえに俺は返し刀に襲《おそ》われないまま、接近。

そして、ネメシスの双剣《そうけん》の内、右手の刃《やいば》を重兵衛に突《つ》き込む。

「あはははぁ♪」

俺の何が面白《おもしろ》いのか重兵衛は笑い、――生身の手でネメシスの刃を押さえた。

「っ⁉」

それは刀剣《とうけん》を扱《あつか》う者にとって一種の浪漫《ろまん》技、真剣白刃取《しんけんしらは》り。

驚《おどろ》きの芸当に動きを押さえられると同時に、合計七つの武器が俺に殺到《さっとう》する。

だが、それでいい。

「『――《復讐するは我にあり》《ヴェンジェンス・イズ・マイン》！』」

――触れていれば、こちらのスキルは届く。

重兵衛の掌中《しょうちゅう》で衝撃《しょうげき》が弾け、血飛沫《ちしぶき》が舞《ま》う。

こちらもまた、防御力無視《ぼうぎょりょく》。カウンターの固定ダメージ攻撃。

ゆえに、カウンターを溜《た》めた上で発動すれば必ず相手は傷を負う。

白刃取りの拘束が解け、相手が揺《ゆ》らいだ瞬間《しゅんかん》に、今度は左手の剣《けん》を突き込《こ》――。

「――――」

背筋を悪寒《おかん》が走り、俺は反射的に真横へと跳んだ。

重兵衛の義腕が振るう刃の軌道上であり、半ば自ら斬られるように右の上腕《じょうわん》に傷を負う。

だが、寸前まで俺がいた場所にはその数倍の斬撃が通り過ぎていた。

「っ……」

「これかぁ。これが噂《うわさ》の……うふふ♪」

距離を取る俺に対し、重兵衛は足を止めている。

自らの出血した手のひらを見ながら、しかし再び恍惚《こうこつ》としている。

彼女の傷は、浅い。両手に直撃《ちょくげき》したが指も飛んでおらず、手のひらが抉《えぐ》れた程度だ。

「サイン、いただきました♪　れるぉ♪」

そうして傷の血を舐《な》め取りながら、俺に視線を移す。

「不思議な感覚ですね、手のひらから弾けるような、うふふ……。でも駄目《だめ》ですよー？　それは受けたダメージの倍撃。第四形態発動までの被弾は初撃を防いだモノだけ。私のAGIをコピーしてしまったら、もう大したダメージは残っていませんよね？　それと双剣ではんぶんこしてるからですか？　予想よりダメージが少なかったです」

「…………」

重兵衛は、俺の戦いを映像でしか見ていない。

しかも、第四形態の映像は【獣王】戦のものしかないはずだ。

まさか……映像を見ただけで俺達《おれたち》のスキルの仕組みを理解したのか？

そして、あえて受けるために真剣白刃取りで発動を誘《さそ》った。

それこそ、記念に……サイン代わりに自らの肉に刻ませるために。

『……のぅ、レイ。まさかとは思うが……』

「そのまさかだろうよ……」

ここまでの攻防は、この流れを狙って重兵衛自身が俺達を誘導していた。

俺が《追撃者》を使い、ギリギリで回避して肉薄《にくはく》し、《復讐《ヴエンジエンス》》を使って重兵衛に傷をつけるところまで……狙い通り。

さらに、対魔法武器があるとはいえジュリエットの横槍《よこやり》まで防いでいる。

「……天地の決闘四位、か」

カシミヤほど、速くはない。フィガロさんほど、強くはない。

だが……巧《うま》い。

十の武器をコントロールし、敵を分析《ぶんせき》し、戦闘を望む形に組み立て、望む結果を得る。

奇矯《ききょう》な見た目や言動とは真逆の、技巧《ぎこう》の達人。

「期待通りですね」

自分の演出した攻防が気に入ったのか、重兵衛は至極嬉《しごくうれ》しそうに笑っている。

期待通りという言葉。恐らくは動画から判断して、俺ならば実行できるという期待で攻防を組み立てていたのだろう。期待外れであれば……どこかで殺されていた。

「でも……………期待以上じゃありません」

不意に重兵衛は笑みを消し、俺を見る。

「レイ様の良さを完全には引き出せていない。どうして？」

その目は俺への落胆《らくたん》ではなく、疑問を抱《いだ》いているようだった。

「私には何が足りないのですか？」

まるで、不足が俺ではなく自分にあるかのような物言いだった。

だが、彼女に答える言葉を俺は持たない。

俺は……今の俺ができる最大限を発揮したつもりだ。

これ以上の力の出し方など、俺が知りたいくらいだ。

◇◆◇

□■イベントエリア東部・森林地帯

(どうすればいいのかなぁ……これさぁ……!)

眼前で行われたハイレベルな攻防。

友人と、友人の友人と、【阿修羅王】の戦いに、アルトは内心で迷い、狼狽《うろた》えていた。

(華牙重兵衛はやばいって……。だって、所属してる大名家同じだし……)

重兵衛はアルトを知らないが、アルトは重兵衛を知っていた。

なぜなら、内戦中の天地で二人が所属しているのは同じ家……四大大名家の一つ、東青《とうせい》殿《でん》家である。

だからこそ、アルトは手を出せずに迷っている。

重兵衛にこのイベントを経て目をつけられたくないからだ。

(華牙重兵衛と言えば、気風は完全にジェネリック島津《しまづ》な南朱門《なんしゅもん》家なのに、そいつらと戦いたいからって東青殿選ぶくらいのバトルジャンキー……!)

そんなヤバい奴に顔も名前も覚えられたくないから、名乗らなかったのである。

むしろ【抜忍《ヌケニン》】としての全力逃走《とうそう》で離脱《りだつ》したいくらいだった。

しかし、それはできない。

このイベントで協力し合うのが、他ならぬレイだったからだ。

(リアフレ見捨てて逃げるとか絶対後に響《ひび》くよねー!? 人間関係とか、アタシのメンタルとかぁー……!?)

ゆえに逃げられない。戦いたくないが、逃げられない。

(でも、ここで見殺しにしても結局同じだしぃ……! 何かしないといけないけど、何すればいいのかなぁ……! 悩《なや》ましい……あやとりしたい……!)

趣味《しゅみ》のあやとりで気持ちを落ち着けたいが、この状況《じょうきょう》で急にあやとりを始めたら相当にヤバい奴である。むしろ奇行《きこう》で重兵衛に記憶《きおく》されるだろう。

しかし実際、できることはない。

彼女の攻撃能力など重兵衛にとっては木っ端《こっぱ》同然。

彼女の〈エンブリオ〉のスキルも、最悪の場合は敵を利する結果になる。

そして、『彼女がこのイベントに選ばれてしまった理由』は人前では使えない。

少なくとも、天地の住人の前では絶対に。

（アタシが今できることなんて、煙幕《えんまく》を張ってみんなで逃げるくらいだけど……）

ブレスを切り裂《さ》いたように、煙幕も容易《たやす》く払われるかもしれない。

むしろ、『周囲が見えなくても斬《き》る』くらいはやりかねない。

（煙幕を張る前に、何か……相手の注意を引き付けるようなことがあれば……）

だが、そんな都合のいいことを期待できる状況でもない。

今はレイを見つめて何事かを話している重兵衛だが、すぐにまた動き出すだろう。

そうなれば、現状での勝ち目はほぼない。それが分かっているから、まだ《換羽《モルティング》》の反動が抜けていないジュリエットも手を出せずにいる。

（神様仏様あやとり様！　救いの手をプリーズ！　なんなら悪魔でも良いです！）

アルトが追い詰められてよく分からないことを考え始めたとき。

ペキリと、枝を踏み折る音がした。

真っ先に反応したのは重兵衛だった。
まるで邪魔《じやま》な枝を打ち払うように、防御《ぼうぎよ》スキル無効の太刀《たち》【ホーラ】を飛ばす。
哀《あわ》れ、この場を支配する【阿修羅王】の望まぬ闖入者《ちんにゆうしや》は、その一撃で息絶える。
——はずだった。
「……何ですか？」
訝《いぶか》しげな重兵衛の視線の先で、【ホーラ】は相手の身体にしっかりと突き立っている。
だが、防御スキルを無視するはずの刃は、相手の体表で止まっているようだった。
いや、それを体表と言ってよいものだろうか。
相手は人間とは異なるシルエットであり、どこか丸っこい全身を長い毛で覆《おお》われた……
着ぐるみだった。
その着ぐるみのモチーフとされた動物は……。
「あ、クマ」
アルトが思わず呟《つぶや》いた、熊。
『悪魔でもいいと願ったらクマが来た』などとアルトが考えているとき。
彼女以外の三人は、戦慄《せんりつ》を覚えていた。

「兄貴……？　いや、違う……！」

レイは最初、その特徴的《とくちょうてき》な姿を見て自分の兄であるシュウだと思った。

しかし、違う。

それはたしかに熊の着ぐるみだったが、兄の【はいんどべあ】ではない。

コサック帽《ぼう》を被《かぶ》り、ボンベを背負い、……白い色をしている。

何より、着ぐるみ越《ご》しに感じる視線は兄が向ける親しみを一切含《いっさいふく》まず、この場にいる全員を値踏《ねぶ》みするような——獲物《えもの》を探《さぐ》る狩人《かりゅうど》のようなものだった。

「……神域に踏み込みし、食物連鎖《れんさ》を生業とするもの」

ジュリエットの言葉は、彼女の言語だったが相手が何者かを理解した言葉だった。

そして、重兵衛は……。

「うふ、うふふ……。このイベントにもいたのですね……〈超級〉が」

それまでレイとジュリエットに分散しても余裕のあった戦力と警戒《けいかい》の全てを、着ぐるみの人物へと向けている。

そして彼女の言葉と、〈超級《スペリオル》〉というワードにレイもまた思い至る。

かつてシュウがレイに言っていたことだ。『着ぐるみは意外と有用クマ。だから俺以外にも愛用者はいるクマ』、と。

グランバロアの〝人間爆弾《ばくだん》〟醤油抗菌《しょうゆこうきん》。
天地の〝絡繰鉄人〟二重鉢轟《ふたえばちごう》。
レジェンダリアの指名手配犯〝睡眠欲《すいみんよく》〟ＺＺＺ。
そして今……レイ達の前に立つ人物。
《看破》で見えたステータスに記された名を、レイは叫《さけ》ぶ。

「――【神獣狩《ゴッドハント》】カルル・ルールルー！」

カルディナ最強クラン〈セフィロト〉の一人――〝万状無敵《ばんじょう》〟。
管理ＡＩがこのイベントに呼び込んだカンフル剤《ざい》、全〈マスター〉中で最高の防御力の持ち主と謳《うた》われる〈超級〉が彼《かれ》らの前に立つ。

幕間 チェルシーというランカー

□■イベントエリア南部・河川《かせん》

【牽牛王《キング・オブ・カウボーイ》】ジャミー・クレセントとアブフラ・マタンガを撃破《げきは》した後、チェルシー達のチームはゴールのパスワードを解くためのヒントを探すことにした。

人数が減り、一人当たりの持つプレート量が増えればゴールを目指す者も増える。先着三名という厳しいクリア人数であることを鑑《かんが》みれば、既《すで》に動いている者も多いはずだ。

しかしゴールの扉《とびら》は不正解であれば島のどこかへと転送されてしまう仕様。誤答は致命《ちめい》的《てき》な隙《すき》とタイムロスを生む。

ならば重要なのはゴールに辿《たど》り着く速さよりも、島中に鏤められているヒントを集めることだ。

それゆえチェルシー達は、このイベントエリア南部で手分けしてヒントらしきものを探すことにした。

「んー……」

チェルシーは河川に沿って歩き、時折川の水に手を入れながら考え込んでいる。

（ここに川が流れてるけど、島の東にもあったんだよね。おまけに飲用にも適してる。絶海の孤島《ことう》ってわりに植物が多様だし、水が豊富な島みたい。このイベント自体に関係あるかは微妙《びみょう》だけど、どのあたりの座標にある島なんだろう？）

かつてグランバロアに属していた身からすれば、この島は宝の宝庫にも見える。

洋上で船舶《せんぱく》を繋《つな》げてできた船上国家がグランバロアだが、そんな彼らも陸の拠点《きょてん》……沿岸部や島を欲《ほっ》してはいる。

グランバロアの冒険者《ぼうけんしゃ》ギルドには常に居住可能な島の探索依頼《たんさくいらい》があるほどだ。

（ここ、グランバロアに伝えたらそれだけで一財産なんだけどなぁ。……そういえば、グランバロアの見知った〈マスター〉はこのイベントで見てないね。あたしが抜けた後に所属した人だったら分かんないけど）

ウィンドウを開いてみるが、この島の座標などの情報は不明のままだ。

ゲームの常識で考えればイベントのために作られた『今回だけのエリア』だが、〈Infinite Dendrogram〉の常識で言えば『用意された自然界のどこか』だろう。

（ま、いっか。今はジュリとの勝負とイベント賞品のことだけ考えよ。さーて）

それまでの思考を打ち切って、チェルシーは両手を打ち鳴らす。

打ち合わせた手を広げたとき、そこには拳大《こぶしだい》の水球が浮かんでいた。

「よっと」

チェルシーはポセイドンのスキルで作り出した水球を、川の傍に生えた木に撃ち込む。

水球が触れた瞬間、――その木は爆発《ばくはつ》を起こした。

「やっぱり罠《わな》だね。……出てきなよ」

「フン。見破っていたか」

爆発した木とは別の木の裏から現れたのは、両刃斧《りょうばおの》を手にした禿頭《とくとう》の男……【斧鉞王《キング・オブ・アックス》】万梓豪《バン・ズーハオ》だった。

「どうやって、あの木が罠だと見破った？」

「植生見たら一目瞭然《いちもくりょうぜん》だよ。東部の川沿いとここじゃ気温も海抜《かいばつ》も変わらないのに、全く違う木が交ざってるんだもん。ヒントかとも思ったけど、罠だとまずいから軽く当てた」

「目敏《めざと》い小娘《こむすめ》だ」

チェルシーの回答に納得《なっとく》する万の周囲では、爆発したものと同じ木が次々に生え、周囲の森林の色を塗《ぬ》り替《か》えている。

「生産職にも見えないから、その木が〈エンブリオ〉ってことでオッケー？」

「如何《いか》にも。これぞ我《わ》が〈エンブリオ〉、ザックームよ」

TYPE：レギオン、【禍樹園　ザックーム】。

ザックームは、イスラムの伝説において地獄《ジャハンナム》に生えると言われる樹木。

食《く》らった地獄の住人の身体の中で沸騰《ふっとう》し、バラバラに裂き、体液を流出させるという。

そんなものをモチーフとするザックームもまた、強毒性の樹木だ。

レギオンの〈エンブリオ〉であり、零《こぼ》れ落ちる実の果汁《かじゅう》は酸性毒で装備と肉体を灼《や》き、さらには高性能爆薬《ばくやく》となって吹《ふ》き飛ばす。

そして樹木自体が破壊《はかい》された場合は、実を上回る毒と爆発を生じさせる。

任意でコントロールはできず、複数設置して相手が掛《か》かるのを待つタイプの〈エンブリオ〉であるが……。

「そんなに生やしたら自分も危なくない？」

「心配無用」

万はニヤリと笑い、傍《かたわ》らのザックームを殴《なぐ》りつける。

当然のようにザックームは爆発するが……万や彼の装備品は無傷だった。

「ザックームが我を傷つけることなし」

ザックームの最も恐《おそ》ろしい点は毒性でも、爆発力《ばくはつりょく》でも、展開力でもない。

万が、ザックームの毒や爆発の影響《えいきょう》を一切《いっさい》受けないことだ。

ザックームとは、万にのみ優位なバトルフィールドを形成する〈エンブリオ〉である。

「ふーん。決闘《けっとう》で便利そうだね」

「当然よ！　我こそは黄河決闘五位、【斧鉞王】万梓豪！　偉大《いだい》にして美しい輝麗《フウリー》様に従う五支将の第三席だ！」

「そう。私はチェルシー。【大海賊《グレイト・パイレーツ》】で王国の決闘八位だよ」

名乗り合った二人は、互《たが》いに両刃斧を構えて向かい合う。

これまでの話はお互いに時間稼《かせ》ぎだ。

万はザックームを大量展開するまでの、チェルシーは相手を探るまでの、準備時間。

「奇《く》しくも互いに決闘ランカー、さらには得物も斧《おの》同士というわけだ」

「そうだね」

「だが、大きな違いがある。それが何かわかるか？」

「なんだろーなー？　わっかんないかも？」

はぐらかすようなチェルシーの言葉に、万は笑みを深くして――吼《ほ》える。

「それは……我が超級職ということよ‼」

その言葉と共に、万はチェルシーへと切り掛かる。

「だよね！」

万の斧の一撃《いちげき》を辛《から》くも防御したチェルシーは、圧力に負けて後方へと飛ばされる。

（ま、ステータスの差は歴然ってね。おっと）

飛ばされる最中、地面を蹴《け》って自らの背後に生やされたザックームを回避《かいひ》する。

だが、追撃してきた万は構わずに直進し、自らの斧でチェルシーが回避したザックームを切り倒《たお》す。

発生した爆発と毒液が、チェルシーへと襲い掛かる。

「あっぶな！」

チェルシーは自身の前に水壁《すいへき》を発生させ、毒液と爆発の直撃を防いだ。

そのまま水弾《すいだん》を万へと飛ばすが、そちらは斧の一振《ひとふ》りで弾《はじ》き落とされてしまう。

「水使いか！　弱い力だ！」

「かもね！」

万の猛攻《もうこう》に押《お》され、チェルシーはいつしか川へと移動していた。

【大海賊】のジョブスキルで水上歩行を行うチェルシーに対し、万は膝《ひざ》から下を川の水に浸《つ》からせている。

しかし、その程度の水深は前衛超級職である万の動きをどれほども阻害《そがい》しない。

川の中にさえザックームを生やしながら、万はチェルシーとの距離を詰めに掛かる。

(やっぱりかぁ……)

その状況に……予想通りの展開にチェルシーは内心で溜息《ためいき》を吐《つ》きたくなる。

(川の中にも生やせるし、もうかなりの密度になってる。ここで必殺スキルや《天地逆転大瀑布《だいばくふ》》を使ったら誘爆《ゆうばく》でアウトかな)

彼女《かのじょ》が決闘において決め手としている必殺スキルなどは、基本的にはそれなりの範囲《はんい》を同時に攻撃《こうげき》する代物《しろもの》だ。

召喚《しょうかん》した液体の質量を武器とする戦い方である以上、大量の液体を出す必要がある。

そして、ザックームに満ちたこの戦場でそれをすれば誘爆の連鎖が始まり……チェルシーだけがザックームの被《ひ》害《がい》を受けてしまう。

接近戦ではステータス負けする状況であり、今は然《さ》程《ほど》効かない水弾を撃《う》っている。

もっとも、チェルシーがザックームに気をつけても意味はない。

「フハハハハ！」

万が斧で一本のザックームを切り倒せば、そこからザックームの誘爆が始まってチェルシーにまで爆発が迫ってくる。

そう。〈マスター〉である万が自ら樹木を切り倒しても、即座《そくざ》に毒と爆発は拡散する。

むしろそれこそが主力であり、ジャミーが『木こり』と揶揄《やゆ》したのはそのためだ。

必殺スキルはザックームの大量瞬間展開だが、闘技場《とうぎじょう》の舞台《ぶたい》を埋《う》め尽《つ》くしてもなお余るほどの数を配置できる。その上で、連鎖爆発《れんさばくはつ》するのだ。

ザックームの連鎖爆発はＡＧＩ型でも回避しきれず、酸性毒はＥＮＤ型の防御も削《けず》る。

万を嫌《きら》うジャミーも、決闘では舞台サイズのアブフラ・マタンガごと焼き尽くされるため彼の下位に甘《あま》んじている。

限定空間全てをトラップで満たす恐るべき〈エンブリオ〉。

ゆえに黄河の決闘でも畏《おそ》れられ、名が知れたランカーの一人であり……。


(――データ通り、決闘向きの〈エンブリオ〉だね)

――チェルシーにとっても、既知《きち》である。

ザックームに気づいた理由は一種のブラフだ。本当は最初から木の形状を知っていた。

(ザックームは大量展開可能で、対象選別も可能。けれど遠隔起爆《えんかくきばく》はできない。接触《せっしょく》によ

る振動《しんどう》でだけ実を落とし、破壊でのみ爆発する。そういう縛《しば》り)

万が述べていなかったザックームの欠点まで、チェルシーは知っていた。

チェルシーはこのイベントへの参加が決まった時点で、ネットに動画が上がっている各国の決闘ランカー全てに目を通してチェックしていた。

自分やジュリエットが選ばれた時点で、まず間違《まちが》いなく他の参加者にも決闘ランカーがいるだろうと考えて。

(そして観察した限り、あっちはあたしの決闘をどっちも、知らない)

彼女は万のスタイルを知っていたが、万は彼女を知らない。

それは珍《めずら》しいことでもない。対戦相手となりうる自国の決闘ランカーの研究に時間を費《つい》やすランカーは多くとも、戦う機会のない遠方の国のランカーの情報は優先度が低い。

決闘王者ならばまだしも、だ。

ゆえに、他国の八位であるチェルシーを知らない万がおかしいわけではない。

それに今回に限っては、王国決闘ランカーのチェルシーを知っていても意味はない。

なぜなら万が相対しているのは……。

「よく凌《しの》ぐ! だが、そろそろ決めさせてもらおうか!」

チェルシーは毒液と爆発を水で防ぎ、ザックームを避《さ》けながら万と距離を取ろうとしていたが、それでも彼我《ひが》のステータス差や防御の際の時間ロスで距離を詰められている。

万はここでザックームを密集させて生やし、それを一斉起爆《いっせいきばく》してチェルシーが防御に専念せざるをえない大技で彼女の隙を作る。

しかしどれだけザックームが大爆発《だいばくはつ》を起こそうと、万にダメージはない。

毒と爆発を一直線に突っ切り、チェルシーに斧を振《ふ》り下ろして勝負を決める、

——つもりだった。


「…………何？」

気がつけば、万は仰向《あおむ》けに倒れていた。

川の水が鼻に入ってくる不快感を覚えて立ち上がろうとするが……叶《かな》わない。

彼の両脚は……膝から下が吹き飛んでいたからだ。

まるで、爆発にでも巻き込まれたかのように。

(ウソだろ!?　ザックームがオレを傷つけることはないんだぞ!?)

万は心中で、ロールプレイではない素の口調で動揺《どうよう》していた。

それを努めて顔に出さないようにしながら、しかし理解不能な状況に混乱していること

までは隠《かく》せない。

直後、さらに爆発が起きて……今度は斧を持っていた腕《うで》が吹き飛んだ。

「これは……！　ザックームでは……!?」

遅《おく》れてだが、万は気づく。

これが自分の〈エンブリオ〉による爆発ではない、と。

「――やっと気づいた？」

万は、自分を見下ろす少女に目を向ける。

朗《ほが》らかな笑《え》みを浮《う》かべた少女だったが――目はひどく冷徹《れいてつ》だった。

そして彼女の手には、【ジェム】。魔法《まほう》を収めた消費アイテムがあった。

「【ジェム】、だと？　だが、いつの間に取り出した？　そして、どうやって我に……」

「教えない」

彼女は万の問いに答えず――【ジェム】を放り投げる。

起動した《クリムゾン・スフィア》は、半死半生の万を呆気《あっけ》なく焼き尽くした。

万が持っていた大量のプレートが川の中に散らばり、ザックームも消えていった。

同僚《どうりょう》同様、何が起きたか分からないまま……あっさりと黄河のランカーは退場した。

チェルシーはプレートを拾い集めるとすぐにその場から離《はな》れ、また川を下り始める。

戦闘《せんとう》音で他の参加者が寄ってくる危険を回避するための判断だ。

万と問答をしなかったのも、死に体の相手の前で自分の手口を自慢《じまん》して逆襲《ぎゃくしゅう》されるリスクを負わないためだ。

優越感《ゆうえつかん》など、自分の手口を明かす対価には軽すぎると彼女は理解している。

友人達に向ける陽気さや、敵を欺《あざむ》く道化《どうけ》ぶりも、今はない。

ただ冷静な判断と損得の天秤《てんびん》のみが、彼女の中にある。

(さて、邪魔が入ったけどプレートは手に入った。これだけあれば回答分は足りてるはずだから、ヒントを見つけないとね。二人の方は探し当てられたかな?)

マックスと死音のことを考えて、チェルシーの目に少しだけ陽気さが戻《もど》る。

今の彼女の関心はプレートの所持枚数と二人の友人、それに勝負中の親友のことだけであり、万のことは既に意識から消えた。

超級職の決闘ランカーを葬《ほうむ》っても、彼女は特に何の感慨《かんがい》も抱いていない。

彼女にとって、珍しくもないことだったからだ。

――王国以前の彼女にとっては。

第六話 修羅と狩人

□【聖騎士《パラディン》】レイ・スターリング

突然《とつぜん》の、【神獣狩《ゴッドハント》】カルル・ルールルーの出現。

なぜここに、などとは言わない。国を問わずに〈マスター〉を集めて行われるイベントなのだ。他国の〈超級《スペリオル》〉が参加していることもあるだろう。

問題は、この状況。【阿修羅王《重兵衛》】だけでも極《きわ》めて勝算が低かったというのに、〈超級〉まで加わり、混迷《こんめい》の増したこの状況だ。

「カルル・ルールルー。昔は天地《うち》の西白塔家《せいはくとう》にいたという人ですね。私が超級職になった頃《ころ》には大陸に渡《わた》っていたそうですけれど……ここで逢《あ》えるとは思いませんでした」

重兵衛《じゅうべえ》は乱入してきた〈超級〉にいくらかの興味を抱いたようだ。

『…………』

対して、【神獣狩】は重兵衛ではなくこちらばかり見ている。

着ぐるみの作り物の両目でもはっきりと分かるほどに。

狙《ねら》いやすい獲物として、ロックオンされているということだろうか……？

バトルロイヤルの常道で考えれば、弱いものから消えていく。

この局面をどうやって切り抜けるか……。

「うふふ。では、先にこちらとやり合いますね♪」

などと俺《おれ》が考え始めたときには、重兵衛が【神獣狩】に斬りかかっていた。

常道など、修羅の前には有って無きが如し。

華牙《かが》重兵衛は、その武器の全てと共にカルルへと踏み込んだのだ。

「な⁉」

「レイ様。また後でお会いしましょうね。今の内に、私に何が足りなかったのか考えておいてください。私も考えますので。……アハハハハハハハ♪　エントリィィィ♪」

トロンとした笑顔《えがお》を俺に向け、修羅の狂笑と共に【神獣狩】に連続斬撃を放つ。

ブラフではなく、完全にターゲットを俺達から移していた。

より強い相手を先に、と言うよりはメインディッシュを後回しにしたような言動で。

『…………』

対する【神獣狩】は無言の棒立ち。

飛翔《ひしょう》する武器の数々をその身に受けても揺るがず、着ぐるみには傷の一つもない。

「ファンタスティィィイック♪」

重兵衛は義腕の四本の刀の全てを、上段から振り下ろす。

【神獣狩】は初めて腕を掲《かか》げて防御体勢を取り、全ての刃を着ぐるみの前腕《ぜんわん》で受ける。

やはり着ぐるみが傷つくことはなかったが、地面には四条の亀裂《きれつ》が数十メテルに亘《わた》って走っていた。

先ほど俺に振るった斬撃とはまるで違《ちが》う、重兵衛の全力斬撃。

その威力《いりょく》に慄《おのの》くべきか、それを防いだ【神獣狩】を畏れるべきか。

しかしいずれにしろ、今はこの戦いを……恐らくはこのイベントにおける上位二人の激《げき》突《とつ》を見続けているべきではない。

「っ！　レイっち！　ジュリエットちゃん！　逃《に》げるよ！」

アルトが『今しかない』と決意して声を上げ、煙幕と爆竹《ばくちく》を全力で展開する。

その意図は、俺の考えと同じだった。

「……ああ！」

姿を隠す煙《けむり》と、移動音を消す爆竹。

逃走のための二重工作の中、俺達は戦う二人に背を向けて駆《か》け出した。

◇◆◇

□■イベントエリア東部・森林地帯

カルルは逃げる背中を着ぐるみ越しに凝視《ぎょうし》していたが、重兵衛はそちらには目もくれずにカルルを斬り続ける。

『…………』

重兵衛にとっては敬愛するレイとの別れだが、彼女は信じている。

縁《えん》は繋がった。後ほどきっと……より良いカタチで殺し合えるだろう、と。

ゆえに今は、この望外の強敵との殺し合いを楽しむのだ。

「妖刀のみなさぁん、起きてくださいねぇ！」

重兵衛は、義腕が握《にぎ》る四本の刀――妖刀に命じるように告げる。

四本の妖刀からは黒紫《くろむらさき》のオーラが漏《も》れ出し、重兵衛の身体を包む。

直後、重兵衛のステータスが爆発的《ばくはってき》に跳《は》ね上がった。

「あっはぁ！」

重兵衛の持つ四本の刀は、特典武具ではない。

しかしある意味では下手な特典武具以上に強力で、危険な代物。

それらは元々天地でも上位百振りに入るほどの名刀だったが……長き歴史の中で呪《のろ》いと怨念《おんねん》に塗《まみ》れ、妖刀と化したものだ。

使用者に莫大《ばくだい》なステータスバフを与《あた》えるが、肉体の制御《せいぎょ》権喪失《そうしつ》・HPの継続《けいぞく》低下・装備解除不能・自害といった恐ろしいデメリットまでも付与《ふよ》される。

歴史上、幾人もの武芸者が彼女の持つ妖刀によって凶行《きょうこう》に走り、死んでいった代物。

ただし、重兵衛は例外だ。被《ひ》ダメージ時以外の自身への影響を無効化するアシュラの必殺スキルが、妖刀の呪いにまでも適用される。

それゆえに彼女は妖刀のメリットのみを受け取り、振るうことができる。

「一《ひ》、二《ふ》、三《み》、四《よ》、五《い》、六《む》、七《な》、八《ヤ》ァ!!」

重兵衛の猛攻がカルルの着ぐるみに次々と叩《たた》き込《こ》まれる。

返し刀の【ダンカジン】とブレス殺しの大鉈《おおなた》を除く浮遊《ふゆう》武器の四連撃に、アシュラの握る妖刀四刀流での超音速《ちょうおんそく》連続剣《けん》。

前衛超級職でも削り切れる連撃は、余波だけで森を森でなくしていく。

手数と速度が合わさり、避けることも捌《さば》くこともできないだろう。

『…………』


だが、カルルはその攻撃を避けようとはしないし、捌こうともしない。

全てを受け入れ、直撃《ちょくげき》し……傷一つない。

「硬《かた》い？　堅《かた》い？　違いますねぇ！」

重兵衛は連続攻撃でテンションがヒートアップしていく中、それでも冷静に分析する。

（手応えはある！　ＨＰは削れています！　けれどダメージは想定より通っていない！　状態異常もまるで発生していません！　骨の一つも折れず、【出血】も見えない！　動きは鈍《にぶ》らない！　挙句に着ぐるみも破れない！）

もはや準〈超級〉の域を逸脱《いつだつ》した近接攻撃能力を獲得《かくとく》した重兵衛の猛攻。

だが、その中でも……毛皮には傷の一つもついていない。

斬撃の痕跡《こんせき》は傷ではなく、『押し込んだぬいぐるみについた跡《あと》』程度だ。

そして被ダメージが前衛超級職でも十人は死ぬ量となっても、カルルは揺《ゆ》るがない。

（何のスキルでの耐久でしょう？　ＨＰが〇ではないから【死兵《デス・ソルジャー》】とは違う。ＨＰ一で耐《た》える【殿兵《リア・ソルジャー》】の《ラスト・スタンド》でも、効果時間が終わってるはず。何かの魔法……でもないでしょう）

魔法殺しの円月輪もぶつけているが、効果を発揮した気配はない。

原理は不明だが、カルルがダメージを受けても死なないことだけは確かだった。

防御スキルだとしても、防御スキル無効の【ホーラ】が通っていない時点で防御とは原理が異なるか……【ホーラ】の力を真っ向から相殺《そうさい》する何かだ。

「傷も見えないし趣味じゃありませんね」

斬りつけながら、重兵衛は不満そうに呟く。

全力で斬り合って傷つけ合うのが楽しい彼女からすれば、斬っても傷つかない相手は面《おも》白《しろ》くないのだ。萎《な》えて、テンションも下がって、落ち着いてきた。

彼女にとっては傷つきながら、手足を欠けさせながら、しかし勝機を狙って最後まで食らいつく人物が最高の相手だ。

強さではカルルに大きく劣《おと》るが、やはりレイこそが彼女のメインディッシュだった。

『…………』

重兵衛の不満と攻撃を無言で受けるままのカルルだったが、いつしかその手には背中のボンベから伸《の》びたホースが握られている。

火炎《かえん》放射器のようなそれが重兵衛に向けられ、ホースからは朱色《しゅいろ》の霧《きり》が噴出《ふんしゅつ》した。

「でしょうね」

相手の装備からこの手の攻撃を想定していた重兵衛は、後方に飛び退《の》くと同時にブレスを払《はら》う大鉈を飛ばして霧を断《た》つ。

霧は左右に分かたれたまま拡散し……霧に触《ふ》れた樹木が腐《くさ》り落ちていく。

「毒ですか？　……今まで使わなかったところを見ると、自分の受けた攻撃のダメージ量に応じて毒の威力が変わる代物ですか？」

『…………』

無言のカルルは肯定《こうてい》も否定もしなかったが、重兵衛の分析《ぶんせき》は正解だ。

自らの身に蓄積《ちくせき》したダメージによって毒の威力が変わる。それがこの霧……伝説級特典武具【醸竜朱　ドラグブラッド】の効果。重兵衛の猛攻を受けた今は、【猛毒《もうどく》】を遥《はる》かに超《こ》えている。霧を払おうと、空気に混ざった微量《びりょう》の毒でも状態異常の付与には十二分だ。

しかし、重兵衛はこの致命的な霧の中でも平然としていた。

「私、毒って吸っても飲んでも効かないんですよ。あれらは状態異常になって初めてダメージが発生しますから」

『…………』

自分の手の内を晒《さら》すような重兵衛の発言を、カルルはブラフと思わなかった。

ただ、常套《じょうとう》戦術であるダメージを受けてからの広範囲《こうはんい》状態異常散布が効かないのでは、あまりカルルと相性《あいしょう》が良くはない。

重兵衛の斬撃では殺せず、カルルの毒も効かない。互いに決め手のない戦い。

重兵衛は『趣味じゃない相手だ』と感じ、カルルは『面倒《めんどう》な相手だ』と思った。

『…………』

カルルは武装を【ドラグブラッド】から、鹿の角のような奇妙《きみょう》な杖《つえ》へと切り替《か》える。

森祭祀《ドルイド》の儀式《ぎしき》のようにカルルはそれを振った。

直後、毒で枯《か》れた森に新たな木々が次々に生えてくる。

不気味なことに、それらは残留した霧に触れても枯れていない。

重兵衛はカルルが何をしようとしているかに気づき、再び距離《きょり》を詰《つ》めようとする。

だが鬱蒼《うっそう》と繁茂《はんも》し始めた木々の壁とまだ残留した霧に紛れ、カルルは――逃走《とうそう》した。

「逃げを打つ！〈超級〉が！　賢《さか》しすぎて腹立たしいですね」

表情にこそ怒《いか》りを見せていないが、その言葉は重兵衛の本心だ。

そも、このイベントは先着順のクリア型イベント。重兵衛以外の参加者にとって対人は手段であって目的ではない。

ゆえに、面倒な相手は避けるのが正しい。

ましてや……もっと倒しやすそうな獲物を三人も見つけているのだから。

だが、重兵衛にしてみればそれはメインディッシュの横取りだ。

カルルによる逃走と追跡《ついせき》を許す訳もなく、木々も毒も切り払って追走する。

速度においては重兵衛に分があり、すぐにカルルに追いついて……。

「……！」

それは彼女の戦闘勘《せんとうかん》が行わせた行動。

咄嗟《とっさ》に踵《きびす》を返して重兵衛が飛び退いた瞬間《しゅんかん》に、彼女が直前に踏《ふ》み込んだ場所からガチリという重く硬い音がした。

それは、トラバサミ。動物を狩《か》る罠として、最もイメージされる代物。

しかも、その虎口《ここう》の如き刃《やいば》は……何らかの毒で濡《ぬ》れていた。

だが、周辺環境《かんきょう》の変化はそれだけでは終わらない。

トラバサミの作動に呼応して、ガチリガチリと仕掛《しか》けが動く音がする。

「……【神獣狩】ですものね」

【神獣狩】は狩人系統の超級職の一つであり、戦闘力《せんとうりょく》でなく狩る力に秀《ひい》でる。

長時間飲まず食わずで行動可能なタフネス、獲物の追跡、そして……罠の作製能力。

【神獣狩】のスキルの一つ、《クイック・トラップ》。手持ちのアイテムから罠を瞬間作製できるそのスキルで、カルルは既に自分の通り道に無数の罠を設置していたのだ。

そして視界を潰《つぶ》し、レイ達《たち》の追撃《ついげき》を匂《にお》わせ……重兵衛を罠に満ちた死地に追い込んだ。

アシュラの必殺スキル、《修羅の巷は刃で語れ《アシユラ》》はダメージを伴《とも》なわない効果は無効化するが……無数の罠を浴びせられれば傷つき、倒れるだろう。

「――猪口才《ちよこざい》」

――アシュラの〈マスター〉が重兵衛でなければ。

森の中、三六〇度から迫《せま》る罠の数々を彼女の刃は切り払う。

毒矢も、魔法も、爆発も、槍《やり》の陥穽《かんせい》も、全てを突破《とつぱ》する。

然《さ》もあらん。彼女は【阿修羅王】。六の浮遊武器を操《あやつ》る者であり、それらは元より彼女自身のマニュアル操作……サポートなど一切ない。

全ての武器を同時に使いこなす彼女の処理能力は、常人のそれではないのだ。

ゆえに罠では彼女の命は取れず、――しかし処理能力を圧迫《あつぱく》していた。

『…………』

いつの間にか重兵衛の背後に接近していたカルルは、着ぐるみをギリースーツのように葉で体表を覆《おお》ったものに切り替えている。

森の中での迷彩《めいさい》をスキルとして有する着ぐるみと、【神獣狩】が持つ臭《にお》いと気配を消すスキルの相乗効果は、重兵衛にさえギリギリまで接近を気づかせなかった。

カルルが重兵衛を罠の設置区域に誘《さそ》い込んだことは、逃走の足止めでもなければ罠での始末を画策したわけでもない。

致命《ちめい》の一撃を叩き込む、カモフラージュのためである。

――《命を贖《ドラグペイン》うは命のみ》。

彼の手の中にある大振《おおぶ》りのナイフは伝説級の特典武具。

自らが受けたダメージを積み重ね、固定ダメージとして切っ先から叩き返す。

即《すなわ》ち、《復讐するは我にあり《ヴェンジェンス・イズ・マイン》》と同系統の装備スキル。

「――――」

自分の背後に迫る致命的な破壊の気配に重兵衛も気づく。

しかし振り向く時間も回避する時間も残されていない。

ゆえに右の義腕の一つを人ならざる関節の可動《かどう》で捻《ね》じ曲げ、迫るナイフに叩きつける。

接触と同時に破壊のエネルギーが義腕に伝播《でんぱ》し、……それが本体に届く前に重兵衛は義腕の一本を分離《パージ》した。

《命を贖うは命のみ》のエネルギーは義腕を完全に消滅《しょうめつ》させ……そこで止まる。

『！』

不意打ちへのガードと、分離による手応えの消失。

それは逆にカルルの体勢を崩《くず》し、隙を生じさせる。

その瞬間に重兵衛は超信地旋回《せんかい》の如くカルルへと向き直り、

「秘剣《ひけん》」

生身の両手で一本の刀を振るう。

その刀こそは彼女の持つ最強。神話級武具、【累傷刃《るいしょうじん》　カサネヒメ】。

六〇分以内に、他者に与えたダメージと同じだけの威力を有した斬撃を放つ。

「──《扮惨武傷《ウンサンムシヨウ》》」

──即ち、傷つければ傷つけるほど際限なく威力が高まる必殺剣である。

狩人《かりゅうど》の必殺は修羅の腕によって外され、修羅の必殺は体勢を崩した狩人に直撃した。

彼女の累積《るいせき》したダメージを考えれば、前衛 超級《ちょうきゅう》 職といえども跡形《あとかた》もなく消し飛ぶ威力。

『…………』

それでも……〝万状無敵《ばんじょう》〟は崩れない。

重兵衛の切り札を受けても、その着ぐるみにさえも傷を負ってはいなかった。

「……おや」

度重《たびかさ》なる攻撃が……防御《ぼうぎょ》を切り裂《さ》く【ホーラ】も必殺の【カサネヒメ】も通じなかったことが、重兵衛にカルルという存在を理解させる。

これは何らかの超常《ちょうじょう》の『法則』によって守られた存在だ、と。

恐らくはカルルが有する〈超級エンブリオ〉の力。

（仕掛けを解くのが先でしょうか……それとも……）

それを読み解き、解決しない限り……幾万《いくまん》の攻撃を重ねてもこの〈超級〉は倒せない。

重兵衛がどれほど攻撃能力でカルルを上回っても、倒せないのだ。

「ゴリ押しで潰すのが先になります？」

もっとも、傍目《はため》に無意味であっても修羅の凶刃《きょうじん》を止める理由にはならない。

絶望的な無敵さを目にしてもなお、重兵衛は笑みを深めてカルルを斬《き》りつけている。

『…………』

ゆえに、嫌気《いやけ》が差したのはカルルの方だった。

「え⁉」

責めるような声を上げた重兵衛に背を向けて、カルルは今度こそ全力で逃走する。

毒で死なず、罠で死なず、切り札も腕一本で耐え抜《ぬ》き、無敵にも怯《ひる》まない。

このままではイベントが終わるまで、このバトルジャンキーの相手をしなければならないと悟《さと》り、……相手をしないのが正解だと理解したのである。

装備を逃走用のそれに切り替え、周囲の罠も全て連鎖《れんさ》作動させて重兵衛の動きを制限し、カルルは逃走した。

重兵衛の罵倒《ばとう》が飛んでくるが、カルルは構うことなく逃げ続ける。

なぜなら彼《かれ》は騎士でも修羅でもなく、狩人。

最終的にその手に成果を得ることこそが、彼の勝利。

それに狩人ではなくカルル自身として考えても、眼前の修羅よりも逃げた獲物の方が……彼にとっては遥かに意義のある相手だった。

かくして修羅と狩人の闘争《とうそう》は打ち切られ、両者の戦場には不満そうな修羅のみが残されたのだった。

◇◇◇

□【聖騎士】レイ・スターリング

「……無事、逃げられたかな？」

「そのようだのぅ」

前門の修羅、後門の〈超級〉。恐ろしく危険な状況《じょうきょう》だったが、幸いにして逃げ切れた。

重兵衛の申し出がなければ全滅《ぜんめつ》も見えていた状況だった。バトルロイヤルらしい窮地《きゅうち》だが、バトルロイヤルだからこそ助かったとも言える。

……しかし確信を持って言えるが、確実にあのどちらかとはイベントを進めていけば再び対峙《たいじ》することになるだろう。

そのときにはあの凄《すさ》まじき修羅か、無敵と称《しょう》される〈超級〉を倒さなければならない。

中々に勝ち目の薄《うす》い戦いになりそうだ。……いつものことだが。

「し、死ぬかと思ったー……！」

隣《となり》ではアルトが「ぜえはあ」と息を吐きながら膝をついていた。

「アルト、煙幕《えんまく》ありがとな」

「ど、どういたしまして！　ていうかレイっち落ち着きすぎじゃない⁉　〈超級〉まで出てきてたよ⁉」

「まぁ、〈超級〉とも結構な回数遭遇《そうぐう》してるし」

フィガロさんからカウントすると、片手の指では足りないだろう。プレイヤー全体で百人もいないはずだが、頻繁《ひんぱん》に知り合うものだ。

「うわー、トラブル慣れしてるー。流石《さすが》は悪魔《あくま》食いのレイっち……」

「そこピックアップすんなよ」

「動画的には一番有名な奴《やつ》だからのぅ……」

あの【魔将軍《ローガン》】戦って録画したの誰《だれ》なんだろうな……。

「ジュリエットの方も大丈夫《だいじょうぶ》か？」

「軽傷なり。我《わ》が翼《つばさ》の羽ばたきを止めること能《あた》わず」

問題ないか。それなら良かった。

「さて、無我夢中《むがむちゅう》で逃げたわけだけど、現在位置は……」

周囲の風景を見回し、転送前に見た島の全景を思い出して比較《ひかく》する。

森を脱出《だっしゅつ》した俺達《おれたち》はいつしか沿岸……島の外縁部《がいえんぶ》に辿《たど》り着いていた。海に面した岩場であり、山や森との位置関係から判断するとイベントエリアの南東部の端《はし》になるだろう。

「兎《と》に角《かく》、移動を再開しよう。同じ場所に留《とど》まっていたら追いつかれるし、クリアのヒントも見つけられない」

「うむ。しかしそもそもヒントとはどのようなものなのかのぅ。チェシャもそれは説明してくれてもよいではな、わぷっ⁉」

喋《しゃべ》りながら歩きだしたネメシスが、何かに躓《つまず》いて転んでいた。

「もう！　何なのだこれはっ⁉」

鼻を押さえながら文句を言うネメシスの視線の先には、溝《みぞ》のようなものがある。

よく見れば、ネメシスが転んだあたりから『白い岩』となっている。

「ん？」

ネメシスが躓いた溝だが、どうにも自然に形成されたにしては直角すぎる。

まるで人の手で彫《ほ》り込んだかのような、綺麗《きれい》で不自然な溝だ。

「……低い高度なら大丈夫か」

周囲を探《さぐ》り、例の対空砲撃《たいくうほうげき》がないか注意しながら……俺はシルバーで飛んだ。

少しずつ高度を上げて、溝の刻まれた白い岩場を俯瞰《ふかん》していく。

そして……。

「なるほどな」

――［ＹＹＹＭＭＤＤ］。

見下ろした白い岩場には、そう刻《きざ》み込まれている。

ネメシスが躓いた溝は、岩場に刻まれた文字の一部。

この文字列は俺達が見つけたこのイベントの最初のヒントであり、八桁《はっけた》の入力内容が『西暦《せいれき》の日付』であると確定させる情報だった。

□イベントエリア南部・砂浜《すなはま》

曼殊沙華《まんじゅしゃげ》死音《シオン》の名はアルター王国においてそれなりの知名度を持つ。

十三位の決闘《けっとう》ランカーというだけでも有名な人物であるが、彼女《かのじょ》の場合は三倍だ。

そう、死音は決闘・クラン・討伐《とうばつ》の全ランキングで十三位に立つ稀有《けう》な人物である。

本来は上位ランカーに入れる実力者だが、あえてその地位にいる。

わざわざクランメンバー――リアルでの彼女の家の使用人まで動員して前後のランカーの動向を調べ、数値調整して十三位を維持《いじ》し続けているほどだ。

そして、なぜそんなことをするのかと言えば……『十三という数字は不吉《ふきつ》でカッコいいですわよね！』というだけの理由だ。

本当に、それだけである。

そして決闘ランキングでは十三位より上位で不吉な数字である四位を狙い、現決闘四位ジュリエットのライバルを自称《じしょう》している。

いや、決闘ランカーや観客の一部からもそう見られているので、一応は『自他共に認めるライバル』である。

そんな彼女なので、転送前にジュリエットとチェルシーの『全力で戦おう』という誓《ちか》いに、『蚊帳《かや》の外ですわ⁉』と慌《あわ》てたりもした。

もっとも、そんなことをチェルシー本人に言えば、『シオンはガイリュウオウ事件でジュリとやったじゃん。かなり迷惑《めいわく》な形で』と返されてしまうだろう。

というか、実際に遭遇した時点で文句を言ったらそう返されたのだ。

ともあれ、今の死音は気を取り直してこのイベントに臨《のぞ》んでいる。

『どの道、このイベントでジュリに勝っても決闘四位の座は手に入らないよ。それなら今回はイベントクリアと賞品ゲットを目指して、それで戦力アップしてからジュリに公式試合を挑《いど》むのが順当じゃない？』、とチェルシーに言いくるめられた結果だ。ガイリュウオウ事件で死音自身が似たようなことを言っていたため、効果は覿面《てきめん》である。

もっとも、チェルシーにしてみればジュリエットとの勝負を邪魔《じゃま》されたくなかったこと、格上でも狩れる状態異常使いの死音を戦力として組《く》み込むための方便だった。

しかし実際に死音はこのイベントにおいて最大の脅威《きょうい》にもなりえた【牽牛王《キング・オブ・カウボーイ》】を撃破《げきは》しており、彼女を引き入れたチェルシーの判断は正しかったと言えよう。

さて、そうして順調にイベントでの戦いを制している死音達だが、今は集めたプレートの使い道……正解のヒントを得るために探索《たんさく》中だ。

三人組の利点を活《い》かし、分散して個別にヒントを探し回っている。

戦力的には三人で行動した方が良いかもしれないが、イベントクリアが先着順である以上、他者に先んじるにはゴールまでのどこかで博打《ばくち》を打たなければならない。

そう考えた……正確にはチェルシーにそう諭《さと》された死音はヒントを探し……。

「む！　怪《あや》しいモノを発見ですわ！」

無事に一つ目のヒントを見つけていた。

というよりも、それは『見つけない方が無理』という代物《しろもの》だった。

それは白い石碑《せきひ》。岸から約二〇メテルほどの海面に屹立《きつりつ》している。

そして、その高さはと言えば……五階建てのビルほどもある。

あまりに巨大《きょだい》なので島の南側の海に辿り着けばどこからでも発見できてしまう。

「うーん、何か書いてありますけど、近づきたくねえですわね……」

イベントエリアの端に置かれた石碑の後ろでは、結界に阻《はば》まれてイベントエリアへの侵《しん》入《にゅう》を禁じられた水棲《すいせい》モンスターが跳ね回っている。

タコなどのクラーケン系が苦手な死音としてはあまり近づきたくはない。

「アメジスト、読んでくださいな」

それゆえ、彼女は自らの乗り物である煌玉蟲《こうぎょくちゅう》、【紫水晶之捕獲者《アメジスト・キャプター》】にそう命じた。

『了解《りょうかい》』

機械の蜘蛛《くも》である【紫水晶《アメジスト》】は、複数搭載《とうさい》したセンサーを海の石碑に向け、書かれた文言を読み取る。

『『正しい答えは人によって違う』』

「それがヒント……ヒント？」

哲学《てつがく》のような文言に、死音は頬《ほお》に手を当てて首を傾《かし》げていた。

ちょっと品が良い仕草の彼女だが、心の声は『さっぱりわかんねえですわ』だった。

「……アメジスト？」

『解読には思考材料が不足』

余人からは死音の外付け頭脳とも称される【紫水晶】に尋《たず》ねた死音だったが、流石の人工知能もこのヒントだけで八桁の数字の答えを出すのは無理だった。

「うーん、持ち帰ってチェルシーさんにお願いしましょう。あの方、リアルでは大学生らしいから私よりちょっぴり賢《かしこ》いはずですわ！」

本人に聞けば『おバカ《シオン》よりちょっぴり賢いくらいじゃうちの大学入れないよ』とでも言いそうだが、それはそれとしてチームで情報を持ち寄るのは大切だ。

「それじゃあ合流場所にレッツラゴ……」

『――緊急回避《きんきゅうかいひ》』

死音がうきうきで【紫水晶】に移動を命じようとしたとき、機械の蜘蛛はその八本の脚《あし》で瞬時《しゅんじ》にその場から飛び退いた。

直後、死音と【紫水晶】が寸前までいた空間を――膨大《ぼうだい》な熱量を伴なう光が過ぎ去る。

「何事ですの⁉」

『敵戦力分析。該当《がいとう》データ有り。魔導式荷電粒子砲《かでんりゅうしほう》、《抹消《オブリテレイト》》と断定』

全く予期していなかった攻撃《こうげき》に驚《おどろ》く死音とは対照的に、【紫水晶】は攻撃の予兆を把握《はあく》した上にその正体までも掴《つか》んでいた。

【紫水晶】のセンサーが光が放たれた方角に向けられたとき、そこには何も見えない。

『偽装《ぎそう》能力確認《かくにん》』

だが、光学以外のセンサーは《光学迷彩》で隠《かく》れた存在を見破っていた。

【紫水晶】は隠れた敵機に向けて、尾部《びぶ》から拘束《こうそく》用のネットを連続で射出する。

ネットは風景の一部に命中し、紫電《しでん》を発しながら対象の偽装を剥《は》ぎ落とす。

偽装……《光学迷彩》の下から現れたのは、尾部を砲門《ほうもん》とする機械の蠍《さそり》。

このイベントの序盤《じょばん》でジュリエットを撃《う》ち落とした、【流　姫《フロー・プリンセス》】ジュバの愛機。

『敵機を煌玉蟲二号機、【黄水晶之抹消者《シトリン・オブリテレイター》】と断定』

【紫水晶】と同じく、煌玉蟲と呼ばれる兵器群にカテゴライズされる存在である。

『流石は王国最強の参加者ですねー……。【黄水晶《シトリン》】の奇襲《きしゆう》も迷彩も効きませんかー……』

ジュバは移動中、偶然《ぐうぜん》にも海岸でヒントを探していた死音を発見した。

そしてこのイベントにおける強敵であり、王国の参加者である死音を倒《たお》すことを決意。

《光学迷彩》機能で姿を隠しながら、荷電粒子砲で狙い撃つという奇襲を敢行《かんこう》した。

しかしそれに完全に対応されたため、ジュバの中で死音の脅威《きょうい》度は一段と増していた。

もっとも、奇襲への対応は完全に【紫水晶】の功績であり、死音は気づいてすらいなかった。それゆえジュバの言葉は完全に過大評価だったが……。

「ええ！　私こそが王国最強の女性決闘ランカー！　【闇　姫《ダーク・プリンセス》】の曼殊沙華死音ですわ！」

死音自身は本心からジュバの言葉に乗っていた。

なお、それについて【紫水晶】は異論を呈《てい》さない。主人想《おも》いのサポートメカである。

『だからこそ……ここで排除《はいじょ》しますねー……』

「掛《か》かってきやがれですわ！」

強敵だからこそここで倒したいジュバと、特に何も考えてないが挑まれたので戦いに応じる死音。両者の思惑《おもわく》は若干《じゃっかん》すれ違っているが、戦いには関係がない。

二人の〈マスター〉と二機の兵器が動き出し、戦いは始まる。

『回避《かいひ》パターン選出』

『砲撃《ほうげき》パターン選出』

【紫水晶】は小刻みな跳躍《ちょうやく》と加減速を繰り返しながら敵の砲撃を回避せんとし、対する【黄水晶】も己《おのれ》のメモリーにあるデータから相手の動きを探る。

【紫水晶】が尾部から糸を放って高速移動し、不動の【黄水晶】は尾部から放った荷電粒子砲で砂浜に破壊《はかい》の軌跡《きせき》を刻む。

蜘蛛と蠍はお互《たが》いにモチーフとした蟲のスタイルで、渡《わた》り合っている。

「ねぇ、何だかデザインライン似てませんこと？」

そんな攻防《こうぼう》の中、遅《おそ》まきながら死音がそんなことに気づいた。

『肯定。当機と対象――【黄水晶之抹消者】は同じ製作者によって創られた煌玉蟲。当機が一号機、【黄水晶】が二号機に該当』

「まぁ、妹さんがいたんですのね！」

『性別は存在しない』

「でもさっきから女の子の声ですわよ？」

『二号機の搭乗者《とうじょうしゃ》の声と推測。二号機は内部搭乗型』

「そうなんですのね！　お互いに虫のロボットを操る者……どちらが昆虫《こんちゅう》の王者か決めようということですわね！」

『……………蠍も蜘蛛も昆虫じゃなくない？』

流石に突《つ》っ込んでしまったジュバだった。

「人が乗ってるなら殺れますわ！　《グルーム・ストーカー》！」

その言葉と共に、死音はスキルを放つ。

それは複数の黒い追尾弾《ついびだん》――生物をホーミングし、無生物を透過《とうか》する闇《やみ》属性魔法《まほう》。ジュ

ーダスの《告死の接吻》を組み合わせれば、装甲《そうこう》の中にいようと死を届ける使者となる。

『防御』

だが、それは【黄水晶】が周囲に展開した光のバリアによって阻まれる。

「え!?　闇属性や聖属性バリアじゃありませんわよね!?」

闇属性は同じ闇属性か、相反する聖属性でしか干渉《かんしょう》できない。

だが、【黄水晶】の展開したバリアはそのどちらでもないように見えた。

『二号機のバリアは攻撃《こうげき》魔法と物理攻撃に対応。出力を上回らなければ突破は不可能』

「ずるっこですわ⁉」

闇属性魔法はほとんどの防御を突破できる代わりに、火力自体は然程《さほど》高くない。

準備に時間がかかる奥義《おうぎ》でもなければ、あのバリアを突破出来そうになかった。

「アメジスト！　何かありませんの！」

『当機はトラップ設置と立体機動能力に特化した軽量補助型。対して、二号機は重装甲重火力仕様の重装戦闘《せんとう》型。敵戦力大なり』

同じ煌玉蟲だが、戦闘力は桁違《けたちが》い。それこそ工作車両と重戦車ほどの違いがある。

しかし、だからこそおかしな点もある。

『荷電粒子砲とバリアの全力稼働《かどう》は、魔法超級職《スペリオル・ジョブ》でも長時間の消費を賄い切れない。二号機に何らかの特殊《とくしゅ》サポート、超級職又《また》は〈エンブリオ〉が干渉している可能性大』

煌玉蟲とは三強時代よりもさらに昔、名工フラグマンの名を継《つ》いだ技術者が、初代の生み出した煌玉馬や煌玉竜を模して作製した兵器群。

本体性能自体は初代が作製したオリジナルにも匹敵《ひってき》する。

ただし、動力炉《どうりょくろ》のみは技術的に再現できなかったため、稼働に必要なエネルギーの全てを使用者の魔力《MP》で補う必要がある。

そして稼動に要求されるMPも個体によって違う。一号機であり最もバランスの取れた【紫水晶】よりも、戦闘機能特化の【黄水晶】の方が桁違いに魔力を消耗《しょうもう》するのだ。

しかし、【黄水晶】に乗るジュバは膨大な魔力消費を何らかの手段を用いて賄《まかな》い、全力稼動を続けている。歴戦の猛者《もさ》ならばこの違和感《いわかん》に気づき、その理由を解き明かすことが攻略《こうりゃく》の鍵《かぎ》になると考える。

「こうなっては仕方ありませんわね……」

そして今、ジュバと相対する死音は……。

「――バリアを抜けるまで撃ちまくるしかありませんわ！」

――死音《おバカ》はゴリ押《お》しする気満々だった。

相手のギミックの正体など考えず、ひたすら攻撃を続ける猿《さる》のようなメンタル。

修羅《しゅら》に常識が通じないように、バカには常識がない。

有言実行とばかりに、【紫水晶】に回避を全て任せながら死音は闇属性魔法を連射。

魔法は全てバリアに阻まれ、【黄水晶】にもその内側のジュバにも届かない。

それでも、死音は考えなしに撃ち続ける。

【紫水晶】も彼女の意思に従っているのか、回避しながらも距離を詰め、回り込《こ》み、バリアを抜ける角度を探してか【黄水晶】の周囲を動き回っている。

だが、半球型の全周バリアに穴などなく、はっきり言えば魔力の無駄遣《むだづか》いでしかない。

(何を狙《ねら》っているの……?)

しかしこの時点でもまだ、ジュバの方は死音を過大評価していた。

あの雲の巨象《きょぞう》を撃破した恐《おそ》るべき猛者が、まさか無駄な攻撃を連発しているとは思わない。自分の及《およ》びもつかない攻略法《こうりゃくほう》を考えているのではないかと、疑心暗鬼《ぎしんあんき》に陥《おちい》っている。

(火力も装甲もこちらが格段に上。バリアを切らさない限り、被弾《ひだん》もない。……いいえ、だからこそ、こちらはバリアを使わされている?)

普段《ふだん》、ジュバが口にする言葉は少なく、間延びしたものだ。

しかしそれは、自分の脳内での分析に思考のリソースを割《さ》いているため。戦う相手や戦場を分析し、コントロールし、勝利を得るのが彼女の手口だ。

ゆえに、今回も考えて……。

(あの無駄にも見える攻撃は、こちらのエネルギー配分を防御に偏《かたよ》らせるのが狙い? 全

力での砲撃を防ぎたい理由が何かある？）

　考え過ぎている。

　死音はそんなことまで頭を回していない。

　そもそも、死音は【黄水晶】の構造的欠点に気づいてすらいない。

【黄水晶】は攻防《こうぼう》を兼《か》ね備《そな》えた重戦車だが、秒間で魔力をエネルギーに変換《へんかん》できる量には限度があるため、魔導式荷電粒子砲とバリアの両方を同時に全開にすることはできない。

　今は死音の猛攻《もうこう》に耐《た》えるため、７：３の割合でバリアに多くのエネルギーを割き、荷電粒子砲は比較的《ひかくてき》低出力での使用となっていた。

（彼女を殺傷するには十分な威力《いりょく》を維持してる。今は【紫水晶】の機動性で回避しているけれど、わたしと違って彼女にはＭＰの高速回復手段がない。むしろ、今は魔法の連続使用とこっちの干渉で、すぐにＭＰが枯渇《こかつ》する……はず）

　ジュバは断言できない。死音がまだ何か隠していると思っているからだ。

　全ランキング十三位とはそれほどに得体が知れない。個人の実力以上に、他ランカーの情報収集やクランの統率力《とうそつりょく》がなければ、そんなランキングは維持できない。

　それができるほどの人間だと、ランキングという結果が死音の凄まじい分析力《ぶんせきりょく》やカリスマ性を示しているとジュバは考える。

が、やはり考え過ぎている。

クランメンバーは死音の家のリアルの使用人達である。仕事なので統率《とうそつ》されているし、情報収集もそれが得意なメンバーが代わりにやって、『お嬢様《じょうさま》。今週はこれくらい倒すと討伐ランキングを維持できますよ』とアドバイスしているのだ。死音に分析力などない。

だからこそ、ガイリュウオウ事件で〈UBM〉にまで利用されている。

(油断ならない。一体何をしてくるつもり……？)

死音に相性勝ちしている現状、ジュバの敵は……彼女自身の用心深さである。

……否、それに加えてもう一つ。

「うぅ、全然通じませんわ……！」

百発近くも魔法を防がれれば、流石の死音でも学習し始める。

死音が愛用している【編術蜘蛛の杖】は《MP消費半減》スキルがついた超高級《ちょうこうきゅう》オーダーメイド装備だが、それでも撃ち続けていればMPも残り二割といったところだ。

「いつもよりMPが減りやすい気がしますし、疲《つか》れたせいかお日様が二つあるように見えますわ……」

『…………』

「あら？」

弱音を吐《は》き始める死音だったが、【紫水晶】はそんな彼女の耳に糸を飛ばす。

細い非攻撃性の糸は【紫水晶】が余人や敵に知られないように主と通話するための手段……糸電話である。

『極秘《ごくひ》通達ゆえ、表情を変えず、相手に悟られる危険を抑《おさ》えることを要請《ようせい》』

【紫水晶】が密《ひそ》かに伝える言葉に、死音は頷《うなず》く。

『現状を打破し、勝利を得るための戦術を具申《ぐしん》』

「え！　そんなんありますの！」

速攻《そっこう》で忠告を忘れる主に呆《あき》れることもなく、【紫水晶】は勝利のプランを伝えた。

「……………………ええ」

聞き終えた死音は心底嫌《いや》そうな顔をしていた。

そうして、ビームを回避し続ける【紫水晶】の上で十秒ほど唸《うな》った後……。

「……背に腹は代えられねえですわ！」

渋々納得《しぶしぶなっとく》して、【紫水晶】の作戦に乗った。

ジュバはこの戦いの決着が近いことを察していた。

(《看破》で見えているMP残量は残り一割。もう煌玉蟲の稼動に回すだけで手一杯《ていっぱい》の筈《はず》)

既《すで》に死音の魔法攻撃《まほうこうげき》も止まり、【黄水晶】からのビームを避《さ》けるだけだ。

だが、それも【紫水晶】という足が魔力切れで止まれば終わる。

油断せず、慎重《しんちょう》に戦いを進めたジュバの勝利はもはや目の前。


——そんなタイミングで死音が【紫水晶】を格納した。


『!?』

自分の生命線を自ら断《た》つ。それはあまりにも理解できない行動だ。

だが、【黄水晶】の光学センサー越《ご》しに見える死音は、杖《つえ》を【黄水晶】へと向けている。

その行動で、ジュバも二つ理解する。

死音は攻撃に魔力を割くために【紫水晶】を格納したのだ、と。

そしてもう一つは……本当に死音が考えなしに攻撃し続けていたということ。

『本当に、バカだったの……!?』

呆れと驚きと怒りの入り交じった感情でジュバは叫《さけ》び、【黄水晶】はそんな彼女の意思を汲《く》んで尾部の魔導式荷電粒子砲の照準を死音に合わせる。

回避手段さえ自らなくしたバカな魔法職に、これを回避する術はない。

『──《抹消《オブリテレイト》》！』

──放たれた光は避ける素振《そぶ》りさえ見せなかった死音を呑《の》み込む。

撃ち下ろすように放たれた光は、死音の周囲の砂浜までも吹《ふ》き飛ばした。

『ヒット……！』

だが、直撃《ちょくげき》する瞬間《しゅんかん》はジュバもコクピットで確認した。

荷電粒子砲の砲撃を受ければ、死音の死亡は確定事項《じこう》。

「ふぉぉ……マジでビビりましたわ」

『…………………………は？』

そう思っていたのに、光が過ぎ去った後には無傷の死音が立っていた。

『え？　……え？　…………ええ？』

その顔は、紛《まぎ》れもなく死音そのもの。

だが、シルエットは大きく異なっている。

「眩《まぶ》しくて目がショボショボしますわ……」

人型だったはずのシルエットは、直立二足歩行の肉食恐竜《きょうりゅう》の骨格……をモデルにした丸みのあるシルエットに変わり、その首元から死音の顔が露出《ろしゅつ》しているのだ。

彼女が着込《きこ》んでいるものは、『かぶりもの』に分類される……着ぐるみである。

◇◆

ガイリユウオウ事件。

フランクリンの事件後にギデオンで発生したソレは、鎧竜《がいりゅう》を率いる【鎧竜王　ドラグアーマー】と外竜《がいりゅう》を率いる【外竜王　ドラグメイル】の抗争《こうそう》に人間達《たち》が巻き込まれた事件だった。

ジュリエット、チェルシー、マックス、そして死音の四人もその事件の渦中《かちゅう》にあり、結果としては死音が【外竜王】を撃破することで事態は収束した。

そして、〈UBM〉撃破のMVPとなった死音には、一つの特典武具が与《あた》えられた。

それが――【Q極きぐるみシリーズ　どらぐめいる】である。

あのシュウ・スターリングの【はいんどべあ】と同じ着ぐるみ型の特典武具。

どこか滑稽《こっけい》な特典武具だが、それでも古代伝説級の代物。

当然のように、強力な装備スキルを兼《か》ね備えている。

《対魔法外骨格》：魔力に由来する攻撃の被《ひ》ダメージを一〇〇％カットする。
※ただし、露出部分（顔面）への物理攻撃の被ダメージは一〇〇〇％になる。

生前、その外骨格であらゆる魔法のダメージを無効化した【外竜王】。
特典武具となった後は明確な弱点を設けることとなったが、その力を再現していた。
そして今、魔力によって放たれた荷電粒子砲を無効化したのである。

◇◆

（防御の特典武具⁉　まさか、【黄水晶】の《抹消》を防げるほどの……⁉）
最大出力ではないとはいえ、自身の攻撃を完全に防いだ死音にジュバは慄《おのの》いた。
（いえ、でも、それなら何で今まで使わなかったの……！）
ああも簡単に防げるならば、回避せずともノーダメージだったはずではないか、と。
（何を狙って……⁉　分からない！　わたしの理解できる相手じゃない……！）

死音の意図が読めず、困惑《こんわく》するジュバ。

なお、今の今まで着なかった理由は『死ぬほど美しくないから着たくないですわ！』という死音のファッションへの拘《こだわ》りであり、そのせいで存在も半ば忘れられていた。

【紫水晶】に提示されていなければ、デスペナになるまで忘れていただろう。

繰り返すが、死音という〈マスター〉はおバカである。

（もしかすると、着けることにリスクがある？　時間制限、あるいは物理耐性《たいせい》の低下？）

理解不能な相手を理解しようとし、混乱しながらも、ジュバは答えに辿り着く。

実際、今の死音は魔法にこそ強いが物理防御力《ぼうぎょりょく》はさほど変わっておらず、顔面に至ってはダメージが十倍。戦車の如き【黄水晶】で轢《ひ》き潰《つぶ》せばそれで勝てる。

『…………』

だが、それはリスクがある選択《せんたく》だ。魔力由来のバリアによる激突《げきとつ》ではダメージを与えられない恐れもあり、そうなれば機体で直接触れなければならない。

機体を透過する闇属性魔法を持つ、死音を相手に。

潰すが速いか、魔法が届くが速いか。そういう勝負になる。

『……やって、やる！』

だが、ジュバは迷わずにそれを選んだ。

自身の操縦能力と【黄水晶】の性能を信じ、着ぐるみの死音へと突撃《とつげき》する。
機械蠍の多脚が砂浜を荒々《あらあら》しく蹴立《けた》てながら、死音との距離《きょり》を詰《つ》め――、

――機体の前部を無防備にウィリーさせた。

『え？』
『――!?』
驚きの声はパイロットであるジュバと、【黄水晶】のもの。
彼女達《かのじょたち》にはそんな動作をする意図はなかった。
しかし機体は大きく仰《の》け反《ぞ》り、――脚には糸が結ばれていた。
その意図が何であるかを、ジュバと【黄水晶】は理解する。
『ワイヤートラップ!?』
それが、既に格納された【紫水晶之捕獲者】が残した罠《わな》であると。
【紫水晶之捕獲者】は、煌玉蟲の一号機。
単体戦闘能力ではなく、搭乗する超級職《スペリオル・ジョブ》の補佐に徹《てっ》するように設計された。

機体特性は立体機動力と糸の射出、トラップの設置能力。

そして、戦術サポートのための高い演算能力である。

煌玉蟲の中でも、高い分析力と作戦立案能力を兼ね備えている。

立体機動が使えない砂浜という環境《かんきょう》は、砂中にトラップを埋没《まいぼつ》させるには絶好の地形。

相対する恐ろしい二号機は、長所と短所を理解し尽《つ》くした相手。

そしてバカな主の無鉄砲《むてっぽう》な行動選択も、動作の中で罠を仕《し》掛《か》ける隠れ蓑《みの》。

戦う中でジュバの性格も読み取り、頼《たよ》りの荷電粒子砲が効かなければ物理攻撃で勝負を決めに掛かると把握。

結果、突進《とっしん》中にワイヤートラップによって大きく機体を仰け反らせ、

――半球状のバリアの囲いが上がる。

「《グルーム・ストーカー》ですわ！」

そして、その隙《すき》を狙って死音が残った魔力で闇属性の上級奥義を連打。

翼をもった漆黒《しっこく》の誘導弾《ゆうどうだん》が【黄水晶】の底面装甲を透過する。

そして誘導弾はコクピットにいたジュバに次々と突き刺《さ》さり、彼女のＨＰを削《けず》り切った。

（やられ、た……！）

ジュバは自身の敗退を悟《さと》り、ここまでの絵図面を描いた敵の恐ろしさを理解する。

【紫水晶】の演算能力。それこそが彼女の敵だった。

（曼殊沙華死音……、自分をバカなように見せかけてここまで周到《しゅうとう》な戦術を立てていたなんて……恐ろしい相手が王国にいるなぁ……）

……が、彼女は最後まで警戒《けいかい》対象を間違《まちが》えていたのだった。

かくして皇国の準〈超級〉、【流姫】ジュバはイベントから敗退したのだった。

結局、彼女のコンボの謎《なぞ》が解かれることもないままの敗退だった。

◇◆

「完！　全！　勝！　利！　ですわ！　オーッホッホッホ！」

死音は着ぐるみからいつものドレスに装備変更《へんこう》し、いかにも令嬢《れいじょう》という高笑い。

「はて、折角《せっかく》勝って気分が良いのになぜか空が暗くなった気がしますわね？」

彼女は気づいていない。

今しがたまで本当に恒星が二つあったことに。

それは、【紫水晶】は気づいていたことだ。

【紫水晶】は空の星の片方がジュバの〈エンブリオ〉だと推測していた。

膨大なMPを要求する【黄水晶】を何らかの手段でカバーしているのだろう、とも。

しかしそれ自体をどうこうする手段がなく、【紫水晶】が狙った勝ち筋とも関係ないため、死音には伝えてすらいない。さほど重要でなかったのである。

「プレートもたんまりですわ！　ヒントも見つけましたし、私が一番ですわ！」

勝利した死音は、楽しそうにジュバが落としたプレートを拾い集めている。

ただ、喜び過ぎたのだろう。少し声が大きかった。

勝ったのが嬉《うれ》しかったのだろう。【紫水晶】の再展開もしていなかった。

『…………』

いつしか彼女の背後には、気配遮断《しゃだん》のギリースーツに身を包んだ狩人《かりゅうど》が立っていた。

狩人……【神獣狩《ゴッドハント》】カルル・ルールルーは静かに捕鯨砲《ほげいほう》のような武器を構える。

ウキウキとプレートを拾い集める死音の後頭部に照準を合わせて……引《ひ》き鉄《がね》を引いた。

爆発音《ばくはつおん》が、波の音に混じって砂浜に響《ひび》いた。

◇

◆

かくして、曼殊沙華死音は敗退する。
戦利品を拾っている最中に漁夫の利を得られる。
バトルロイヤルではよくある展開であった。

第七話 ヒント

□【聖騎士《パラディン》】レイ・スターリング

「入力内容は西暦《せいれき》の日付、か」

「だね。八桁《はっけた》って時点でその線強めだったけどこれで確定だよね？」

「ああ」

最初のヒントを見つけた俺達《おれたち》は、次のヒントを探しながら海沿いを移動していた。

身を隠す場所はないが、逆に言えば近づいてくる人間がいれば分かる。

敵だけが一方的に身を隠せるような場所も視界内にはない。河川《かせん》の傍《そば》に幾《いく》らか木々が生えているが、一時的に身を隠したまま攻撃できるような植生ではなかった。

それに、今はジュリエットが空で警戒中だ。

対空砲撃《たいくうほうげき》があるので危険だと言ったが、『そういう攻撃があると分かってる今なら絶対躱《かわ》せるよ』だそうだ。

「……転送直前のヒントは『このイベントの名前をよく覚えておいてね』だったよな？」

このイベントの名前……〈アニバーサリー〉だ。

「うん。アニバーサリー《記念日》がヒントってことはデンドロの発売日とか？」

「他の場所に何の記念日か指定するヒントがあるかもしれぬな。まだヒントが足りぬのぅ」

現状は多角形の点の位置が一つだけ定まっているようなものだ。

あと一つか二つヒントを獲得《かくとく》しなければ、図形の形も分かりはしない。

「我、栄光に通ずるかもしれぬ白き道標《みちしるべ》を示さん」

「次のヒントが見つかったんだな」

ジュリエットが空から降りてくると共に『さっきの白い岩場と同じ色の、たぶんヒントだと思う』と俺達に告げた。

空から索敵《さくてき》するとヒント探しでは非常に有利だな。

逆に、空からでは見つけられないヒントもあるのだろうが。


そうしてジュリエットに導かれたのはイベントエリア南部の砂浜《すなはま》だった。

しかし、その風景は既に破壊されている。

砂浜の何割かが熱量攻撃で融解《ゆうかい》し、今もまだその痕跡《こんせき》と熱気が残っていた。

明らかに誰《だれ》かが此処《ここ》で戦った証拠《しょうこ》であり、恐らくそれは……。

「……あの対空砲撃の〈マスター〉か」

俺《おれ》の前で一人の参加者、そしてジュリエットを撃墜《げきつい》したビーム砲《ほう》の使い手。

彼《かれ》か彼女《かのじょ》か分からないが、その人物は此処で戦闘を行い……そして敗退したのだろう。

この戦闘で勝利していたのならば、周辺エリアで飛行中だったジュリエットに砲撃を仕掛けてこないはずがないからだ。

これで空を飛ぶ際の脅威《きょうい》がなくなったならば、それは俺達を利する情報だ。

「それでジュリエットが見つけたヒントは……あれか」

海にまで辿《たど》り着けば、沖合にある白い石碑は目立って見える。

そして石碑には、さっきの岩場同様に文字が刻まれていた。

「[正しい答えは人によって違う]、か」

「じゃあデンドロの発売日じゃないね～。全世界同時発売だし」

「生誕の宴」

「そうだな。誕生日は個々人で違うし、自分の誕生日を入力するのはありえる。ドロップで0と2が偏っていたのも、主となるプレイヤー層が二〇〇〇年以降の生まれであることを考えれば納得《なっとく》がいく」

無論、一九九九年以前に生まれたプレイヤーもいるだろうが割合の話だ。

しかし……。

「ただ、数字の偏りは0と2以外に4も多い。それを考えると誕生日じゃなくて、『参加者が〈Infinite Dendrogram〉を開始した日付』という可能性もあるんじゃないか？」

それならば二〇四三年七月十五日から二〇四五年四月二〇日だ。頭三つが２０４で固定だからこそ、0と2と4が多くドロップしていたということになる。

「たしかにのぅ……。アルトはどう思うのだ？」

「ん？　アタシ？　二人の回答のいいとこどりかな」

いいとこどり？

「レイっちレイっち。〈エンブリオ〉の孵化《ふか》って開始日当日とは限らないんだよね」

「あ」

「早ければその日の内だけど、キャラメイクの翌日以降にずれ込む人もいるから。だからアタシのアンサーは『参加者の〈エンブリオ〉の誕生日』でどーよ？」

なるほど……。それは十分にあり得る回答だ。

誕生日、開始日、〈エンブリオ〉の誕生日。いずれも『アニバーサリー』には相応《ふさわ》しい。

それゆえに、断定ができない。

「順番に試《ため》す手はあるよね。三人それぞれ別の回答入れて、通った人の回答に倣《なら》う感じ」

この三種の回答のいずれかに正解があるならば、その方法で一人は通る。

そして一人目で正解すれば後の二人もクリアできるだろう。

ただし、誤答の場合は島のいずこかに単独転送されるためリスクも大きい。

何より……。

「プレートが足りるかどうかだな。二人とも誕生日……は個人情報だからやめておくとして、開始日と〈エンブリオ〉の誕生日を教えてくれないか。俺は二〇四五年三月十六日だ」

もうリアルでは一ヶ月前のことだが、まだそんなものかとも思う日付だ。

「我《わ》が原初の足跡は一周せし生誕祭。我が翼《つばさ》も共に」

「…………なんて？」

「去年の一周年のアニバーサリーイベントのときに始めて〈エンブリオ〉の孵化も同日。ってことは二〇四四年七月十七日か？」

「然《しか》り」

内部イベントも多くて結構始めやすい時期だったとは兄からも聞いてる。

ちなみに兄が【破壊王《キング・オブ・デストロイ》】のジョブに就《つ》いたのもその頃《ころ》らしい。

「レイっちよく分かるなぁ……。アタシは二〇四五年の二月二十四日ね。孵化日もおんなじ」

「なるほど。そうなると必要プレートは……ん？」

俺と同じくルーキーであるアルトの開始日だが、その日付は……。

「……お前、Ｔ大の二次試験終わって速攻で始めたのか」

「いぇい♪　試験終わったらテン上げして買っちちった♪」

「合格発表聞く前にか……」

『俺は合格発表と引っ越しが済んでからだったな』、などと考えていると……。

「叡智《えいち》の殿堂《でんどう》⁉」

俺達の会話を聞いていたジュリエットが『二人ともＴ大生なの⁉』と驚《おどろ》いていた。

……しまった。

「わーぉ、レイっちってばネトゲで個人情報漏洩《ろうえい》だーっめなんだ♪」

「……ごめん。これは本当にごめん」

「今度お昼奢《おご》りね！」

……お前の貸し借りって基本的に昼食なんだな。

「ジュリちゃんも内緒《ないしょ》にしてね♪」

「りょ、了承《りょうしょう》せり……」

「ん、どったの。何か表情硬《かた》くなってるけど……大丈夫《だいじょうぶ》？　あやとりする？」

「あ、だ、大丈夫、です」

何だかジュリエットの様子がおかしい。そうなったのは『T大』という単語が出てから

だが……リアルの方で何かあるのなら踏《ふ》み込まないほうがいいだろうか？

……ともあれ、今は日付も出揃《でそろ》ったので必要なプレート数を計算しよう。

正解が開始日か〈エンブリオ〉の誕生日であった場合、俺達の所持プレートを見てみると……まだ必要数の半分もないな。一人分でようやく、といったところだ。

「足りない。けど……」

「ん？　足りないならモンスターを倒《たお》してプレートを集めればよいではないか」

「……さっきから、移動中にイベントモンスターと遭遇《そうぐう》していないだろ」

これについて、あまり考えたくない予想がある。

「このイベントは、サバイバル・バトルロイヤルに類するものだ。その性質からプレイヤー同士の奪《うば》い合いも想定されているはず。……だから、数字プレートを持つモンスターの数も限られているんじゃないか？」

それを示すように、モンスターとの戦闘頻度《せんとうひんど》は段々と低下している。

この推測が正しければ、プレート集めは『回答権』の集約だ。

正答まで試すにしても、そのためのプレートは限られている。

「つまりは『参加者全員で回答できる数が限られている』ってことだ。他者を倒し続けた者は何度も試せるし、そうでなければ一度の回答もままならない……」

このイベント、最終的にはそうして参加者同士をぶつける仕組みなのだ。

単純なバトルロイヤルにしなかったのは、クイズ要素を設けることで参加者を楽しませているつもりなのか、それとも何か理由があるのか……まだ分からない。

「クリアのためには他の〈マスター〉を倒す必要がある。それも終盤《しゅうばん》まで生き残っている実力者……それこそあの重兵衛《じゅうべえ》や【神獣狩《ゴッドハント》】が相手だ」

「うわぁ……」

アルトが目の前が真っ暗になったような声を出すが、気持ちは分かる。

だが、あの二人が立ちはだかるならそれはむしろマシな状況《じょうきょう》だろう。

まず間違いなくあの二人のプレート保有数はこのイベントでトップクラス。

どちらかが勝利してプレートを集約し、その上でクリアされてしまえば所持している余ったプレートも全て消えるのだ。こちらがプレートを得る可能性すら消えてしまう。

ならば……あいつらと戦った方がまだイベントクリアの可能性がある。

「……ねぇネメシスちゃん。レイっちがなんだか決意フェイスなんだけど？」

「あれは勝算が薄《うす》い戦いに臨《のぞ》むときの顔だな。いつものことだ」

「いつもかー……。でも華牙《かが》重兵衛はともかく、カルル・ルールルーの無敵っぷりは天地にいても話が届くくらい無敵なんだけど……どうやって倒すん？」

〝万状無敵《ばんじょう》〟のことは、俺も知っている。

だからこそ、言えることがある。

「今なら勝ち目はあるぞ」

「「え？」」

その驚きはジュリエットとアルトの二人から同時に出た声だった。

そんな二人に、俺はかつて兄から聞いた話と自分の推測を伝える。

三分後、俺の話……【神獣狩】の能力と対処法を聞いて二人は唸っていた。

「なるほど……。そういうやり方で……」

「尋常《じんじょう》ならざる法則……」

「でもさレイっち、それで大丈夫かな……」

「そうだな。状況次第《しだい》だけど、俺とジュリエットがいれば問題ないと思う」

場合によっては、俺一人でもやれないことはないかもしれない。

「マジかー。……アタシってもしかしてお荷物ちゃん？」

アルトが自分を指差しながら、なんだか悲しそうな目をしている。

「いや、ただの役割分担だろ。アルトには移動時に世話になってるし、さっき逃《に》げるときも助けてもらった。大物とやり合うには俺とジュリエットの方が向いてるってだけだ」

「そっか……。でも、アタシも……えぇと、うん……やっぱなしで」

アルトが何事か悩《なや》んでいるが、ジュリエットとの合流前に聞いた〈エンブリオ〉関連のことだろうか？

「そっか。まぁ、それなら話はここまでにしてまたヒント探しに行くか」

あいつらと戦うとしても誤答の確率は減らした方が良いだろうし、……！

不意に気配を感じ、海と反対側へと目を向ける。

俺よりも早くにジュリエットが、少し遅《おく》れてネメシスとアルトがそちらを向く。

ここから一〇〇メートルほど離《はな》れたところにある川。

海に繋《つな》がっているその川の畔《ほとり》に……見覚えのある海賊帽《かいぞくぼう》の少女が立っている。

「――チェルシー」

ジュリエットは勝負を誓《ちか》い合った相手の姿を見つけ、チェルシーもまた……ジュリエットを見返していた。

チェルシーは大きく手を振《ふ》り、こちらへと駆《か》けよってくる。

戦闘《せんとう》速度ではなく、ちょっとした駆け足《あし》程度の速さだ。

戦う気ではないという意思表示……とも違《ちが》うか。

「やっほー。そっちも三人組を作ってたんだね」

「そっち、も？」

「こっちはシオンとマックスちゃんでチーム組んでるよ。この辺りで合流予定だったんだけど……倒しちゃった？」

あのときの六人で三人ずつのチーム分けになっていたのか。

「いや、俺達がここに来たときには誰もいなかった。……戦闘跡《せんとうあと》はあったけどな」

「ふぅん。じゃあ誰かと戦って倒されたか相打ちになったのかな。残念」

チェルシーからは口にした『残念』という言葉以上の感情はうかがえない。

先だっての講和会議の時と違って失うものはないイベントだし、共にイベントクリアを目指すチームメイトが落ちても特に思うことはないのかもしれない。

あるいは、イベントクリア以上に望むことがあるのか。

「それでさ、三人揃《そろ》ってるそっちにお願いしたいことがあるんだけど」

「んえ？　チームに入れてくれとか？　……アタシに抜《ぬ》けろって!?」

　アルトが何かに怯《おび》えたようにそんな言葉を口走る。

「……何でそんな考えに？」

「だってデンドロ内で一番付き合い短いのアタシじゃん！　ぶっちゃけ半分外野じゃん！　ランカーでもないし！　レイっちみたいな悪魔《あくま》食いでもないし！　リアルでもレイっちとデートしたことないし！」

「え？　二人ってそういう関係？」

「違ぇよ。友人止まりだよ」

　あと悪魔食い関係ないだろ。いつまで引っ張られるんだよそれ。

「もっと仲の良い友達来たから抜けてとか！　『悪いなアルト、このイベントクリア三人用なんだ』とか言われるんでしょ⁉」

「言わねえよ。どこのスネ夫君だよ」

　しかしアルト……夏目《なつめ》は普段《ふだん》は陽気なあやとりパリピなのに、テンパるとネガティブ思考に入る奴《やつ》なのが今回のイベントでよく分かった。

　何と言うか……『あやとり』みたいに思考が絡《から》まっちゃうんだな、夏目。

「孤独《こどく》になったらアタシは即《そく》退場だぁ～⁉」

「あはは。思ったより面白《おもしろ》い子だった。でも安心してよ。そういう話じゃないからさ」

テンパって砂浜で転がり始めた夏目を見て笑っていたチェルシーだったが、スッとその笑《え》みを消す。

「そっちが三人揃ってるところ悪いんだけどさ」

そして……ジュリエットを真っすぐに見つめた。

「ジュリとタイマンさせてくれない？」

――思いっきりやりあおうよ。正真正銘《しょうしんしょうめい》、全力の全開でさ。

――……うん！

「あ……」

それはイベントエリアへの転送の前に、二人が交《か》わした言葉。

チェルシーはその約束を……果たし状を今ここで現実のものにしようと言うのだ。

しかし、チェルシーの顔に笑みはなく、ジュリエットも何事かを躊躇《ためら》っているようだ。

「本当はシオンとマックスちゃんに邪魔《じゃま》が入らないように頼《たの》むつもりだったんだけどさ。二人がいなくてジュリが一人じゃないなら、言葉でお願いするしかないかなって」

イベントクリアを考えるチームならば、メンバーの一人を一対一の戦いに送《おく》り込《こ》むよりもチーム全員で当たった方が当然勝率は高くなる。

チェルシーの言葉はそれを踏まえてのものだと思うが……。

「いやいや、それは流石《さすが》に流石に。だってジュリエットちゃんってうちのエー……」

「いいんじゃないか？」

「スぅ……レイっちさん？」

敬称《けいしょう》が二重になってないかアルト。

「二人が戦いたいってことはチームを組む前から分かってたからな。何より、勝ちを目指して仲間が本当にやりたいことを諦《あきら》めさせるなんて後味悪いだろ？」

「……………そだね」

俺の言葉にアルトは頷き、顔を両手で覆《おお》い隠《かく》した。その行動が自分の発言を恥《は》ずかしがっているのか、『もう駄目《だめ》だ』と悲観しているのかは判別できない。

「ジュリエットもチェルシーとやりたいんだろ？」

「……うん！」

さっきの躊躇った顔は、チームとしての結果を考えていたがゆえだろう。

しかし今は、何の懸念《けねん》もない晴れやかな笑顔《えがお》だ。……その方が良い。

「あれこれ交渉《こうしょう》する気だったんだけどね。レイってそういうとこ決闘ランカー寄り達《あたし》だよね」

チェルシーの方もフッと笑みを浮《う》かべて、そんな言葉を口にする。

「まぁ、散々模擬《もぎ》戦に参加させてもらったしな」

「あっはっは。一段落したらクランだけじゃなくて決闘のランキングにも参加しなよ」

「考えとくよ。さて、俺達は邪魔にならないように西でヒントを探す」

二人の決闘は見たことがある。周囲にいたら巻き添《ぞ》えを食《く》うこと請《う》け合いだ。

俺は二人に背を向けて西へと歩きだし、ネメシスとアルトも続く。

「だから、ジュリエット」

最後に伝えておくべき言葉を、チームメイトであるジュリエットに伝える。

「――後で合流してくれ」

君の勝利を信じている、と。

ランクが上だから、俺が見た決闘でジュリエットが勝ったから、言ったわけじゃない。

俺でもわかる。今のチェルシーは、これまでの決闘で見たチェルシーとは違う。

何か相当の隠し玉を持って、親友にしてライバルとの戦いに臨んでいる。

しかしそれでも……勝利を信じるのが仲間というものだろう。

「……了承せり！」

俺の願いに応じる言葉を背に受けて、俺達は戦場となる砂浜を後にした。

◇

例の対空砲撃の〈マスター〉が退場したのがほぼ確定になったため、シルバーで飛行しながら海沿いを移動。数分程度でイベントエリア西部へ到着《とうちゃく》した。

西側の海岸も砂浜が続き、透明度《とうめいど》の高い遠浅の海は底が見えている。

「リゾートには良さそうな環境だな」

『リゾートか。……前に海に行こうとして予定が潰れたことがあったのぅ』

「ああ。扶桑先輩《ふそうせんぱい》に誘拐《ゆうかい》されたせいでな……」

大学が始まる直前だったっけ。なんだかもう随分《ずいぶん》と昔に思える。

「扶桑って、〈超級《スペリオル》〉の扶桑月夜《つくよ》？　先輩《せんぱい》ってどゆこと？」

「……そのうち分かるよ」

顔も名前も同じなので、夏目もそのうち大学で出くわすこともあるだろう。

いまネメシスは大剣《たいけん》となって俺が装備し、俺の後ろにアルトが乗っている。

なお、アルトに自前の飛行手段がないか聞いたが、『凧《たこ》で飛行するのは忍者《にんじゃ》系統でも別のジョブだから』とのこと。

「しかし、イベントモンスターはあのタイプだけみたいだな。空を飛ぶタイプもいないし、野生のモンスターは……ああ、結界で入れないのか」

王国では空を飛んでいると時折怪鳥《かいちょう》やドラゴンにちょっかいを出されるが、この島ではそういうことはない。島の外側に目をやれば結界に阻《はば》まれた怪鳥や怪魚《かいぎょ》が見えるので、事前に排除《はいじょ》されているということか。

「あ、そうだ。アルト、右手の【ジュエル】に飛行モンスターとか入ってないのか？」

ルークのようにテイムモンスターを飛行手段にする〈マスター〉もいるし。

「……あー、うん。この子は、飛べないから、うん。飛べない」

「そっか。ん？　あれは……」

眼下の景色の中、明確に周囲から浮いた……ランドマークとなるものが見えた。

それは木造の難破船。砂浜の上にボロボロになって鎮座《ちんざ》している。

目立つオブジェクトだが、それを観察してすぐに気づいた。

海側の端《はし》には、見覚えのある白色。

南部で見つけたものと似た石碑《せきひ》が、船の舳先《へさき》に安置されている。

「これで三つ目か」

上空からじゃ読めないので、ひとまず石碑の前に降下しよう。

石碑に近づいてシルバーから飛び降り、石碑に顔を近づける。

「ここで答えを絞《しぼ》れると良いんだけど」

ささて、一体どんなことが書いてあ……、っ！

『……レイ！』

ネメシスの警告と、俺が真横に跳《と》んだのは同時だった。

直後、何かが着弾《ちゃくだん》した衝撃《しょうげき》と共に難破船の舳先が壊《こわ》れ、白い石碑が海へと落下した。

船の舳先ごと海中に沈《しず》む石碑にアルトが悲鳴を上げるが、それを追うことはできない。

「あぁ!?」

石碑を……俺達を狙《ねら》った者の攻撃《こうげき》は続いている。

咄嗟《とっさ》の跳躍《ちょうやく》で空中に放り出された俺を狙って、次弾《じだん》が放たれ……。

「シルバー！」

呼びかけに応じたシルバーが空中で俺を拾い、回避《かいひ》を実行。飛来する攻撃を避《さ》ける。

数発放たれている内に、それが巨大《きょだい》な『銛《もり》』であると気づく。

先端《せんたん》が突《つ》き刺さると共に爆裂《ばくれつ》する……捕鯨砲。

そんなものを、一体誰が俺達に用いているのか。

『…………』

その答えは——難破船の甲板《かんぱん》に立つ白熊の姿が全てを物語っている。

「ひぇ……!?」

「【神獣狩】……!」

突然《とつぜん》の出現だが、重要な点はそれではない。

東部の森で遭遇し、重兵衛と交戦していたはずの〈超級〉。

彼女を破ってここにいるのか、逃げ果せてここにいるのか、それは分からない。

間違いなく言えることは……無敵と呼ばれる〈超級〉と、俺達が戦うということだ。

「……ここで、か」

先日、俺は〝最強〟と呼ばれる〈マスター〉と戦った。

結果はクラン総出で戦っての痛み分け。扶桑先輩がいなければ敗北だった。

ならば、〝無敵〟を相手に俺と、アルトの二人だけで戦えばどうなるか。

純粋な殺し合いでの勝率は、小数点の彼方《かなた》にしかないだろう。

「……レイっちさんさまちゃん、エース抜きであれに勝てますでございましょうか？」

アルトの混乱度合いがひどくなっている。

まぁ、さっき『俺とジュリエットがいれば』と言ったからな。
俺とアルトだけの状態での遭遇はアルトとしては想定外だったのかもしれない。
しかし、勝てるかどうかと聞かれたならば……。

「――今なら勝てる」

――無敵への勝算はあるのだと、彼女に重ねて宣言する。

「え？」

『…………』

アルトは驚きの声を漏《も》らし、【神獣狩】はなおも無言。
しかし俺の発言を挑発《ちょうはつ》と受け取ったのか、戦意が膨《ふく》れ上がっているのは感じる。
だが、間違いなく今こそが【神獣狩】を……無敵の〈超級〉を倒す千載一遇《せんざいいちぐう》の好機。
自惚《うぬぼ》れではなく……今だからこそ、勝てる。

「ネメシス」

俺はネメシスを黒円盾に変形させながら、呼び掛《か》ける。

「勝ちに行くぞ」

『応！』

そして、〈超級〉との幾度《いくど》目かの戦いが——始まった。

幕間 刀剣乱舞

□■イベントエリア中央部・山麓《さんろく》

グレート・ジェノサイド・マックス。

あまりにも大仰《おおぎょう》な名前の少女は、元々は王国ではなく天地の決闘ランカーだった。

修羅《しゅら》の国において、上位三十人に入るほどの武芸者ではあったのだ。

そんなマックスが天地から王国に移籍《いせき》した理由。

それは……【阿修羅王《キング・オブ・アシュラ》】華牙重兵衛《かがじゅうべえ》という上位互換の存在である。

マックスの〈エンブリオ〉であるイペタムは、背に無数の剣《けん》を生やしたガーディアンであり、その力は浮遊《ふゆう》させた剣をターゲットに飛ばすものである。

対して、重兵衛はジョブスキルにより六つの武器を浮かせている。

共に浮遊武器使いだが、その力の差は歴然だった。

扱《あつか》う数はマックスが多くとも、武器の質と技巧《ぎこう》では重兵衛が凌駕《りょうが》する。

それでもマックスは、上位三名への挑戦権《ちょうせんけん》を賭《か》けて四位であった重兵衛に挑《いど》んだ。

しかし結果は……今もなお重兵衛が四位にいるという事実が物語っている。

そして二人が決闘で仕合えば、否応《いやおう》なく衆目にも優劣《ゆうれつ》が明らかになる。

『劣化重兵衛』

そう呼ばれるのが嫌《いや》だったから、マックスは天地を出たのだ。

大陸に渡《わた》り、王国に辿り着き、再び決闘ランカーとなり、ジュリエット達《たち》と出会った。

その過程で、実力的にも人間的にもマックスは成長したのだろう。

もしかすると……それを確かめるための機会が与《あた》えられたのかもしれない。


「マックスちゃん、お久しぶりですね」

「……重兵衛」

――上位互換と呼ばれた修羅との、再戦の機会が。


ヒント探しのため、チェルシー達と分かれて行動していたマックス。

一度ゴール地点を確かめておこうと考えて山に踏み込み、登山道で重兵衛と遭遇した。

重兵衛の周囲には、いくつもの金属片《きんぞくへん》やプレートが散らばっていた。

「……あら？　服装の好みがお変わりになられましたか？」

「恰好《かっこう》に言及《げんきゅう》するな殺すぞ」

かつてのマックスはフリフリドレスなど着ていなかった。

が、ジュリエットに決闘を受理させるため、『負けたら何でもしてやる』と約束し、その結果として着せ替《か》え人形になったのが今のマックスである。

服装自体には慣れたが、旧知の相手にそこを突かれると腹が立つのである。

「うふふ。どうせ殺し合いですよ。けれど、マックスちゃんもこのお祭りに参加していたのですね」

「ちゃん付けは止めろ。……この辺のはてめえの仕業《しわざ》か？」

「半分は違います。この山に罠《わな》を張り巡《めぐ》らせた方がいるようでして、それに掛かったのが半分です。まぁ、もう半分は私が斬《き》ったのですけど」

重兵衛は浮遊武器と義腕が持つ三本の妖刀を見せながら、旧知の相手に笑いかける。

そこで、マックスも気づく。

「……腕が一本ねえな」

「ええ。着ぐるみの〈超級《スペリオル》〉に持っていかれました」

「………………」

彼女の言葉でマックスが最初に連想したのはポップコーン販売《はんばい》をする熊だった。

しかし、あれがいるならばこの島はもっと環境破壊《かんきょうはかい》されているだろう。

かつての所属国である天地にも二重鉢轟という着ぐるみ《あみぐるみ》の〈超級〉がいたので、実はあまり珍《めずら》しくないのかもしれない。

それに誰が重兵衛の腕を落としたかは重要ではない。

「重兵衛」

「何でしょう？」

マックスは、かつての自分を全て上回っていた修羅の目を……真っすぐに見据《みす》える。

「――腕一本失くした程度で言い訳すんなよ」

「――しませんよぉ♪」

視線と言葉の交わし合いが合図だった。

共に自らの刃《やいば》を展開して、旧知の宿敵へと向ける。

「《狂刃《イ》よ、血《ペ》を啜《タ》れ《ム》》！」

『ガウ！』

マックスが連れていたイペタムの背から、百を超える刃が空中へと撃《う》ち出される。

「マックスちゃんとの果たし合いも久しぶりですねぇ♪」

笑みを深めた重兵衛の浮遊武器もまた、衛星のように彼女の周囲を高速で回る。

全方位、いつ如何《いか》なる角度から攻撃してきても対処できる万全《ばんぜん》の構えだ。

「へっ！」

マックスもそれを理解し、喜びと戦意と恐《おそ》れが混ざった笑みを浮かべる。

似たバトルスタイルを持ち、幾度も挑み、幾度も負けた。

負け続けた自分はあれからどれだけ変われたのか。

超級職を得て際限なくレベルを上げられる重兵衛と、実力は離れる一方だったのか。

その答えは、ここからの数瞬《すうしゅん》で分かること。

六の浮遊武器と三の妖刀、一の切り札で待ち構える重兵衛へと――マックスが駆ける。


マックスの戦法はシンプルだ。

イペタムの浮遊刃《ふゆうじん》で全方位から相手を攻《せ》め立てて防御《ぼうぎょ》や回避の余裕《よゆう》を削《けず》る。

そして浮遊刃を脚部《きゃくぶ》の『鞘《さや》』に固定したマックスがその推力を加えて踏み込み、【剣聖《けんせい》】の奥義《おうぎ》である《レーザーブレード》で斬りつける。

百を超える刃の波状攻撃。並大抵《なみたいてい》の者では抗《こう》しきれない刃の波。

だが、それを破るのが修羅の国の決闘ランカー。

重兵衛の意のままに動いた浮遊武器が、迫《せま》る浮遊刃を砕《くだ》き散らす。

イペタムの刃はターゲットに向けて一直線に飛ぶ。

ゆえに、速度と数が揃おうとも、刃の軌道《きどう》を読んで切り払《はら》うことが重兵衛には可能。

だが、そんなことはマックスにも分かっている。

(まだ義腕の刀は使ってねえか!)

重兵衛の癖《くせ》として、基本的に浮遊武器での攻防《こうぼう》をメインとする。

より強力なのは義腕四刀流と両腕《りょううで》による斬撃だが、それらはどうしても自身の体勢を傾《かたむ》け、瞬時《しゅんじ》には対応しづらい死角を生み出してしまう。

だからこそ、身体を動かす必要がない浮遊武器を飛ばしながら、身体はいつ如何なる攻撃にも対応できるように自然体で待ち構えている。

今、五振りの浮遊武器によって二十倍の浮遊刃が捌《さば》かれ、重兵衛自身は手隙《てすき》。

このまま飛び込めば残る浮遊武器……カウンターの【ダンカジン】に迎撃《げいげき》され、動きが鈍《にぶ》ったところを重兵衛の斬撃で瞬時に殺されるだろう。

天地において幾度も重ねた敗北のパターンであり、それ即《すなわ》ちこの時点では二人の差が開いても縮まってもいないということ。

マックスの真価が、天地を離れてから重ねてきた日々が試されるのは——ここからだ。

「疾《シ》イ！」

両手にイペタムの剣刃《けんじん》を握《にぎ》り、重兵衛の浮遊武器の間合いに飛び込む。

即座《そくざ》に【ダンカジン】が抜かれ、間合いに入ったマックスに神速のカウンターを放つ。

その寸前、マックスは左手を突き出し――右の剣刃で自らの左手首を切断する。

「ッ～！」

マックスは左手を切り離す嫌な感触《かんしょく》を味わいながらも、左の剣刃を浮遊刃モードに切り替《か》えて重兵衛へと飛ばす。

剣刃はマックスの左手首に握られたまま、飛翔《ひしょう》。

直後に【ダンカジン】は、――マックスではなく切り離された左手首を攻撃した。

【ダンカジン】は間合いに入った者に必ず当たるカウンター武器。

だが、それは自動的であり、最も近い生体を攻撃する仕様だ。

切り離したばかりの手首が先行すれば、そちらに釣られる。

（【ダンカジン】の反応距離《きょり》を忘れてはいませんでしたか）

浮遊武器達は群れなす浮遊刃の対処に追われ、【ダンカジン】は左手を犠牲《ぎせい》に潰《つぶ》された。

重兵衛本人の間合いにマックスが届く。

しかしマックスが上級奥義を重ねても、重兵衛の妖刀の斬撃には及《およ》ばない。

さらには手数も膂力《りょりょく》も速度も違う。

まして、マックスは左手を失い右の一刀、重兵衛は義腕の三刀。

速度を保っていてもただ踏み込んだならば、そこに待つのは一方的な斬殺《ざんさつ》のみ。

必敗が待つ修羅の間合いでマックスは——剣を手放した。

「！」

浮遊刃へとシフトした剣刃は、間合いに入ると共に左の義腕で迎撃される。

それは悪手。不意打ちなれども待ち構えた重兵衛に通じるものではない。

「オラァッ！」

だが、それがさらに二つ重なればどうか。

マックスは『鞘』につけていた推進器の浮遊刃までも切り離し、重兵衛に飛ばす。

しかしそれも右と左に残る二本の妖刀に切り払われる。

至近距離から刃を飛ばしても、重兵衛には通じない。

三刀全てを使わせて体勢を崩《くず》したが、それで生じる隙《すき》は僅《わず》かなもの。

アイテムボックスから取り出すか、イペタムに寄越《よこ》してもらうか。どちらにしてもマックスが再び剣を手にするときには、既《すで》に迎撃準備は整っている。

だから、だろう。

マックスは勢いを殺さず——素手《すで》のままで重兵衛に肉薄《にくはく》した。

百の剣を振るう少女が、あえて放つ無刀の一手。

それは重兵衛の想定を超えた動きであり、何も持たぬがゆえに、真っすぐに突き込むがゆえに、それは剣を振るうよりも速く。


——突き出された二指が修羅の左目を穿《うが》ち潰す。


「つぅ……！」

振るわれた義腕は迎撃には僅かに遅《おそ》い。

そして、生身の手が握る【カサネヒメ】は……振るえなかった。

際限なく威力《いりょく》が増すために、威力を溜《た》め込み過ぎた状態では迂闊《うかつ》に放てない。意図しない攻撃に義腕の妖刀を振るって体勢が崩れた後など、自爆《じばく》の危険さえある。

そのことを、マックスも分かっていた。重兵衛が他の参加者……ゴールまで辿《たど》り着いた参加者の半数を殺したと言った時点で、【カサネヒメ】の蓄積《ちくせき》度合いを察したのだ。

最初からここまで組み立てられた……重兵衛に一矢報《むく》いるために練られた動き。

それはかつてのマックスがなしえなかった重兵衛への痛撃《つうげき》を見事に達成し、

――直後に三本の妖刀がマックスをバラバラにした。
「……へっ」
それは分かっていたことだ。
この修羅の中の修羅の間合いに入るとは、そういうことだと。
それでも自分の身を擲《なげう》って、挑みたかったのだ。
今の自分と重兵衛の距離を確かめること。
そして、仲間のためにこの強敵の戦力を削《そ》ぐこと。
（やれるだけ、やってやったぜ……）
チームを組んだチェルシー達が重兵衛と戦う際に、少しでも勝ちの目を増やす。
それもまた、この捨て身の戦術を実行した理由だった。
もっとも、戦うのはチェルシー達ではないかもしれない。
かつて自分が王国の決闘で敗れた……今は友人でもある翼《つばさ》のランカーかもしれない。
どちらにしても……修羅の中の修羅《重兵衛》に『自分』を刻みつけ、元修羅《マックス》は満足だった。
マックスが死に、イペタムと浮遊刃も消えた。
後にはマックスのプレートと重兵衛だけが残された。

「…………」

重兵衛は失った左目に触《ふ》れて――笑う。

「相変わらず、マックスちゃんは強いですね……」

昔からずっと思っていることを口にする重兵衛は、とても嬉《うれ》しそうだった。

それはマックスが天地にいた頃《ころ》からの本心だ。

自分と似た戦闘スタイルであり、それでいて自分よりも多くの武器を操《あやつ》る上位互換。

一人の〈マスター〉でありながら、重兵衛の処理能力を潰せる天敵。

超級職によるレベル差と所有する装備の差で勝っていたが、そうでなければどちらが勝つか分からないとずっと思っていた。

重兵衛はマックスのことをライバルだと思っていたし、天地を去ったときは悲しかった。

しかし天地を離れても成長を続け、左目を奪《うば》うに至ったことが……心から嬉しかった。

視界は半分になったが、晴れやかな気分である。

「この後はレイ様にも会いますし、左目は眼帯でもつけておきましょうか。～～♪」

上機嫌《じょうきげん》に鼻歌を歌いながら、重兵衛はマックスと戦った地を去る。

ライバルである少女と、「きっとまた会える」と信じながら。

□■レイ・スターリングとカルル・ルールルーの交戦開始数分前

死音《シオン》を撃破《げきは》した後、カルルは中央にあるゴールへと移動していた。

それは、このイベントをクリアするためだ。

死音やジュバの分と、それまでに仕留めた他の参加者の分。プレートは既に十二分に集まっており、カルル一人ならば四回は入力できるだけの数がある。

それゆえ、まずは一度試しに入力することにしたのだ。


『…………』


カルルは入力装置の前に立ち、数字を並べていく。

彼《かれ》が見つけたヒントは二つ。［正しい答えは人によって違う］と［204Y］だ。

カルルは［204Y］が二〇四〇年代を示すヒントだとすぐに理解した。

そして、答えが人によって違う二〇四〇年代の出来事として、『自身の〈Infinite

Dendrogram〉開始日』と『〈エンブリオ〉の孵化日《ふか》』であると考えた。

ここまで絞れた時点で、一度しくじってももう一度入力すれば問題ない。

そう考えて、彼は自らの『開始日』を入力し……誤答となった。

不正解をした彼の身は、島のどこかへとランダムで転送されることになる。

それでも、カルルは慌《あわ》てなかった。

どこに落ちようと中央の山を目指せばいいのだから迷うこともない。


そうして彼が転移したのは……最西端にある難破船の甲板の上。

レイが舳先に降り立ち、三つ目のヒントを読もうとした瞬間《しゅんかん》だった。


突然の会敵に際し、彼は反射的に遠距離《えんきょり》攻撃《こうげき》用の装備で攻撃を仕掛《しか》けていた。

まさか、転送直後に他の参加者と遭遇《そうぐう》するとはカルルも思わなかったのだ。

もっとも、実のところこれは全くの偶然《ぐうぜん》ではない。

誤答の場合はランダムで転送されるが……しかしそれは『まだ見つけていないヒントの傍《そば》に転移する』という仕組みになっているからだ。

説明されておらず、一度誤答しなければ分からないことだが、クリア者が出ないという事態を避けるための運営側の保険である。

その結果、運営の恩情はレイとカルルの戦端を開くことになった。

レイは相対したカルルを倒して生き延び、そのプレートを得るために。

カルルは一度獲物《えもの》と見定めた相手であり、自分に勝てると言い放った思い上がった相手を狩《か》るために。

――自分を破った男の弟にまで負けないために。

両者は激突《げきとつ》する。

◇◇◇

□【聖騎士《パラディン》】レイ・スターリング

【神獣狩《ゴッドハント》】が手にした捕鯨砲《ほげいほう》を放つ。

どうやら自動で射出する『銛』が生成される連射可能な特典武具らしいが、その軌道は直線的でありシルバーならば回避できる。

俺《おれ》は回避をシルバーに任せながら、【神獣狩】に突っ込む。

「ひぃ⁉」

「アルト、舌噛《か》むなよ！」

今、彼女《かのじょ》をシルバーから降ろすわけにはいかない。

それをすれば、【神獣狩】はアルトを狙う。

アルトには空中を跳《は》ねまわる不規則機動に耐《た》えてもらうしかない。

「《煉獄火炎《れんごくかえん》》、全力放射！」

【瘴焔手甲《てっこう》】から噴《ふ》き出した火炎《かえん》が、地上の【神獣狩】を呑《の》み込む。

直撃《ちょくげき》すれば純竜《じゅんりゅう》以上のモンスターも燃やす炎《ほのお》だが、その只中《ただなか》で白熊の着ぐるみは不動。

毛足の長い着ぐるみの繊維《せんい》一本も燃えてはいない。

「や、やっぱり燃えてないんだけど⁉」

「……そうなるとは思ってたよ」

【神獣狩】の装備がこの程度で燃える訳がない。

いや、仮に迅羽《じんう》の《爆龍覇《ばくりゅうは》》が直撃したとしても、燃えないだろう。

なぜなら――【神獣狩】カルル・ルールルーの装備は壊れない。

装備の質の問題じゃない。

奴《やつ》が装備するから、壊れない。

「……兄貴が言ってた通りだな」

俺は〝万状無敵《ばんじょう》〟のギミックについて、兄から聞かされて知っている。

そして対処法も、既に話してある。

俺は砂浜《すなはま》にチェルシーがやってくる直前の、二人との会話を想起した。

◇

「奴の〈エンブリオ〉、【不壊不朽《ふえふきゅう》　ネメアレオン】の能力特性は『装備品の不壊化』だ」

「不壊化って、壊れないってこと？」

「ああ」

身に着けた装備品が絶対に壊れない。それが無敵の正体だ。

「でも、装備品が壊れなくても本人は普通《ふつう》に死んじゃうんじゃ……あ」

「……救命の秘宝」

言いながらアルトが気づき、ジュリエットも察した。

「そう。アイツの〈エンブリオ〉は——【救命のブローチ】も壊れないようにできる」

この世界には【救命のブローチ】……致命傷《ちめいしょう》を無効化する装備品がある。

一定確率で壊れる代わりに致命の攻撃を防ぐ【救命のブローチ】。

一定確率で壊れる代わりに全状態異常を防ぐ【健常のカメオ】。

一定確率で壊れる代わりに装備の盗難《とうなん》を防ぐ【防犯のブレスレット】。

ネメアレオンの力でそれらは壊れず――使い続けられる。

【骨折】などの行動制限を伴《とも》なう状態異常は【カメオ】で防がれ、HPを〇にする致命の攻撃も【ブローチ】で阻まれる。

HPがどれだけ削れても健康そのもの。如何なる状況《じょうきょう》でも万全無敵。

それが【神獣狩】カルル・ルールルー。絶対に撃破できない無敵の〈超級〉。

防御力無視《ぼうぎょりょく》の《復讐《ヴェンジェンス》》でも、奴のHPをゼロにすることは不可能だ。

「そんなのずるいじゃん⁉」

「そうだな。あいつと通常のフィールドで戦えば、倒せる奴は一人もいないかもしれない」

「フィールドで戦えば、って？」

「……決闘《けっとう》の掟《おきて》。そして、此度《こたび》の宴の掟」

決闘ランカーのジュリエットは、すぐに答えを察したらしい。

アルトの方もそれから数秒頭を捻《ひね》って……ポンと手を打った。

「あ、そうか。今回のイベントって【ブローチ】は装備不可能だ！」

そう。このイベントの参加者は、【ブローチ】を装備できない。

俺の戦闘《せんとう》スタイルにとっても支障が生じる縛《しば》りだが、俺以上に問題があったのが【神獣狩】だ。致命の攻撃を防ぐ【ブローチ】が、今は奴の装備品にもない。

何らかの代替《だいたい》手段は設けていても、万全ではないはずだ。

恐らく、決闘ランキングも同じ理由で参加していないのだろう。

「今ならボコって勝てるね！　やったぁ無敵ブレイク！」

「「…………」」

喜ぶアルトに対し、俺とジュリエットは何と言ったものかと迷う。

「え？　アタシ、何か間違《まちが》った……？」

「アルトよ。間違ってはおらぬ。おらぬが、のぅ」

「大前提として、次に奴と遭遇するなら……奴は重兵衛に倒されなかったたってことだ」

「…………あ」

俺達《たち》が離脱《りだつ》したときの奴は重兵衛と一騎討《いっきう》ち。あの恐るべき戦闘力《せんとうりょく》の重兵衛が倒しきれないならば、代替手段でも奴の無敵ぶりは相当なものということになる。

むしろ、狼桜のように【ブローチ】と似た性質の特典武具を保有している恐れもある。

それを削り切れるかと言えば、難しいだろう。

「あぁう。レイっちが『フィールドで戦えば』なんて、思わせぶりなこと言うから……」

「悪いな。でも、通常のフィールドとこのイベントでは大きな違《ちが》いがあるんだよ」

「違い？」

「こういうことだ」

俺は砂浜に指で歪《いびつ》な丸……この島の概形《がいけい》を描《えが》く。

そして、ほんの少し外側に島と同じ形の線を描いた。

「これって……」

「フィールドは無法だが、イベントにはルールがある」

俺達が【神獣狩】と戦うとき、狙うのはHPを削りきることじゃない。

――こちらが今回のイベントエリアでーす。

――正確には島、島の上空五〇〇メテル、島から二〇メテルの海まで。

――島を囲う結界に触れたら失格になるので気をつけてねー。

「狙うのは――奴の場外負けだ」

◇

【神獣狩】との不意の遭遇、ジュリエットこそいないが勝算はある。

俺達が海沿いを移動していたのは、もしも【神獣狩】に遭遇したときに場外に叩《たた》き出しやすいようにするため。

ここにジュリエットがいれば、《死喰鳥《フレーズヴェルグ》》の風力によるノックバックで二〇メートル程度は簡単に吹《ふ》き飛ばせただろう。

かつてのガイリュウオウ事件では、巨大な竜王《りゅうおう》に対して成功させたと聞いている。

だが、俺だけでもやれることがある。

「今!」

俺の掛け声と共に、シルバーが奴目掛《やつめが》けて駆《か》けだす。

こちらの動きに反応し、炎の中でも何ら損傷を負っていない白熊は捕鯨砲を構える。

だが、損傷を負わないのはあくまでも奴と装備品だけだ。

『……!』

奴の足元で音を立てながら、難破船の甲板が崩壊《ほうかい》する。

奴が立っていたのは、元より壊《こわ》れかけの難破船というオブジェクト。

そこに《煉獄火炎》を放てば、奴の自重を支える強度も保てなくなる。

「生憎《あいにく》とこっちは昨日散々木を燃やしたんでな！」

燃えた木々が崩壊するタイミングは、【アフォレスト・キング・ゴーレム】と【プランティング・ゴーレム】のお陰《かげ》で予習済みだ。

足場が崩壊し、【神獣狩】の身体が空中に浮《う》き、捕鯨砲も取り落としている。

そのタイミングで、奴との距離を詰《つ》める。

空中に浮いた体にはしがみつくものもなく、自らの自重しか存在しない。

仮に奴が装備を含《ふく》めて一〇〇キロ超の重量だとしても……。

「シルバー！」

俺の愛馬の馬力ならば、そのまま奴を場外まで押《お》し込《こ》むことができる！

シルバーが落下中の奴を捉《とら》え、そのまま場外へと押し込む軌道で接近する。

そして白銀の馬体は白熊と接触《せっしょく》して柔《やわ》らかな激突音を発し、

——そのままピタリと静止した。

「!?」

その驚《おどろ》きは、俺だけのものではなかった。

ネメシスも、アルトも、シルバーでさえも驚愕《きょうがく》しただろう。

完璧《かんぺき》なタイミングだった。

最も無防備なタイミングで勝負を決めにかかったはずだった。

だが、白熊は空中で微動《びどう》だにせず、着ぐるみの作り物の両目が俺を見下ろしている。

『…………』

いつの間にか、白熊の左手がシルバーの頭部を掴《つか》んで放さず、右手は大振《おおぶ》りの短剣《たんけん》を――

――俺の顔面に突《つ》き立てるために逆手で振《ふ》りかぶっていた。

◇◆◇

□■白熊について

レイ・スターリングは知らなかった。

白熊の着ぐるみは【極星熊　ポーラーベア】という銘《めい》の〈UBM〉の特典武具。

極星、即ち天にて動かぬ星。

特典武具【Q極きぐるみシリーズ　ぽーらーべあ】の効果は――ノックバック無効。

物理的な力でも、スキルによる圧力でも、自然界の重力でさえも……白熊を装備した【神獣狩】が彼の意思と無関係に動かされることはない。

レイ・スターリングは知らなかった。

そもそも、そんなアジャストの特典武具になった由来が彼の兄《シュウ》にあることを。

かつて、第一次騎鋼戦争後に天地を目指していたシュウ・スターリングは、〈厳冬山脈〉におけるとある事件でカルル・ルールルーと激突した。

シュウの《破壊権限《デストロイ・オーダー》》と、カルルの不壊。

矛《ほこ》と盾《たて》の戦いだったが、当時のシュウでは力《STR》が足りず、《破壊権限》でもネメアレオンの装備不壊を無効化できなかった。

しかし、戦いの勝利者はシュウであった。

その際、シュウが選んだ勝利方法は今のレイと同じもの。

必殺スキルを用いたバルドルの一撃《いちげき》によって、カルルを場外に追い込んだ。

――重力圏外という、場外に。

そう、シュウはカルルをこの星から蹴り出すことによって勝利したのだ。

自力での帰還《きかん》方法がないカルルは、死なないが何もできなくなった。

そして自ら〈自害〉システムを起動してデスペナルティとなり、帰還したのだ。

無敵と呼ばれた男の、完全敗北である。

その敗北を、カルルは忘れていない。

シュウ・スターリングへの雪辱《せつじょく》を、忘れていない。

ゆえに、その後に撃破された【ポーラーベア】は二度と場外に追い込まれないためのアジャストとなり、目の前にいるシュウの弟……自身を挑発《ちょうはつ》した男を逃《に》がす気もない。

そして、痛みを返す短剣【ドラグペイン】がレイの顔面へと振り下ろされ――。

◇◆◇

□【聖騎士】レイ・スターリング

「《ギフテッド・クイズ》！」

『問題。朝は四本足、昼は二本足、夜は三本足の生き物……は人間ですが、日本神話に登場する三本足の鳥類の名前は？』

唐突《とうとつ》に、本当に唐突に、聞き覚えのある声と聞き覚えのない声が聞こえた。

俺の眼前には、今まさに触れそうになっている【神獣狩】の短剣があり、

『…………！』

奴自身は……今度は腕までも微動だにしていなかった。

「！」

咄嗟《とっさ》に奴に掴まれていたシルバーを格納する。

アルト諸共《もろとも》海へと落下しかけるが、再度シルバーを呼び出し、海面を蹴って移動する。

その間も、【神獣狩】は動かない。いや、あれは……動けないのか？

「あ、あぶ、あぶなかったぁ……」

そう言うアルトの手には、いつの間にかあやとり紐《ひも》があった。

それは、彼女がこの〈Infinite Dendrogram〉内で見せていたものと同じだったが……

今は金色に輝《かがや》いている。

そして複雑に編まれたあやとりの中心には、半透明《はんとうめい》の白熊の幻影《げんえい》がある。

「アルト、それは……お前の〈エンブリオ〉か？」

「……うん、アタシの。ゴルディアン・ノット……って言えばレイっちも分かるっしょ？」

ゴルディアン・ノット《ゴルディアン・ノット》の結び目。

あのアレクサンダー大王の伝説で有名な牛車に結《ぎっしゃ》びつけられた紐で、『この結び目を解いたものはアジアの王になる』という伝説がある代物《しろもの》だ。

「《ギフテッド・クイズ》は問題を出して正解するまで動きをフリーズ。代わりに、正解したら全ステータスが倍になるって奴。問題内容はアタシも選べない完全ランダム……」

「それはまた……扱《あつか》いが難しいスキルだな」

無制御《せいぎょ》で出力を上げるタイプの拘束《こうそく》・バフ能力。

敵に使用して簡単な問題を解かれれば、敵に塩を送るようなもの。

逆に味方に使って難しい問題が出れば、味方の動きを封《ふう》じてしまう。

俺に使うとしても、いつ敵と遭遇するか分からないサバイバルでは致命的《ちめいてき》。

今まで使わなかったのも納得《なっとく》だ。

「重兵衛に使わなかったのは……」

「……あれがステータス倍になったらもうどうしようもないじゃん」

納得するしかない。

「【神獣狩】は状態異常を無効にする【カメオ】を……」

「レイっち。これ状態異常じゃないよ。あくまでバフの準備時間だからね！」

「…………なるほど」

状態異常は通じなくても、その逆ならば通るとは盲点《もうてん》だ。

「でもね……。うん、あのね、………ごめん」

「え？」

窮地《きゅうち》を救ってくれたアルトだが、なぜかまたネガティブ思考に陥《おちい》っている。

なぜ、と思いかけて……理解した。

「さっきの問題……簡単すぎたから駄目《だめ》かも……ソーリー」

アルトが泣きそうな顔で空中に静止した白熊を見上げたとき、

『――やたがらす』

――【神獣狩】が俺達の前で初めて言葉を発した。

「……その答えを知ってるならもっと早く答えられただろう」

あるいはこれまでの一分少々は、『喋《しゃべ》る』こと自体を躊躇《ためら》っていた時間なのか。

【神獣狩】はそれまでとは違い、金色のオーラ……ゴルディアン・ノットのバフを獲得《かくとく》している。

金色の白熊という意味不明な存在になった奴は空中から降下し、海面に立つ。

それも、空中で静止したスキルの応用か何かだろうか。

「これは、また……」

元よりステータスで勝負するタイプでもないだろうが、俺達よりも格段に高かったステータスが倍になってしまっている。威圧《いあつ》感までも、同様に。

「……ちなみに効果時間は一〇分で……同じ相手には一日一回まで……だから」

アルトのあやとり紐からは、既に白熊の幻影は消えている。

予想はしていたが、再び動きを止めることはできないようだ。

『窮地を脱《だっ》しても、また窮地か……』

「まぁ、それもよくあることだけどな……！」

しかし、ステータスが倍になった【神獣狩】は脅威《きょうい》だ。

空中で場外に押し込むことすらできないならば、どうやってこの〈超級《スペリオル》〉を破ればいい。

海中に没《ぼっ》したヒントも【神獣狩】のプレートも諦《あきら》めて離脱を試みる手もあるが……逃がしてくれる気がしない。

「ねぇ、レイっち……」

海の上を歩いてこちらに近づいてくる【神獣狩】から目を逸《そ》らせないでいると、アルトがそれまでとは少し違う声音《こわね》で話しかけてきた。

それはネガティブで怯《おび》えた声だったが……どこか『今』ではなく『未来』に怯えている
ような、『恐怖《きょうふ》』ではなく『不安』が強い声だった。

「……どうした？」

「ぜったいゼッタイ絶対……『誰《だれ》にも言わない』って約束してくれる？」

友人との約束ならば、守ろう。だが……。

「……何を？」

「――これから見るもの、、、、、、」

その言葉に、【神獣狩】からアルトへと視線を移す。

彼女は右手の甲《こう》を……【ジュエル】を掲《かか》げていた。

「約束、してくれる？」

「……ああ」

俺は言葉と共に頷《うなず》いて見せた。

そうして、彼女はほんの少しだけ安堵《あんど》したように表情を緩《ゆる》め、
その間に、【神獣狩】は俺達との距離を詰めて、

「やっちゃえ、ホ、ロ、ビ、マ、ル、」

――何者かが白熊の着ぐるみを殴《なぐ》り飛ばした。

『【神獣狩《ごつどはんと》】、確認候《かくにんそうろう》』

アルトが掲げた【ジュエル】から現れたのは、白熊を上回る巨体《きよたい》の持ち主。

その拳《こぶし》が、先刻のシルバーの突撃《とつげき》さえも僅かにも揺《ゆ》れずに受け止めた【神獣狩】を……何メートルも先へ殴り飛ばした。

拳の圧力に飛ばされた白熊が海面を跳ねて、その体が半ば海に沈《しず》む。

『……！　……!?』

その姿に俺とネメシス、そしてきっと【神獣狩】も言葉を失っただろう。

言葉を発しようとしても、驚愕で息が詰まる。

それは平安時代の大鎧《おおよろい》のようで、西洋甲冑《かつちゆう》にも似ている。

全身が金属に覆《おお》われ、関節部も極細《ごくぼそ》の金属繊維が編まれている。肩《かた》には大袖《おおそで》のような板状の装甲《そうこう》があり、腰部《ようぶ》の草摺《くさずり》と合わせて全体の印象を武士のそれに近づけていた。

しかしその首の上に兜《かぶと》はなく、頭蓋《ずがい》さえない――首無しの鎧武者《よろいむしや》。

この特徴的《とくちようてき》な姿をした存在の名を、俺は知っている。

「――【五行滅尽《めつじん》　ホロビマル】」

――天地に襲来《しゅうらい》した〈ＳＵＢＭ〉の銘である。

幕間　クローズド・シー

□■イベントエリア南部・砂浜

先刻、死音《シオン》とジュバが戦い、最終的にカルルが漁夫の利を得た戦場。

そこには今、二人の決闘ランカーが立っている。

王国決闘四位、〝黒鴉《くろがらす》〟ジュリエット。

王国決闘八位、〝流《る》浪《ろう》金海〟チェルシー。

親友であり、戦友であり、ライバルである二人が……この地で相対している。

「……あたしが王国に来たのは【グローリア】の頃だったね」

チェルシーは大斧《おおおの》ポセイドンを砂浜へ逆さに突き立て、思い出話を口にし始めた。

「？」

距離《きょり》を取って向かい合っているジュリエットはその動作を少し不思議に思いながらも、彼女の言葉に耳を傾《かたむ》ける。

「あの頃は一番仲良かった友達がグランバロアを出た後でさ。あたしも自分が就《つ》ける超級職を見つけたかったから国を出て、最寄《もよ》りの王国に移籍《いせき》したんだよね」

「…………」

それはジュリエットも以前に聞いた覚えがある。

チェルシーの友達の名はゼタ。〈超級《スペリオル》〉であり、共に海賊船団《かいぞくせんだん》に属していた女性。今は指名手配犯となっている人物である。

「移籍して、王国でも決闘やろうかなって挑戦《ちょうせん》して……ジュリと会ったね」

「うん」

当時の王国は狼桜や〈K&R〉の面々もおらず、女性の決闘参加者は少なかった。自然とお互《たが》いの存在は目につき、チェルシーの方から話しかけていた。

「最初は何を言ってるか本当にわかんなかったよ」

「う……」

チェルシーは今ではジュリエットの一番の親友だが、レイのようにノータイムでジュリエット語を理解できる奇才《きさい》はなかったのだ。

「だんだんとわかるようになったけど、その頃には二人きりなら普通に話してくれるようになってたっけ」

「そうだね……」

ジュリエットは親しい相手……人見知りしなくなった相手の前では素の言葉《ことば》遣《づか》いで話す。

少しずつその対象……友達は増えていった。

そしてチェルシーこそが、その一人目だったのだ。

「ちょっと照れくさいけど……友達だな、って思ったよ」

「私も……同じだよ」

少し頬《ほお》を赤らめて、ジュリエットは頷いた。

「あたしとジュリは友達で、決闘ランカーとしてのライバル」

チェルシーは言葉を続けて、そっと砂浜に突き立てたポセイドンを撫《な》でる。

「だけど、まだジュリに見せてないあたしがいる」

——直後、周囲は海中に没した。

突如《とつじょ》として砂の下から水が溢《あふ》れ、水位が上がって砂浜が海水に沈んだのだ。

「！」

ジュリエットは翼《つばさ》を羽ばたかせ、咄嗟に海から飛び上がる。

「それは……一番強かった頃《ころ》のあたし」

チェルシーはその体の半分以上を海水に浸けたまま、言葉を続ける。

「それを、王国最強の女の子《ジュリエット》に見せていない」

言葉と共にポセイドンを引き抜《ぬ》き、海中から跳《と》ぶ。

「あたしは【大海賊《グレイト・パイレーツ》】チェルシー。アルター王国決闘八位〝流浪金海《ワンダリング・ゴールド》〟」

そのまま、【大海賊】のスキルで海面に立ちながら……彼女は告げる。

「――元グランバロア船団決闘二位、〝流浪禁海《クローズド・シー》〟」

――かつての自分の在り方を。

――〝グランバロア最強の女〟と呼ばれた時代の名を。

「今からあたしの全力、本当の戦闘スタイルを……あたしの親友にぶつける」

水位を上げていく海水の上に立ちながら、チェルシーは宣言する。

「受けてみてよ、ジュリ」

「……もちろん！」

その宣言と挑戦に、ジュリエットが笑顔《えがお》で答え――二人の戦いは始まった。

◇
◆

ＴＹＰＥ：ウェポン、【大海湛斧　ポセイドン】。

チェルシーが振るう大斧の〈エンブリオ〉の銘である。

その能力特性は『液体の召喚《しょうかん》』。

最も目立つスキルは、常温液状黄金で敵を叩き潰《つぶ》す《金牛大海嘯《ポセイドン》》。

次いで、周囲に巨大《きょだい》な水柱を発生させる攻防《こうぼう》一体の《天地逆転大瀑布《だいばくふ》》だろう。

しかしそれら二つは、液体召喚の最大体積ではない。

ただの海水を放出するだけならばその体積は液状黄金よりも遥《はる》かに大きく、召喚に時間を掛《か》けていいのならば《天地逆転大瀑布》も上回る。

チェルシーはポセイドンを砂浜に突き立てた時点で、海水の召喚準備に入っていた。

そして今、召喚された海水は二人の戦場である砂浜を沈め、さらに溢れていく。

（準備時間のいる液体召喚？　でも、陸地を沈めても私に影響《えいきょう》はない……）

飛行中のジュリエットが上昇《じょうしょう》する海面に足を取られることはない。

まして今回のイベントの限界高度は五〇〇メテル。決闘の結界よりもかなり高い。

対空砲撃《たいくうほうげき》をするジュバが既《すで》に敗退したことで飛行に支障もない。

このまま空中から攻撃《こうげき》していけば、一方的にジュリエットが勝利できてしまう。

折角《せっかく》の真剣《しんけん》勝負がそんな決着になってしまうことに、彼女が躊躇っていたとき……。

「ジュリ」

チェルシーは上を向いてジュリエットに笑いかけ、

「――そんな低いところでいいの？」

――直後、連なった破裂音《はれつおん》が砂浜に響《ひび》いた。

「⁉」

ジュリエットが直感で高度を上げながら回避《かいひ》行動を取ると、空中に光の軌跡《きせき》が走った。

（曳光弾《えいこうだん》！）

再びジュリエットが視線を海上に向けたとき、そこには巨大な影《かげ》が浮かんでいた。

そのシルエットを、ジュリエットはよく見知っている。

「チェルシーの、海賊船！」

それはギデオンの五番街に鎮座《ちんざ》していた、チェルシーの……〈黄金海賊団〉の本拠地《ほんきょち》でもある海賊船に間違いなかった。

「うん。船内でスイーツパーティーしたからジュリもよく知ってるよね」

それはチェルシーとマックスとの楽しい思い出だ。

だが、今のジュリエットには……髑髏《どくろ》を掲げる船体が恐《おそ》ろしく見える。

「クランが解散して、あたしの所有物として好きに持ち運べるようになったからね」

カルディナの砂上船のように船舶《せんぱく》も大容量のアイテムボックスで持ち運べる。

王国の決闘にはサイズやレギュレーションの問題で持ち込めない代物だが、ここは闘技《とうぎ》場《じょう》ではなくイベントエリア。【ブローチ】以外に持ち込みを禁じられたアイテムはない。

「水位を上げたのは……」

「そ。この船を浮かべるためだね。沖合二〇メテルまでじゃちょっと狭《せま》すぎるもん」

レイ達がカルルとの戦いで戦術に組《く》み込んだイベントエリアの範囲《はんい》を、チェルシーは違う理由で気にかけていた。

「それでさ。この【スカイアンカー号】は対空砲火に特化した艤装《ぎそう》を施《ほどこ》してるんだよね」

チェルシーの言葉と共に、木造帆船《はんせん》には似つかわしくない対空機銃《きじゅう》が次々に展開される。

船内に設置された船舶用魔力《まりょく》タンクからエネルギーが流れ、一斉《いっせい》に起動し……。

「だから、――迂闊《うかつ》な飛び方してるとすぐに蜂《はち》の巣だよ」

そして、空が弾幕《だんまく》の光で切り裂《さ》かれる。

爆発音《ばくはつおん》が鳴り響き、それが幾重《いくえ》にも重なり、終わらない破壊の音を奏《かな》でる。

「……っ！」

それらを空中で回避《かいひ》し続けるのはジュリエットでも難しい。

高度を上げても、五〇〇メテルではこの対空砲火の前には低すぎる、、、。

ジュリエットは急旋回《きゅうせんかい》を続けながら徐々《じょじょ》に高度を下げ……。

「《黒死楽団葬送曲《ブラックウィング・オーケストラ》》！」

回避の度に舞《ま》い散った黒羽根を、攻撃スキルに使用。黒羽根から漆黒《しっこく》の風刃が次々に放たれ、対空砲火へのお返しとばかりに【スカイアンカー号】に降り注ぐ。

「ジュリ。これはグランバロアの船舶なら当たり前のことだけど……」

だが、風刃は【スカイアンカー号】にほんの僅《わず》かな損傷を与《あた》えるに留《とど》まった。

「！」

「表面には耐水《たいすい》、耐風《たいふう》のコーティングをしてあるよ。嵐《あらし》の中も航行するからね。これを突《とっ》破《ぱ》したければ必殺スキルを使わなきゃね」

だが、必殺スキルの準備のために動きを止めれば蜂の巣だ。

この分厚過ぎる弾幕を回避するには、そして必殺スキルの時間を稼《かせ》ぐには、【スカイアンカー号】の上ではなく……射線より下の高度まで降下しなければならない。

ジュリエットは即座《そくざ》にそう判断して、急速降下。

自動化された対空砲の射線もジュリエットを追って動く。

それでも墜落《ついらく》と見紛《みまが》う最大速度で海面へと下りるジュリエットの方が早く……。


「――いらっしゃーい」

下りたポイントに、斧を振りかぶった親友が待っていた。


「！」

振るわれた斧を手にした呪剣《じゆけん》で受け、勢いのままに飛ばされることで威力《いりよく》を殺す。

そこから空中で羽ばたき、体勢を立て直す。

「ジュリ。さっきからあたしが妙《みよう》にペラペラ喋ると思わなかった？」

不意打ちを防がれることも想定済みだったのか、チェルシーは楽しげに話しかける。

いつの間に船上から降りていたのか。

海面を走るチェルシーは、ジュリエットの降下位置に先回りしていた。

曳光弾だったことや射線の動きも含め、誘導《ゆうどう》されたのだとジュリエットは悟《さと》る。

「喋ってたのは、空から下ろして海上戦に引き込むため、でしょ？」

「正解♪　もう上がらない方が良いよ。一定以上の高度にいる生物を撃《う》つ設定だからね」

チェルシーにしてみれば、自分以外で最も動きを熟知している相手だ。

彼女《かのじょ》の分析力《ぶんせきりょく》ならば、誘導も難しくはない。

周囲は一面の海だが、ジョブスキルで水面を走れるチェルシーには何の問題もない。

対して対空機銃に頭上を塞《ふさ》がれたジュリエットは、この低い高度で戦うしかない。

高度差を利用した一方的な展開は、やろうと思ってもできなくなった。

「さて、問題だよ。【スカイアンカー号《あたしの船》】が対空特化船なのは何ででしょう？」

再びジュリエットに話しかけてくるチェルシー。

それもまた誘導の一種だと既に悟っているが、どう誘導したいのかは掴めない。

だからジュリエットは真剣にチェルシーや【スカイアンカー号】の動作を探《さぐ》り……。

「……？」

不意に、何か大きな違和感《いわかん》を抱いた。

ジョブスキルである《危険察知》と《殺気感知》は作動していない。

しかし、何らかの危険をジュリエットのバトルセンスが告げ……。

「正解はね」

ジュリエットは咄嗟に翼を動かして真横に飛ぶ。

「――海の上のあたしが一番強いから」

――瞬間《しゅんかん》、ジュリエットの直下にあった海面が爆発《ばくはつ》した。

「!?」

ジュリエットにはすぐに分かった。
その攻撃は、チェルシーの〈エンブリオ〉やジョブのスキルによるものではない。
しかも、今の爆発は間違いなく……《クリムゾン・スフィア》によるもの。
チェルシーが、それを使うとすれば……。

「【ジェム】……！」

ジュリエットは美しい海の水面下に、無数の【ジェム】が浮かんでいるのを見た。
王国式のランク戦では、決して見ることがない光景だった。

◇◆

グランバロアからの移籍当初、チェルシーは決闘《けっとう》ルールの違いに苦しんだ。
グランバロアと他国の決闘ルールの最大の違いは結界の有無《うむ》、ではない。
それは環境《かんきょう》の違いであり、ルールの違いではないのだ。
ならば船の撃沈《げきちん》が勝敗を分けることか？
それも含むが、より大きな意味での違いだ。

それは――アイテムの使用制限の有無。

結界がないため、参加者の命の保険として【ブローチ】の使用が許可される。
しかしそれに限らず、グランバロアの決闘ではあらゆるアイテムの使用が許可される。
回復アイテム。許可。
自身が作製したモノではない砲弾《ほうだん》や【ジェム】などの攻撃アイテム。許可。
魔力タンクなど使用者以外の魔力で動く特殊《とくしゅ》装備。許可。
船舶での決闘を前提としているために、アイテム使用はほぼ無制限。
それが他国の決闘との差異であり、チェルシーが王国に慣れるまで苦戦した理由。

そう、彼女の本来の戦闘《せんとう》スタイルは――無数の攻撃アイテムを用いる機雷《きらい》戦術である。

それは、彼女の〈エンブリオ〉との相性《あいしょう》も大きい。

彼女の〈エンブリオ〉は液状黄金で敵を押し潰し、攻防一体の水流を生む。

だが、かつての彼女を知る者は、理解している。

恐ろしいのはそんな大技ではなく……小技。

小さな水流を周囲の任意の空間から発生させる基本スキル、《クリーク》。

攻撃能力はないも同然。当たっても幼児ならば転ぶ程度の弱さで、《危険察知》さえも働かない無害な水流。

代わりに、彼女の範囲数百メテルのどこからでも水を流すことができる。

砂漠《さばく》でも、空中でも、海中でも、――川底でも。

そう、万《バン》との戦闘でもチェルシーはそのスキルを使っていた。

彼女は川に沿って、下りながら歩いてきた。

予《あらかじ》め、密《ひそ》かに……上流から【ジェム】を等間隔《とうかんかく》で配置しながら。

水流のスキルで設置した【ジェム】を流し、誘導し、ザックームの爆発に乗じて万の足を吹《ふ》き飛ばし、撃破《げきは》したのである。

この精密性と静粛性《せいしゅくせい》に優《すぐ》れた機雷戦術こそ、彼女の真骨頂。

そして、海戦において彼女の読みに隙《すき》は無い。

分析力と話術もまた、彼女の武器。

時に相手の逆鱗《げきりん》に触《ふ》れて挑発し、時に真実で動きを誘導し、相手を手玉に取る。

狙《ねら》いすましたように追い込み、静かな海流で機雷を忍《しの》ばせ、船底を破壊する。

後に〈超級〉となった醤油抗菌《しょうゆこうきん》も、第六形態であった頃は彼女に敵《かな》わなかった。

海水を爆薬《ばくやく》化させてもその範囲を読み切られ、逆に利用された。

機雷の及《およ》ばぬ空中からの接近は、過剰《かじょう》なほどに設《しつら》えられた【スカイアンカー号】の対空艤装で防がれ、半強制的に彼女のフィールドで戦わされる。

まして、グランバロアの決闘では彼女以外の乗員もおり、船の防御《ぼうぎょ》を任せられた。

結果、〈マスター〉に〈超級〉も超級職もいなかった時期において、彼女と【スカイアンカー号】は決闘第二位にまで至《いた》ったのである。

第一位が大船団長と首都そのものである【グランバロア号】であることを考えれば、実質的に王者は彼女だったとさえ言える。

それゆえ、『海賊船団で最も恐ろしい女』として名が知れた。

もっとも決闘における超級職や〈超級〉の増加、〈マスター〉による船舶の性能向上、そして王国移籍後の彼女自身の成績不振《ふしん》により、今では埋《う》もれた名である。

だが……今この場に立つ彼女はかつての彼女だ。

海を含《ふく》む環境が、デスペナルティがない時期《タイミング》が、彼女自身の心境が……。

その全てが、自身の全盛《ぜんせい》と親友にしてライバルである少女との勝負に寄与《きよ》している。

ゆえに今、〝流浪禁海〟は自らの全てを解禁して……〝黒鴉〟に挑《いど》むのだ。

◇◆

「……チェルシー」

今まで見たことがない親友のバトルスタイル。

相手の強みを封じつつ、自分の戦場に引きずり込《こ》んで勝利を捥ぎ取る。

戦慄《せんりつ》を覚えるほどに激しく、静かで、恐ろしい。

ジュリエットの身に翼がなければ、何の太刀《たち》打《う》ちできずに負けていたかもしれない。

しかし彼女には翼がある。未《いま》だその身は海中に没してなどいない。

だから、まだ戦える。


「さっすがジュリ……」

今まで見続けてきた親友のバトルスタイル。

万能《ばんのう》の強みを活《い》かし、どんな相手にもどんな戦場にも対応して勝利を掴《つか》み取る。

感動を覚えるほどに美しく、輝いて、愛らしい。

チェルシーの手に船と機雷がある今ならば、何も太刀打ちさせずに勝つ目もあった。

しかし彼女は生きている。未だその身は海中に没してなどいない。

だから、まだ戦える。


親友との、愉《たの》しい時間《バトル》は終わらない。


共に自覚がないまま口《くち》の端《は》に笑《え》みを浮《う》かべて、二人は動く。

「《黒死楽団鎮魂歌《ブラックウイング・レクイエム》》！」

ジュリエットが闇《やみ》属性の誘導弾《ゆうどうだん》をチェルシーへと放つ。

それは水でも爆発でも防ぐことが敵《かな》わない魔法《まほう》。

だが……水中から飛び出した何十もの翼を持つ黒球が、誘導弾を迎《むか》え撃った。

(《グルーム・ストーカー》!?)

死音の得意魔法として見飽《みあ》きるほどに見てきた闇属性の上級奥義《おうぎ》。

それが今、海中……チェルシーの機雷原《きらいげん》から発せられたのだ。

最初に大量の水を召喚して水位を引き上げた際、チェルシーは既に保有する全ての【ジェム】を海中に流し、機雷原を形成していた。

そしてそれらは、火属性の《クリムゾン・スフィア》だけではない。

「当然、ジュリやシオン対策に闇属性の【ジェム】も買い集めてたよ。……あまり出回らないから高かったけどね」

下に向けた手のひらを振《ふ》り、『金欠』をアピールするチェルシー。

しかし彼女はそれらを十二分に用意していた。

いつか、こんな機会が来るのではないかと考えて。

(チェルシーがどれだけ闇属性の【ジェム】を持っているのかは分からない。撃ち続けて、こっちのMPが先になくなるかも……それに)

それに【ジェム】はチェルシー自身のMPを消耗《しょうもう》せず、一度に複数の起動も可能だ。

最終的に押《お》し切られる恐れもある。

「それ、なら！」

ジュリエットは黒翼を羽ばたかせ、チェルシーとの距離を詰《つ》める。

魔法の撃ち合い以外で決着をつけるために。

「だよね！」

チェルシーもまた、それを理解して迎え撃つ。

もはや話術や【スカイアンカー号】による誘導は通じないだろう。

しかし既に戦場は海の上、あとは純粋《じゅんすい》な戦闘技量の勝負である。

「よっと！」

チェルシーが指を指揮棒の如く振るえば、海中からウミヘビの如き水流が噴出《ふんしゅつ》する。

幾本もの水流がジュリエットを狙うが、それらはいずれも機雷を孕《はら》んでいる。

近づけば起爆《きばく》し、連鎖《れんさ》爆発《ばくはつ》してジュリエットを呑《の》み込むだろう。

そして水流の軌道《きどう》は、ジュリエットの翼による飛行で絶妙《ぜつみょう》に回避しづらいコースを重ねている。チェルシーがジュリエットを熟知している証だ。

（これも、水上戦だからできること……！）

【ジェム】の爆発が掠《かす》めてダメージを受けながら、ジュリエットは今のチェルシーとこれまでのチェルシーの差異についての考察を重ねる。

【スカイアンカー号】や機雷となる【ジェム】といったアイテムの有無だけではない。

水中から発生する水流は、その発生が見えない。

陸戦であればチェルシーの液体召喚は発生から噴出まで多少のラグがあり、それを見切れば発生前に回避に移れる。これまでの二人の決闘でもそうだった。

しかし木を隠《かく》すには森の中、海流を隠すには海の中。海戦におけるチェルシーの液体召喚は、海面から飛び出す瞬間までどこから発生するか感知が困難である。

むしろ飛行能力を持つジュリエット相手だからこそ『海面から噴出させる』過程が必要だが、対船戦闘ならば海中の見えざる海流でケリをつけられるだろう。

(水上でアイテムを使うチェルシーは間違《まちが》いなく準〈超級〉……それもトップクラス!)

もしもあのクロノ・クラウンとの戦いが水上戦であれば……相手の加速と回避すら許さず、静かなる機雷戦術で勝利を収めていたかもしれない。

今のチェルシーは、そのレベルの実力者だ。

(それでも……!)

それでも、ジュリエットはこの恐るべき戦術を駆使《くし》する親友とのバトルを楽しんでいる。

天への飛翔《ひしょう》を封《ふう》じられ、海からは水流が攻《せ》め立てる、恐ろしい戦場。

だが、天と海の狭間《はざま》を飛びながら……ジュリエットは心の底から楽しんでいる。

親友との正真正銘《しょうしんしょうめい》の全力勝負だから。

これが〈Infinite Dendrogram〉で最後の決闘になっても、悔《く》いがないほど楽しいから。

彼女は微笑《ほほえ》んで、勝利を目指して翔《かけ》ていく。


（やっぱりジュリは凄《すご》いな）

チェルシーはジュリエットの癖《くせ》から避《さ》け辛《づら》いように水流を設定した。

だが、ジュリエットは持ち前のセンスとアドリブ力で、それらを辛《かろ》うじて回避している。

そのまま距離を詰めてきているが、チェルシーには彼女の狙いが何か予想がついている。

（必殺スキルは使えない）

ジュリエットの《死喰鳥《フレーズヴェルグ》》は強力な複合魔法だが、発射体勢に入る際には背中の翼が両《りょう》腕《うで》に回る。

つまり機動力の喪失《そうしつ》であり、チェルシーの操《あやつ》る水上機雷原では致命的《ちめいてき》だ。

ゆえに、ジュリエットの狙いは必殺スキルではなく……。

（――《カースド・ファランクス・ディスオーダー》）

【堕天騎士《ナイト・オブ・フォールダウン》】の奥義であり、呪《のろ》いの武具をミサイルに変えて相手に撃ち出す技。

一発でも命中して炸裂《さくれつ》すれば、上級職でしかないチェルシーは砕《くだ》かれる。

だが呪いの武具という実体があるため、闇属性魔法以外でも迎撃《げいげき》は可能だ。

（距離を詰めているのは、あたしが迎撃に使える【ジェム】を減らすため。こっちの機雷原を途中《とちゅう》まで自分で突破して、奥義の迎撃の手が足りなくなる段階で使ってくる）

だが、その分水嶺《ぶんすいれい》がどこかは……二人にも分からない。

ジュリエットが撃ち出す呪いの武具の数も、チェルシーが用意した【ジェム】の数も、お互いに知らないからだ。

どちらの数が上回っているか、それが勝敗を分ける。

しかし呪いの武具と【ジェム】を比べれば、総数では【ジェム】が上回るだろう。

だから、ジュリエットは距離を詰めるのだ。

自身の被弾《ひだん》による敗北というリスクを冒しながら、チェルシーに近づいている。

そう、これは一種の……チキンレース。

「「――――」」

言葉はない。二人とも、この戦いに全ての集中力を使っている。

ジュリエットは前進と回避に集中しながらタイミングを見計らい、チェルシーはジュリエットの撃破に集中しながら奥義を迎撃するタイミングを探る。

AGIによる体感速度の加速とも違《ちが》う。集中によって一秒が引き延ばされる感覚。

この鎬《しのぎ》を削《けず》る攻防が、いつまでも続くのではないかという錯覚《さっかく》。

この心が躍《おど》る時間が、いつまでも続いてほしいという願望。

だが、そんなことはありえない。

両者の距離が十五メテルを切った段階で、機雷の爆発がジュリエットの足を焼き、

(今!)

ジュリエットが袖《そで》から小さな巾着《きんちゃく》——武具を収めたアイテムボックスを取り出す。

「——《カースド・ファランクス・ディスオーダー》!」

ジュリエットは自らの手でアイテムボックスを破壊《はかい》し、空中に武具をまき散らす。

それらはジュリエットの宣言と共に内包した怨念《おんねん》を燃料に変え、ターゲットであるチェルシーを捕捉《ほそく》する。

「——今」

同時に、チェルシーも配置した全ての【ジェム】を起動させる。

チェルシーとジュリエットの中間、そしてジュリエットが既に通過した海面からも……

魔法の光が生じる。

そう、これもチェルシーの策。あえて使わずに残していた【ジェム】だ。
奥義の迎撃として壁《かべ》にするだけではなくジュリエットを囲うように、確実に倒《たお》すために
この構図に持ち込んだ。

二人の攻撃は同時に放たれ、――海上に巨大な爆発が巻き起こった。

◇◆

敗因は何かと、彼女は考える。
慢心《まんしん》、ではない。彼女の戦術は強く、詰めも疎《おろ》かではなかった。
準備不足、でもない。今回のような機会のために、温存してきた戦力を使い切った。
戦術ミス、とも違う。穴はあったが、それは本来問題なかったのだ。
水面下からの【ジェム】の起爆は、その性質からどうしても上方に逃《に》げ道《みち》ができる。
されど、【スカイアンカー号】の対空機銃は今も起動中。
ジュリエットが魔法から逃《のが》れるために高度を上げればそれを捉《とら》えて撃ち落とす。
ゆえに穴はないも同然。

だが――ジュリエットは飛んだ。

爆炎ギリギリを飛び越《こ》えて、掠めた対空砲火に傷つきながら、彼女は高度を上げた。

燃え落ちて然《しか》るべき、撃墜《げきつい》されて然るべき。

だが、彼女は生きて――今チェルシーの真上にいる。

「ヤァアアアアアッ！」

剣を振りかぶって、落下している。

落ちているのは今の彼女に翼がないから。

彼女の翼は既に焼け落ちている。

――《換羽《モルティング》》で彼女を守る盾《たて》となって。

そのスキルがあるとしても、十中八九は死ぬ。チェルシーはそう考えていた。

だが、ジュリエットは残りの一割に賭《か》けた。

踏《ふ》み込んだ理由は彼女のバトルセンスの導きか、あるいは『同じような芸当』を繰《く》り返すチームメイトの存在ゆえか。

いずれにしろ、彼女は死に至る爆発と対空砲火の中で命を繋《つな》ぎ――チェルシーに届いた。

(水流操作で、壁を……！)

チェルシーの全盛期《ぜんせいき》はグランバロアにいた時代だ。

それでも、全ての面で今が全盛期に劣《おと》る訳ではない。

「……！」

機雷戦術で勝利していた時代にはなかったもの。

個人技こそが勝敗を左右する王国ルールの決闘で磨《みが》き上げた……近接戦闘技術。

ジュリエットというライバルと渡《わた》り合うために、彼女が新たに築き上げたもの。

しかし今、肉薄《にくはく》したジュリエットが振るう剣に対し、彼女の斧は間に合わなかった。

僅かに反応が遅《おく》れた理由は、かつての戦術に集中……拘泥《こうでい》していたため。

金色の斧《おの》が黒い刃を阻《はば》むことはなく――翼の少女の剣は海賊の少女を斬り裂いた。

前衛超級職《スペリオル・ジョブ》が振るう刃を阻む肉体強度は、チェルシーにはない。

肩口《かたぐち》から入った刃が袈裟懸《けさが》けに左肩から右腰《こし》までを通り抜けた。

致命傷《ちめいしょう》。青く美しかった海は爆炎と噴《ふ》き出した血の赤に染まる。

「…………」

自らの傷口を見下ろし、それから自分の足元で海水に沈《しず》んだ友人を見る。

ジョブスキルで浮かぶ彼女と違い、翼もないジュリエットは海の中だ。

相当無理をした影響か、浮かび上がる力も残っていないようだった。

(……足元に機雷を残しておけば、相討《あいう》ちにはできたかもね)

チェルシーは苦笑《くしょう》し……再び水流を起こしてジュリエットを海面に引き上げた。

「ぷはっ……⁉　チェルシー……？」

「これあげる」

溺《おぼ》れかけながら自分を見る友人に、以前のイベントでも使ったライフジャケットをアイテムボックスから取り出して渡す。『浮き輪《わ》代わりにはなるかな』と考えて。

(さて。あと、何か……あったかな)

痛覚をオフにしているのでまだ少しだけ動けるが、それとて多少指が動く程度。

デスペナルティまでは、秒読みだ。

「……。……次」

「え？」

そんな状況《じょうきょう》で何か彼女に伝える言葉はないかと考えて、

「次にこういう機会があったときのために、グランバロアのあたしとも、今のあたしとも違う……新しいスタイルを探すよ」

そうして微《かす》かに笑いながら出てきた言葉は、

「そしたら、また全力で勝負しようね」

――『約束』だった。

今の自分が敗れ、かつての自分が敗れ、未来の自分がまた挑む。

チェルシーは自分でも『負《ま》けず嫌《ぎら》いだなぁ』と自嘲《じちょう》する。

だが、決闘ランカーとはそういうものだ。

競《きそ》って、勝ちたくて、楽しんで、強敵《友達》と戦う。

そんな生活が楽しいから、全く違うルールの王国でも決闘を続けた。

まして、今は切磋《せっさ》琢磨《たくま》する親友までいるのだから。

何度でもやるに決まっている。

「……うん！」

そんなチェルシーの投げかけた約束に、ジュリエットは笑顔で応えた。

これが最後かもしれないという不安もあった。

けれど、親友との約束はそんな不安を吹き飛ばしてしまう。

だから彼女も笑ったのだ。

また、一緒《いっしょ》に戦える《遊べる》日が来ると信じられるから。

それから二人で笑って、一人が消えて……今日の決闘は決着した。

また、いつか。

第九話 無敵VS無敵

□二〇四五年三月十五日

一ヶ月前《三ヶ月前》の天地の、とある浜辺《はまべ》の夜。

「明日は東京にお引《ひ》っ越《こ》しかー。丸一日ログインできないなー」

アルトは波の音を聞いて風情《ふぜい》を感じながら、浜辺を散歩していた。

リアルで無事にT大学に合格し、明日は父母に手伝ってもらっての引っ越しである。

アルト……夏目自身の荷物はさほど多くもないが、T大学合格に気をよくした両親があれこれと家具を買ってくれたので一日仕事になるだろう。

「んぇ？」

明日からの新生活に思いを馳《は》せていたアルトだったが、ふと浜辺に立つ存在に気づく。

鎧武者《よろいむしゃ》の姿をしたそれは、この数ヶ月天地を騒《さわ》がせている存在だ。

その鎧武者は内部時間で五ヶ月ほど前、天地の海岸に流れ着いた。

そして、流れ着くなりこんな口上を述べたのだ。

『我《わ》が武具を欲《ほっ》する者はいるか。欲する者は我に挑め。

残るは大弓《おおゆみ》と大長刀、そしてこの大鎧《おおよろい》である。

我は〈すぺりおる・ゆにいく・ぼす・もんすたあ〉。【五行滅尽《めつじん》　ホロビマル】である』

〈ＳＵＢＭ〉。これまでに【双胴白鯨《そうどうはくげい》　モビーディック・ツイン】や【三極竜《さんきょくりゅう》　グローリア】など、極少数しか確認《かくにん》されていない内の一体がこの【ホロビマル】だった。

そして、〈ＳＵＢＭ〉の中でも変わり種の【ホロビマル】は、自ら挑戦者《ちょうせんしゃ》を募《つの》った。

報酬《ほうしゅう》を示し、定点に留まり、ひたすらに待つ。

自らを攻撃したものだけを挑戦者と定め撃破する。

挑んだ武芸者以外に死者や負傷者は出ず、極《きわ》めて穏当《おんとう》な〈ＳＵＢＭ〉と言えた。

そんな【ホロビマル】を倒そうと、天地中の武芸者がこの海岸に集まった。

結果、【ホロビマル】は数多《あまた》の挑戦者との戦いにより、二度倒されている。

【山賊王《キング・オブ・ブリガンド》】ビッグマンと【銃神《ザ・ガン》】ザウエル・ウルガウル。〈超級《スペリオル》〉の猛者《もさ》達《たち》に敗れたのだ。

もっとも、倒された【ホロビマル】はすぐ復活し、倒した相手に武具を手渡《てわた》している。

二人に渡されたのは大長刀と大弓だった。

【ホロビマル】には兜《かぶと》がなく太刀《たち》を佩《は》いていないため、それらは天地に流れ着く前に倒されて持っていかれたのだろうと噂《うわさ》されている。

そうして、今は首無しの鎧《よろい》だけが残った。

しかし逆に、武器を失って鎧だけとなった今が最も強い。

既《すで》に武具を得た二人に挑戦権《ちょうせんけん》がなくなっていたこともあるが、他の〈超級〉が挑んでもまるで歯が立たないほどに強くなっていたのだ。

その強さと堅牢《けんろう》さから、〝無敵〟とさえ呼ばれていた。

あまりの無敵ぶりに、次第《しだい》に挑戦者も減っていった。

今は〈超級〉や準〈超級〉が入念な準備を整えて挑んでは敗れるだけで、他の挑戦者は既に諦《あきら》めている。

かつては四六時中【ホロビマル】との戦いがこの浜辺を賑《にぎ》わせたそうだが、もう日に一度の挑戦《ちょうせん》があるかないかという状況だ。

この夜も……ホロビマルの周囲にはアルト以外の人影《ひとかげ》はなかった。

「夜の浜辺と首無し武者。絵になるような、普通《ふつう》にホラーのような」

そんなことを呑気《のんき》に呟《つぶや》くアルトだったが……ふと思いついた。

「どうせ明日は丸一日ログインできないし、記念受験しちゃおっかな☆」

忙《いそが》しくてログインできないのならば、デスペナで丸一日潰《つぶ》れても関係ない。

試《ため》しに戦ってスクショの一つでも取り、SNSのネタにでもしよう、と。

「それじゃカメラをセットして、《ギフテッド・クイズ》！」

そんな軽い気持ちで、彼女は〈エンブリオ〉のスキルを【ホロビマル】に使用した。

アルトの〈エンブリオ〉は【複雑回機　ゴルディアン・ノット】。

相手にランダムで謎解《なぞと》きを出し、解いている間の行動を制限するバフスキル。

しかし〈SUBM〉ならすぐに解いて攻撃《こうげき》してくるだろうとアルトにも分かっている。

それでも僅かな猶予《ゆうよ》に、『ホロビマル捕《つか》まえた☆』という写真でも撮《と》ろうと考えたのだ。

『問題。日本の首都は？』

「うわ、超《ちょう》イージー問題だった泣ける……」

アルトは「そんなの一秒回答じゃん」と、撮影《さつえい》の隙も無く瞬殺《しゅんさつ》される不幸を呪った。

『………』

「あり？」

しかし【ホロビマル】は答えず、動かない。

不思議に思いながらも、これ幸いとアルトはホロビマルと並んで写真を撮った。

「おっけー♪　これで『いいね』とか貰《もら》えるかな☆　……ん？」

だが、いつまでたってもホロビマルが動かない。

（ええ。だって東京だよ？　世界的にも有名な首都だと思うし、デンドロのサーバーにもデータがあるんじゃないの？）

この時点で、アルトは一つの勘違《かんちが》いをしていた。

今回の問題は〈マスター〉にとっては簡単であり、一秒で答えられるもの。

だが……ティアンやモンスターにとっては『知るはずもない別世界の知識』である。

【ホロビマル】がどれほど思索《しさく》を重ねて答えを探ろうと、出てくるはずがない。

五分が過ぎ、十分が過ぎ、アルトが「えーっと、アタシはそろそろログアウトしようかなー……」などと言い始めた頃《ころ》。

『我、完全な行動不能に陥《おちい》り候《そうろう》。自力で脱《だっ》すること、永久《とわ》に叶わず』

「へ？」

答えではない文言を【ホロビマル】が口にしたことに、アルトは驚《おどろ》く。

しかもそれが、『弱音』とでも言うべき内容だったからだ。

だが、続く言葉は……より大きな驚きを彼女に与《あた》えた。


『――ゆえに汝《なんじ》を最後の勝者と認めん』


「え？　ちょ？　え？　待って？　どゆこと？　ワンモアセイ！」

困惑《こんわく》するアルトの前で【ホロビマル】は膝《ひざ》をつく。

いつの間にか、《ギフテッド・クイズ》は解除されている。

『我、既に【ホロビマル】に非《あら》ず。我が躰《からだ》、【試製滅丸星鎧《しせいほろびまるほしよろい》】を汝に預けん』

それは【ホロビマル】の存在自体が変質したため。

スキルを受けた対象ではなく、〈SUBM〉ですらなく、彼女の所有物となっている。

そう。彼女のゴルディオンノットが効果を発揮した結果……彼女は数多の猛者《もさ》が倒せなかった【ホロビマル】を倒してしまったのだ。

『汝の前に超級職の猛者が立ちし時、日に三分だけ力を振るわん。汝に数多の修羅《しゅら》との闘《とう》争《そう》を望み、我は勝利を捧《ささ》げ候』

そうして言いたいことだけ言って、【ホロビマル】は自ら取り出した【ジュエル】の中にその身を収めた。

【ジュエル】は独りでに動き、アルトの右手の甲《こう》に収まる。

【ホロビマル】は消えて、後には驚きのあまり尻餅《しりもち》をついたアルトだけが残された。

「……どうしよう」

【ホロビマル】を倒してゲットしました。

そんなことがバレたら……天地の戦闘狂達《せんとうきょうたち》に四六時中狙われることになる。

聡《さと》い彼女《かのじょ》はすぐに絶望的な展望に気づき、喜びよりも恐怖《きょうふ》が勝った。

アルトは、誰《だれ》にも見られない内に急いでログアウトして逃げ出した。

自分が所有していることは誰にも知られてはならないと、強く心に思ったから。

その後、天地では【ホロビマル】完全討伐《とうばつ》の宴が開かれたが、アルトはそのお祭り騒ぎが収まるまで絶対にログインしなかった。

◇

□【聖騎士】レイ・スターリング

級友が目の前で〈ＳＵＢＭ〉を呼び出した。

正直言って、衝撃《しょうげき》の展開に慣れた俺《おれ》でも驚いて言葉も出ない。

それでも、何とかアルトに声をかける。

「アルト、これ……」

俺に振り返ったアルトは……何だか泣きそうだった。

「……絶対秘密にしてよね……絶対だよ、絶対だからね……」

「あ、うん」

「バラされたら終わる……デンドロ生活がデッドエンド生活になるよぅ……」

アルトは泣きそうな顔でネガティブ全開になっている。

「この子、超級職《スペリオル・ジョブ》としか戦ってくれないって言うし、天地でこの子連れてるなんて知られたらアタシの御先《おさき》真っ暗だし、本当に使い道が難しい問題児だし……ていうか今初めて呼んだよ！　後が怖《こわ》いもん！」

……納得《なっとく》するしかない。

そして天地所属の重兵衛の前では出せなかったのもよく分かる。

『…………』

そしてこの場において、俺と同じかそれ以上に驚いているのは【神獣狩《ゴッドハント》】だ。

こちらに近づくことを躊躇《ためら》い、様子を見ている。

ある意味で当然だ。ルーキーが超級武具……〈SUBM〉そのものを従えているケースなど、真っ当に経験を積んできた熟練者ほど想定していない事態のはずだ。

あるいは、【神獣狩】は離脱《りだつ》を選択《せんたく》するかもしれないと思った。

不確定要素が多いこの状況で戦い続けるよりも、ゴールを目指すのではないか、と。

だが俺の予想に反し、【神獣狩】は短剣《たんけん》を構え、再び俺達《たち》へと駆《か》け出してきた。

兄相手ならばまだしも、初対面の着ぐるみ越しに相手の感情など読めない。

そう、読めないはずだが……これだけは分かった。

今、【神獣狩】カルル・ルールルーの意思は一つ。

――逃げてたまるか。

矜持《きょうじ》と決意の入り交じったその感情の動きは、着ぐるみ越しでも伝わるほどに強い。

「ネメシス、アルト、……【ホロビマル】」

今、目の前の〈超級〉は、強い意志で俺達に勝つために向かってくる。

ならば……俺達も後ろに退くのではなく、前に踏み込むべきだ。

このイベントの勝利者になる。世界中の〈マスター〉が集った祭典のゴールテープを切るならば……姑息《こそく》に勝利を掠め取るのではなく正面から掴み取ろう。

その方が、後味は良いはずだから。

「ここで、無敵の〈超級〉に勝つぞ‼」

『応！』

「お、お……おっけー！」

『極めて了解《りょうかい》』

俺の呼びかけに仲間達が三者三様で応えてくれたその瞬間《しゅんかん》。

俺達と、【神獣狩】カルル・ルールルーの最終ラウンドが始まった。

◇◆◇

□■イベントエリア西部・断崖《だんがい》海岸

狩人《かりゆうど》として最終的な勝利を目指すならば、カルルが採るべき道は離脱だった。

まだレイ達が保有するプレートは十分ではなく、それを知らずとも難破船の残骸《ざんがい》と共に海中に没《ぼっ》したヒントを読み解くのに時間がかかるとは予想できた。

煌玉馬《こうぎょくば》による空中移動を加味しても、全速力で動けばカルルの方が先にゴールに到達《とうたつ》し、今度こそ正答と思われる答えを入力できるだろう。

それこそ、重兵衛との戦いと同じだ。面倒《めんどう》な相手からは逃げるに限る。

だが、面倒という理由では……譲《ゆず》れないこともある。

自分を負かした男の弟にまで、背を向けて逃げること。

自らも〝無敵〟と呼ばれながら、〝無敵〟と呼ばれた〈SUBM〉を前にして逃げること。

ただの面倒な相手でしかなかった重兵衛とは違う。

今、目の前にいる一人と一体は……どちらもカルルの誇《ほこ》りを揺《ゆ》るがす存在だった。

ゆえに不確定要素があろうと、カルルの足は逃走《とうそう》を選ばない。

——格上殺しや〈SUBM〉、何であろうと来るがいい。

——この身は無敵。〝万状無敵《ばんじようむてき》〟。

——この世全てが敵になろうと、私の前に敵は無い。

そんな感情のうねりが、今のカルルを進ませている。

そして相対する者もまた、カルルへと直進する。

首無しの鎧武者が水面を蹴立《けた》てて近づき、カルルも鎧武者へと走る。

そしてクロスカウンターのように、お互《たが》いに攻撃を叩《たた》きつける。

カルルは殴《なぐ》られ、鎧武者は短剣の直撃《ちよくげき》を受ける。

拳《こぶし》の一撃《いちげき》は先刻の焼き直しのように……カルルを後方へと弾《はじ》き飛ばした。

ノックバック無効の【ぽーらーべあ】を纏《まと》っている、カルルをだ。

対して、受けたダメージを固定ダメージとして叩き返す【ドラグペイン】は——そのスキルを発動しなかった。

効果を発揮しなかった短剣は今、半ばから折れている。

『…………』

だが、カルルは動じていない。もう予想できていたことだからだ。

――やはり、やはりか。小癪《こしやく》なことを。

――我が装備、機能せず。

【ホロビマル】の攻撃を受けた〈超級〉は、既にその力の一端《いったん》を理解していた。

◇◆

首無し武者の【ホロビマル】、またの名を【試製滅丸星鎧】。

その身に宿した特性は、大きく二つ。

一つは純粋な頑強《がんきょう》さ。

防御力《ぼうぎょりょく》と鎧としての耐久《たいきゅう》度、各種耐性《たいせい》。どちらも耐久型超級職と比較《ひかく》しても桁違《けたちが》い。

仮に超級職が奥義を放とうとも、その耐久度を前にすれば爪《つめ》の先ほども削れない。

魔法やデバフ耐性も、【ホロビマル】に勝るのは【グレイテスト・ワン】くらいのもの。

純粋な堅牢さにおいて、【ホロビマル】は〈SUBM〉第二位に位置する。

しかしより恐《おそ》れるべきは……もう一つの特性。

其《そ》の名を、《奥偽殺し《アンチ・スキル》》。

自らに接触《せっしょく》した存在のスキルを九九九秒間、使用不能にするスキルである。

人間も、モンスターも、武具や消費アイテムの類でも関係ない。

【ホロビマル】に触《ふ》れれば、アクティブ、パッシブ関係なく使用不能。

最初に【ホロビマル】がカルルを殴り飛ばした時点で、【ぽーらーべあ】のスキルは失われていた。

そして、攻撃に使われた【ドラグペイン】も……接触を必要とする時点で【ホロビマル】にとってはただの短剣に過ぎない。

付与《ふよ》された不壊《ふえ》さえも消えており、純粋に耐久力が高い【ぽーらーべあ】は殴打《おうだ》を耐《た》えたが【ドラグペイン】は折れてしまった。

数多のジョブスキルを収め、特異能力を付与された名刀・妖刀を振《ふ》るう天地の武芸者。

そんな彼《かれ》らは【ホロビマル】に挑《いど》み、自らの誇るスキルを封じられて惨敗《ざんぱい》した。

触れ合わぬ攻撃魔法や呪術《じゅじゅつ》の類も、鎧の持つ純粋な耐性により無効化同然。

鎧との戦いで頼《たよ》れるものは、純粋なステータスと、スキルに依《よ》らない技量のみ。

修羅の国の〈SUBM〉、【五行滅尽　ホロビマル】の最終形態はそういうものだ。

この無敵の怪物《かいぶつ》が、『接触せず』、『バフゆえに耐性で無効化もできない』スキルによって完全な行動不能に追い込《こ》まれたことは、相性《あいしょう》差の極致《きょくち》である。

【ホロビマル】を生み出した存在でも流石《さすが》に想定しえない陥穽《かんせい》だったのかもしれない。

◇

◆

――接触によるスキル不全。

――ならば、頑強殺しの【ドラグペイン】に意味はなし。

対象に触れる必要があるスキルはその時点で全て無意味。

カルルの切り札の一つである【ドラグペイン】も例外ではない。

これもまた、相性差だ。

『…………』

もっとも、カルルは着ぐるみを装備していた点では『相性がいい』とも言える。

もしも地肌《じはだ》を晒《さら》していれば、肌に触れられた時点でネメアレオン自体のスキルが消失し、全装備の不壊が解除されていただろう。全身を覆《おお》う着ぐるみだからこそ、接触で無効化される対象が【ぽーらーべあ】だけで済んでいる。

しかし、それも慰《なぐさ》めに近い。

カルルにとって眼前の鎧武者は明確な敗北の形だった。

スキルコンボによって無敵のカルルとは違う。

純然たる防御力と果てしない耐久力によって、数多の攻撃を阻んだ無敵の鎧。

そして、接触した敵のスキルを一時的に無効化する力。

【ホロビマル】……【試製滅丸星鎧】はカルルの天敵である。

――それが、どう、した。

天敵を前にしても、カルルの動きは鈍《にぶ》らない。

──天敵がどうした。私は無敵だ。

──無敵と呼ばれ、無敵であらんとした〈超級〉だ。

──ならば、天敵を前に退く道理なし。

更《さら》なる感情のうねりと共に、カルルは動く。

数多の獲物《えもの》を仕留めてきた狩人は、自らの手札で何を切るべきかを思案する。

広範囲毒《こうはんい》、【ドラグブラッド】は使えない。

生物ではない首無し鎧には意味はなく、ましてレイ・スターリングに多少のデバフや状態異常などエサでしかないと彼でも知っている。残る一人も、【快癒万能霊薬《エリクシル》】くらいは持っているだろう。

使うならば〈超級エンブリオ〉か超級職奥義《おうぎ》クラスの状態異常が要《い》るが、まだ【ドラグブラッド】のコスト……カルルのダメージはその領域まで蓄積《ちくせき》していない。

トラップに関しても、突然《とつぜん》の転移でこの戦場に送《おく》り込まれたために用意がない。

ゆえに彼の戦法は重兵衛との戦いとは違うものだ。

『…………』

カルルが短剣と取り替《か》えたのは、狩人の武器としては最もポピュラーな代物《しろもの》……弓矢。

彼は弓の弦《つる》を引き絞《しぼ》り、空に向けて撃《う》ち放つ。

「あれは……！」

レイは、その動作を知っている。

かつてレイ自身も〈K&R〉との戦いで受けた【強弓武者《ヘヴィ・ボウ・サムライ》】のスキル、《五月雨矢羽《さみだれ》》。

天に放った一矢《いっし》を百の矢へと変えるスキル。

弓に適性を持つ狩人系統だから使えているが、それ自体は上級職の奥義に過ぎない。

だが、使用者はカルル——〈超級〉である。

〈超級〉が二つしかない上級職の枠《わく》を割《さ》いてまで身に付けたならば……そこには本来のスキル性能以上の理由があるに違いない。

その推測は正しいと示すように空中で分裂《ぶんれつ》した矢が——流星群となる。

比喩《ひゆ》表現ではない。天から降る矢の全てが隕石に変わっていた。

それこそは古代伝説級武具、【天弓召星　メテオローダー】。

この弓で一定の高度以上に打ち上げた矢は、落下時に硬度《こうど》と重量、熱量を兼《か》ね備《そな》えた隕石塊《かい》へと変わる。

その効果は《五月雨矢羽》で分裂した全ての矢に及《およ》び……百の隕石が降り注ぐ。

カルルが有する広域殲滅《せんめつ》コンボ。発揮される威力《いりょく》と落下範囲は彼自身も巻き込むが、彼の防御《ぼうぎょ》能力からすれば問題はない。

そして、この攻撃でカルルが狙《ねら》ったのは……眼前で相対する【ホロビマル】ではない。

「……ふえ？」

狙うのは、降り注ぐ隕石を呆然《ぼうぜん》とした表情で見上げる女。

【ホロビマル】の所有者であるアルトだ。

どれほどの頑強さを誇ろうと、今の【ホロビマル】はアルトの従魔《じゅうま》。彼女が死ねば、諸共《もろとも》に配下の【ホロビマル】も消える運命だ。

彼女に大規模攻撃から身を守る術はなく、隕石の落下に呑《の》み込まれんとして……。

「やらせるかよ！」

彼女を守るべく騎士《きし》が動いた。

黒い外套《がいとう》に身を包んだ騎士が銀の馬を駆り、アルトを抱《かか》えて隕石の間隙《かんげき》を駆ける。

隕石が落下して質量爆撃《ばくげき》の衝撃波《しょうげきは》を発生させる前に空へと駆け上がり、降り注ぐ隕石の間を飛び抜《ぬ》ける。

「ひぇ、ひぇえええええええ!?」

『レイ！』

「ああ。レーザーより遅《おそ》いし、衝撃波も鯨《くじら》のときよりマシだ！」

掠《かす》めるように落ちてくる隕石にアルトが悲鳴を上げる中、これまでの戦闘《せんとう》経験で慣れているレイが流星群を回避《かいひ》する。

すれ違《ちが》った流星群は地に落ち、幾重《いくえ》もの質量爆撃による衝撃波を巻き起こす。

その只中《ただなか》にいるカルルと【ホロビマル】は、共に無傷。

——我が流星群の唯一《ゆいいつ》の隙《すき》を、初見で見抜《みぬ》くかよ。

——流石は奴《やつ》の弟と言うべきか。

——まぁ、奴は拳で砕《くだ》いていたがな。

流星群に対処してみせたレイに、カルルは無言のまま着ぐるみの内側で口角を上げる。

そんな彼に向けて、主の危機など構う様子もなく【ホロビマル】が動く。

鎧武者のその動きが、カルルの前に一つの答えを示している。

——あの所有者の様子ならば、自分の身を守るために【ホロビマル】を使うはずだ。

――つまり、それができない。こいつはあの女にコントロールされていない。

――先刻の話も踏まえれば、【ホロビマル】は超級職と戦い倒《たお》すためにのみ動く。

――使われているのはどちらか分からんな。


カルルの推測は正しい。

アルトに所有されている【ホロビマル】だが、彼女は一切《いっさい》この従魔に指示できない。

超級職が存在する戦場でのみ《喚起《コール》》可能であり、呼び出されれば超級職を攻撃する。

アルト自身も知らないことだが、もしも味方に超級職がいるならばそちらに対しても攻撃するだろう。

超級職を倒す……否、超級職と戦うことこそが、【ホロビマル】の存在理由。

アルトに敗れたと判断した時点で〈SUBM〉としてのリソースを鎧から放出し、既に存在としては〈SUBM〉ではないが……それは変わらない。

なぜならば、ジャバウォックに〈UBM〉と認定《にんてい》される前からの不変の在り方だからだ。

『残時間、九八秒』

だが、〈UBM〉ではなくなったことで変わった点もある。

それは、【ホロビマル】の活動時間だ。

【ホロビマル】の《奥偽殺し》は常時膨大《ぼうだい》なSPを消耗《しょうもう》する。

〈SUBM〉のリソースがあった頃ならば、休むことなく行使・戦闘が可能だった。

だが、【ホロビマル】のベースとなったリビングアーマー……【試製滅丸星鎧】に戻《もど》った今は、三分もすればSPを使い切る。

その時点で【ホロビマル】は自動的に【ジュエル】へと戻るのである。

ゆえにカルルの勝ち筋としては、アルトの撃破《げきは》を狙うのでなければ逃《に》げと防御に徹《てっ》して時間切れを待つのが正解である。

重兵衛との戦いではそうしており、カルル自身も理解している。


——気に食わん。


だが、私情は最適解よりも優先される。

自分以外の無敵との戦い。〈SUBM〉との初交戦。それを扱《あつか》うのがルーキー達である点。

それらの要素が、今回はカルルに消極策を選ばせない。

傲《おご》りや侮《あなど》りではなく——誇りを理由として。

『超級職《すぺりおる・じょぶ》、撃滅候《げきめつそうろう》』

『…………………こい』

本日二度目の言葉を発し、カルルは迫《せま》る【ホロビマル】を迎《むか》え撃つ。

今までよりも遥《はる》かに速度と勢いを増して突撃《とつげき》してくる大鎧。【ぽーらーべあ】のノックバック無効が機能しない今、カルルは一撃で場外に叩きだされるだろう。

ましてやカルルの立ち位置はイベントエリアの際の際、一メテルでも退けば場外だ。

遠浅の海で体の半ば以上を海に沈《しず》めた〈超級〉は、動くことなく鎧の接近を許し、

大鎧が宙を舞《ま》った。

『!?』

いつの間にか、鎧武者の右足首に……ワイヤーで作られた輪が掛《か》かっていた。

それは、スネアトラップ。極めて原始的な、吊《つ》り上げ式の罠《わな》である。

カルルはこの瞬間を、ホロビマルが肉薄《にくはく》する瞬間を狙っていた。

予《あらかじ》め罠の材料を海に沈めておき、ホロビマルが近づいた瞬間に《クイック・トラップ》で罠を形成。ホロビマルの足を、罠にかけた。

今このとき、【ホロビマル】の優位性はない。

——狩人を舐《な》めるなよ、〈ＳＵＢＭ〉。
——この類の罠ならば、貴様の力でも無効化はできまい？
原始的なトラップに、スキルなどあるわけもなし。
まして、カルルのスネアトラップは本来純竜クラス以上の地竜を相手に使用するもの。
中身のない鎧《よろい》程度、許容重量の範囲内《はんいない》である。
純粋な物理演算の結果でホロビマルはカルルの後方にまで吊り飛ばされる。
そして……。

——無敵の場外負けはそちらも同じだ。

結界に触れ……場外判定となって消失した。
自分を囮《おとり》に獲物を罠にかける。これもまた、狩人の戦法の一つである。
『…………』
最大の強敵が消えゆくさまを満足して見届けた後、カルルは海岸へと振り向き、

「シルバァァァァアアアア!!」

その余韻《よいん》は、彼を打倒《だとう》せんとする者達《たち》に最後の機会を与えていた。

それはカルルに向かって駆けてくる黒い壁。

それを生み出したスキルの名は、《風蹄《ふうてい》》。

白銀の煌玉馬が天を駆ける際に空気を圧縮して足場とする力であり、魔力《まりょく》を注げば空気を障壁《しょうへき》とすることもできる。

そしてカルルへと突撃する騎馬《きば》の前面には……光さえも通さないほどに圧縮した黒い空気の壁があった。

今のレイと【紫怨走甲】に、かつてのフランクリンとの戦いで使用した全方位圧縮空気のバリアを纏うほどの魔力も時間もなかった。

突撃するシルバーの前面に、僅《わず》かに形成するのが限界である。

だが、それで十分。この黒い壁は、守るためのものではない。

無敵を相手に、防御で勝負をする気はない。

レイの狙いは最初から――ただ一つ。

『…………！』

今から何が起きるのか、カルルは知っている。かつて自分を倒したシュウが公の場に自らの力を示したフランクリン戦を、シュウの出現直前の戦いも含《ふく》めて調べていたから。

レイという〈マスター〉にとってこの黒い空気の本質は、防御壁《ぼうぎょへき》ではなく……。

「《風蹄》、解除！」

圧縮した空気を解き放つ爆弾である。

一瞬後《いっしゅん》には空気の爆発《ばくはつ》がカルルに叩きつけられ、その爆圧《ばくあつ》はノックバック無効を失ったままのカルルを容易《たやす》く結界の外にまで弾き飛ばすだろう。

だが、その瞬間に至るまで……まだ数瞬の猶予がある。

――できる。できるな。面白《おもしろ》いぞ、シュウの弟。この瞬間を狙っていたか！

――ならば、私も切り札を見せよう。

――全敵滅殺《キル・ゼム・オール》、即《すなわ》ち無敵。

――我《わ》が必殺の特攻態《バーストモード》で爆風諸共《ばくふうもろとも》消し飛ばしてくれる！

吼《ほ》える感情と共に、カルルが着ぐるみの中で《着衣交換《こうかん》》のスキルを持つアクセサリーを起動し、【ぽーらーべあ】を攻撃特化装備群と切り替えんとして……。

「《黒死楽団鎮魂歌《ブラックウイング・レクイエム》》！」

右方より飛来した魔法《まほう》の直撃を受けた。

『！』

カルルが視線を攻撃の飛来した方向に向ければ、そこには黒翼を羽ばたかせた傷だらけの少女……ジュリエットの姿。

チェルシーとの戦いを終えた彼女が今この時に駆けつけたのである。

彼女の勝利を信じていた、仲間の下に。

『っ――――』

彼女が作った僅かな時間が、カルルの反撃《はんげき》を数瞬《すうしゅん》潰《つぶ》したことが……勝敗を分けた。

黒い壁から解き放たれた風がカルルに叩きつけられる。

彼の身体は抗《あらが》えぬまま結界の外へとはじき出され……消えていく。

無敵の〈超級〉は、ここに敗退した。

◇◆◇

□■アルター王国東部・某所《ぼうしょ》

カルルは、自分が直近のセーブポイントに設定した街へと帰還《きかん》していた。

吹《ふ》き飛ばされて場外負けになった体勢のままだったので、仰向《あおむ》けに倒れ込んでしまう。

「戻りましたか。どうしたのです、そんな姿勢で」

カルルと共に西方行きのクエストに参加していた同僚《どうりょう》が、あまり心配していないような口調で尋《たず》ねてくる。どうやら彼の帰還を待っていたらしい。

『…………』

カルルは無言のまま、むくりと起き上がる。

心なしか、その両手はわなわなと震《ふる》えているようにも見えた。

「イベントとやらはもう終わったので？　よもや、君が負けるとは思えませんが」

同僚……〈セフィロト〉のメンバーの一人である【神刀医《ゴッドハンド》】のイリョウ夢路はメガネを

押《お》し上げ、そんな風に声をかけた。
しかしそれは、今のカルルにはグサリと刺《さ》さる言葉である。
『……………』
悔《くや》しさと無念さで震えながら、しかしカルルは何とか言葉を絞り出す。
『まけた。くやしい。かなしい。おちます。またあした』
「え、はい。また明日」
呆気《あっけ》にとられる同僚をよそに、カルルはログアウトして不貞寝《ふてね》するのだった。
【神獣狩】カルル・ルールルー。
口下手で語彙《ごい》が少なく、口から出る言葉は感情ほど雄弁《ゆうべん》ではない〈マスター〉である。

第十話　イベントクリア

□【聖騎士《パラディン》】レイ・スターリング

イベントエリアを囲う結界に触れて消失する【神獣狩《ゴッドハント》】を前に、俺は勝利を実感する。

もっとも、勝利とは言えないかもしれない。場外負けのルールに救われ、なおかつアルトの【ホロビマル】という反則級の助《すけ》っ人《と》があっての辛勝《しんしょう》だ。

それも、最後にジュリエットが間に合わなければ危なかっただろう。

「ジュリエット……？」

戦いの後、ジュリエットは砂浜《すなはま》に墜落《ついらく》するように降りて、膝をついた。

心配して駆け寄ってみれば全身が傷だらけであり、ＭＰも残っていないようだった。

「大丈夫《だいじょうぶ》か……！」

急いで回復魔法を使うが……傷が塞《ふさ》がる気配はない。チェルシーと激しい戦闘を繰《く》り広《ひろ》げたのは間違《まちが》いないだろうが、それだけでこうはならないだろう。

「これは、……！」

そうして、思い出す。チェルシーとの交戦前に、彼女が相手取った人物を。

彼女に向けられた、武器の一つを。

【晒死物　クビガワラ】。重兵衛が振るう武器の一つであり、回復を封《ふう》じるもの。

あの交戦時にジュリエットは掠り傷《きず》しか負っていなかったが、その一つが【クビガワラ】

によるものだったのだろう。

そしてチェルシーとの戦いで重傷を負った。

その傷を癒《いや》せない状態にも拘《かか》わらずカルルとの戦いに駆けつけてくれたのだ。

「【出血】の影響《えいきょう》で意識が朦朧《もうろう》としているようだのう……」

「た、たしか【クビガワラ】は一〇〇分で効果が切れるけど……この傷じゃ……」

まだ、効果時間は半分程度しか過ぎていない。

回復が可能になる前に、傷痍《しょうい》系状態異常による継続《けいぞく》ダメージで死んでしまうだろう。

彼女がクリアするには、そうなる前にゴールで正解を入力しなければならない。

「……まずは俺とシルバーで残骸に埋《う》もれたヒントを掘《ほ》り起こす。ネメシスとアルトは、

カルルのプレートを拾い集めておいてくれ」

「うむ」

「ら、ラジャー！」

俺達は手分けしてゴールするために必要なものを集める。

【神獣狩】は場外負けでも通常の敗退同様にプレートを残していた。

二人が拾い集めたプレートは……もはや何が何枚と数える必要がなさそうなほどに大量だった。確実に俺達三人がどの数字で入力しても問題ない枚数だろう。

そして、難破船の残骸に埋もれていた石碑には……。

――［Day of Anniversary］と記されていた。

「…………うん？」

「え？　これ変じゃない？」

俺が疑問に思い、プレートを拾い集め終わって横から覗《のぞ》き込んできたアルトも、同様の感想を抱《いだ》いた。

ただ、ネメシスは俺達に対して不思議そうな顔をしている。

「何かおかしいのか？　三つ目のヒントは『記念日』であろう。やはり話していたように開始日か〈エンブリオ〉の孵化《ふか》日が答えではないか？」

必ずしも〈マスター〉と〈エンブリオ〉で知識が重なる訳でもない、……が。

「ネメシスちゃん。これは英単語の話なんだけど……Anniversaryってそれだけで『記念日』って意味があるの」

「だから［Day of Anniversary］じゃ『記念日の日』になるんだよ。無意味な重複だ」

「ふむ……」

いや、この場合はAnniversaryを『記念日』と訳さず、『アニバーサリー』という固有名詞……今回のイベント名と考えるべきか？

即ち『アニバーサリーの日』であり、今日の日付が答え。

だが、第一ヒントの［YYYYMMDD《西暦の年月日》］はともかく、第二ヒントの［正しい答えは人によって違う］とは矛盾《むじゅん》する。

イベント開催日《かいさいび》は参加者の誰《だれ》にとっても同じなの、だか……ら………。

「…………………あ」

そこまで考えて、理解する。

二つ目のヒントの本当の意味に。

「レイ？」

「レイっち？」

二人が、不思議そうな顔で俺《おれ》を見てくる。

そんな二人に対し、俺は告げる。

「答えが分かった。ゴールへ急ごう」

◇

「最初に言うが、これ見よがしに置かれていた二つ目のヒントは罠だ」

「罠？」

ゴールへの道を進みながら、俺は説明する。

ジュリエットはまだ動けないので、俺が抱えてシルバーに同乗している。

アルトは徒歩になってしまうが、元々ＡＧＩ型の【抜忍《ヌケニン》】なのでシルバーが走る速度を抑《おさ》えれば問題なく並走《へいそう》できるようだ。

「ああ。目につきやすく、誰でも手に入るヒントだからこそ……引っかけがあった」

島の南側からならどこからでも確認《かくにん》できる巨大《きょだい》な石碑《せきひ》。

気づかなかったが、あるいは北側にも同じものがあったのかもしれない。

しかし、誰でも手にできるそのヒントは、誤答に誘導《ゆうどう》するための罠なのだ。

「ただ、引っかけだけど嘘《うそ》でもない」

「どゆこと？」

「第二のヒントで重要になるのは、デンドロが全世界統一サーバーってことだ」

リアルで世界のどこにいても、ログインすれば同じ世界で活動できる。

うちのクランでもルークやフィガロさんはイギリス在住だ。

「そんなのデンドロじゃ当たり前の……あ」

「そう、〈Infinite Dendrogram〉では同じ時間を過ごす俺達《おれたち》だが……リアルでは違う」

地球は丸く、国々の間には距離《きょり》があり、結果としてあるものを生じさせる。

「ログインする国によって、リアルでは時差がある」

俺達は日本時間で四月二〇日の午前〇時スタートだった。

だが、これがイギリスやアメリカの〈マスター〉であれば、たとえばチェルシーであれば開催日は四月十九日だったはずだ。つまりは……。

「そっか。二つ目のヒントが示すのって、開催日が違うってことなんだ」

「そういうことだ」

シンプルな引っかけに気づかず、あの難破船のヒントを見つけられなければ、最初のチェシャのヒントと合わせて『個々人で違うアニバーサリー《記念日》』を入力して誤答を繰り返すことになっただろう。

あるいは、俺達が交戦した【神獣狩】もそうして転移してきたのかもしれない。

ともあれ答えは判明した。

「俺達なら、三人共『20450420』を入力すればクリアになるよ」

「なんてゆーか……意地悪っぽくない？ 捻《ひね》くれてない？」

「まぁ、ここの運営はイベントが捻くれてるとはよく聞くな」

フィガロさんとハンニャさんの馴《な》れ初《そ》めになった去年のバレンタインイベント。

その内容は『カップル限定参加。敵はチョコレートを投げつけてくる上にそれで与《あた》えたダメージの三倍のHPを吸収する女悪魔《あくま》』という幾《いく》らか首を捻る内容だったそうだ。

「…………」

ただ、今回の〈アニバーサリー〉が本当に捻くれているかはまだ分からない。

このイベント名もただのブラフではなく、あるいは誰かにとっての……。

「でも、答えは分かったしプレートも集めた。これでイベントクリアは目の前だね！ 何が貰《もら》えるのかメチャクチャ楽しみ！ 大変なイベントだったし超豪華《ちょうごうか》だといいね！」

嬉《うれ》しそうに、そして陽気に戻ったアルトの声に釣られ、思考を会話に戻す。

「そうだな。頑張《がんば》った甲斐《かい》のある報酬《ほうしゅう》だと嬉しいよな」

ジュリエットはこんなにボロボロになるまで一生懸命《いっしょうけんめい》だったし、アルトも隠《かく》しておきたかった【ホロビマル】をチームが勝つために解禁した。

そんな二人の頑張りが報《むく》われる報酬ならばいいと、強く思う。

「……そういえば、アルト。【ホロビマル《ぁぃっ》】も消えたけど、大丈夫なのか？」

ふと先ほどの戦闘の途中《とちゅう》で消えた鎧武者《よろいむしゃ》を思い出し、小声でアルトに尋ねる。

「大丈夫じゃないかなぁ。イベントが終わったら帰って来るんじゃない？　……帰ってこなかったらどうし……でもそれはそれで日々の生活が安全に……」

アルトは腕《うで》を組み、小首を傾《かし》げて悩《なや》み始めた。

「……苦労してるんだな」

「……アタシさ、ホロ……あの子をゲットしてから人と組んでクエストする機会もなかったんだよね。天地だと何をきっかけにバレるかもわかんなかったし、あの子を手放しても討伐《とうばつ》の機会を奪われたーって恨《うら》まれて襲《おそ》われるかもしれなかったから」

彼女《かのじょ》は【ホロビマル】が消えた結界を振り返りながら、ポツリポツリと話している。

「だからそういうしがらみがない他の国のマスターと……レイっち達と一緒《いっしょ》に遊べるのが嬉しくて、楽しかったんだぁ……」

「また遊べるさ。こっちでも、向こうでもな」

リアルでは毎日顔を合わせているし、こちらでも……皇国絡《がら》みの色々が片付いたら天地へ旅するのもいいかもしれない。

「……えへへ。嬉しいなぁ。あっ！　そうだ！　夏になったら同期で海行こーよ！」

「それもいいな」

「アタシの水着で悩殺《のうさつ》しちゃうぞ♪」

そう言って笑うアルトの顔は、不安の色も消えて純粋に楽しそうだった。

◇

それから十分近く走り続けた俺達は、ゴールへ続く登山道を駆《か》け上がっていた。

アルトは少し息が切れているが問題ない。

ジュリエットは……ＨＰが二割を切っているが、まだ生きている。

この分ならゴールにも間に合うだろう。

「………」

しかしきっと、この先には……。

「あ！　レイっち！　ゴール見えた！」

アルトは進行方向を指差して、俺に呼び掛ける。

そこに在るモノは……俺にも見えている。

山の中腹部には、三階建てのビルほどもある巨大な門。

門にはランプのようなものが三つあり、それは一つも点灯していない。

クリア人数を示すランプだとすれば、まだ一人もゴールしていないということだ。

「やったぁ！　これで三人全員クリ、ア……」

だが、アルトはあるものに気づいて言葉を失う。

「――お待ちしておりました」

――門前にいる、一人の修羅《しゅら》に気づいて。

「……重兵衛」

俺達を出迎《でむか》えたのは、義腕と浮遊《ふゆう》武器を駆使《くし》する修羅……【阿修羅王《キング・オブ・アシュラ》】華牙重兵衛《かがじゅうべえ》。

彼女がそこで待っていることを、俺は疑問には思わなかった。

あの【神獣狩】に倒されたのでなければきっとここで……イベントクリアを目指すものが必ず辿《たど》り着くゴールで待つだろう、と。

そして生きているならば、先にクリアしている可能性はない。

森の中で別れたとき、こいつはもう一度俺とやり合うつもりだった。

あの言葉が本気であることに疑いはない。

こいつにとっては既《すで》に、イベントクリアよりも俺と戦うことが目的なんだ、と。

「一時間ぶりかな。そっちも随分《ずいぶん》と……苦労はしたみたいだな」

重兵衛の義腕は一本が欠け、左目には眼帯をつけている。

俺達が【神獣狩】やチェルシーと戦ったように、彼女も死闘《しとう》を繰り広げたようだ。

「そちらこそ。大変な修羅場を潜《くぐ》り抜けたようで。ですが、三人とも生き残って、全員分のプレートを集めてきたのですね。そちらの【抜忍】さんはあまり強そうには見えませんが……面白いモノでも持っておられるのでしょうか？」

まさか【ホロビマル】に気づいている訳もないだろうが、重兵衛にじっとりとした目で値踏《ねぶ》みされたアルトは顔面蒼白《そうはく》だ。

「……ッ、最後の、審判《しんぱん》……」

「ジュリエット……！」

ジュリエットは気がついたのか、シルバーを降り、剣《けん》を構えた。

しかしその腕に力はなく、翼も消え、身体からは血が滴《したた》り、足もふらついている。

どう見ても、戦える状態ではない。

「本当はレイ様との一騎討《いっきう》ちが所望《しょもう》ですが、こうなっては仕方ありませんね。三人揃《そろ》ってお相手いたしますよ」

重兵衛はジュリエットの状態を気に留《と》める様子もない。

あるいは、天地の修羅にとってはジュリエットが負った傷も日常茶飯事《にちじょうさはんじ》ということか。

「…………」

しかし、彼女の言葉にふと思いついたことがあった。

「重兵衛は一騎討ちがしたいのか？」

「ええ、それはもちろん。一対多数も嫌《きら》いではありませんが、味わうなら一対一です」

「そうか……」

その言葉を聞いて俺は頷《うなず》き、一つの提案をする。

「なら、そうしてやる。――俺とお前の一対一だ」

重兵衛の望みに応えるという、提案を。

「「「え？」」」

俺の提案に重兵衛だけでなく、二人も驚きの声を上げた。

だがネメシスだけは分かっていたようで、『やれやれ』といった思念が伝わってくる。

「ただし、戦う前にこの二人に回答を入力させてやってくれ」

「「レイ《レイっち》!?」」

ジュリエットはもう戦える状態じゃない。

アルトは元々戦闘用のビルドじゃないし、【ホロビマル】も消えている。いや、あったとしても重兵衛相手には使えないだろう。

現状、戦う余力を残しているのは俺だけだ。俺自身も【紫怨走甲】の残量はなく、【黒纏套】のチャージも済んでいないが……まだ戦いようはある。

それに……理由はもう一つある。

「私はもちろん構いません。とてもとても……ありがたい提案です」

重兵衛は俺の提案を快諾《かいだく》した。

俺のファンで、戦いを楽しむタイプならば……一対一は望むところだろう。

しかし、ジュリエットが拒否《きよひ》するように俺の前に立つ。

「レイ……！　私も……！　私も、まだ、戦えるから……！」

彼女は、必死に訴《うった》えかけている。

「あいつと、一人で戦うなんて、だめ……！　私達は、チームだから……！」

俺が、自分を犠牲《ぎせい》に二人をクリアさせようとしていると思ったのだろうか。

ジュリエットは、泣きそうな顔をしている。

俺はシルバーから降りて、そんな彼女の肩《かた》に手を置いた。

「ジュリエット。俺がこんな提案をしたのは、三人揃ってクリアしたいからだ」

ここまで辿り着いたんだ。クリアするなら三人一緒が良い。

このまま戦えば、まずジュリエットが脱落《だつらく》する。それは後味が悪い。

だが……他にも大きな理由がある。

「けど、それ以外に……相手が重兵衛だからっていうのも理由なんだ」

「……え？」

ジュリエット越《ご》しに、こちらを見つめる重兵衛を見返す。

とても嬉しそうに、待ち遠しそうに、俺を見ている。

「アイツは俺のファンで、俺と一対一で戦いたいと言ってくれている」

物騒《ぶっそう》な好意だが、好意には違いない。

「その気持ちに応えなきゃ後味が悪いさ」

だから、全力で倒しにいく。

彼我《ひが》の戦力差が大きく、勝利が小数点の彼方《かなた》にあろうとも。

アイツが望む、一対一で。

「……わかった」

ジュリエットは納得《なっとく》してくれたのか、頷いてそう言った。

それから、彼女は俺の目を真っすぐに見て、

「──後で、合流してね」

──あの時の俺と同じ言葉を口にした。

──貴方《あなた》の勝利を信じている、と。


「ああ。先に行って待っててくれ」

彼女の言葉に頷き、約束を交《か》わした。

ジュリエットは微笑《ほほえ》んで、ゴールの門の前に歩いていく。

そうして彼女は正解の数字……このイベントの開催日を入力した。

すると門のランプが一つ灯《とも》り、ファンファーレと共に彼女の姿が消えていった。

どうやら、ちゃんと正解であったらしい。

『これで推理が間違っていたら恥《は》ずかしかったのぅ』

「全くだ」

そんなことになれば、苦笑《くしょう》すら出なかっただろう。

そしてジュリエットがクリアして、次はアルトの番だが……ふと思い立った。

「重兵衛。一対一だが、仲間からのバフはありか？」

「ええ、構いませんよ。私も妖刀による身体強化を使いますので」

あっさりと了承《りょうしょう》されたので、俺はアルトに向き直る。

「アルト。《ギフテッド・クイズ》を頼《たの》む」

「え、でも……」

「勝率を上げときたい。答えられない問題が出るリスクより、ステータス倍化に賭《か》ける」

「……あ」

俺の言葉に、アルトが何かに気づいたような顔をする。

「諦《あきら》めて、ないんだ？」

「言ったろ。俺は三人揃ってクリアしたいんだよ」

重兵衛が恐《おそ》ろしく強くても、俺が諦めなければ勝算はゼロにはならない。

何より、捨て試合などする気もない。

それは二人の仲間や、俺の提案を呑《の》んでくれた重兵衛に対しても筋が通らない。

「だから、全力で勝ちを掴《つか》むべく戦う……それだけだよ」

「……レイっちってすっごい前向きだなぁ。……羨《うらや》ましいくらい」

アルトは苦笑してから、「《ギフテッド・クイズ》」と宣言した。

『問題。円周率を小数点以下十桁《けた》まで答えよ』

「3．1415926535」

正解して、俺のステータスが二倍になる。簡単な問題で良かった。

「じゃ、頑張ってね！　うまくいったら明日は学食で豪華《ごうか》ランチだよ！」

「おう」

言葉を交わすと、アルトもまたゴールの門に正解を入力して消えていった。


そうして、俺と重兵衛だけが残される。

俺達の間の空気は、とても静かだった。

もはや、俺達以外の参加者は残っていないのではないかというほどに。

「待たせたな、重兵衛」

「然《さ》程《ほど》の時間でもありません。それに……焦《じ》らされるほどに滾《たぎ》るものもあるでしょう？」

「かもしれない」

俺は〈Infinite Dendrogram〉を待ち遠しく思いながら、受験勉強を続けていた。

待つ時間に焦燥《しょうそう》はあれど、そのときが来れば喜ばしい。

そういうものは世の中には沢山《たくさん》ある。

俺達にとっては、今この時もその一つ。

「じゃあ、始めるか」

「ええ、楽しみましょう」

特別イベント、〈アニバーサリー〉最終戦。

【阿修羅王】華牙重兵衛との仕合が――始まる。

第十一話　騎士と修羅

□■イベントエリア中央部・ゴールゲート前

門の前で、二人の〈マスター〉は向かい合ったまま動かない。

レイは勝機を探して、重兵衛《じゅうべえ》はこの時間も楽しんで、動かない。

だが、そうしている時間は長くはならないだろう。

猶予《ゆうよ》は、アルトが残したバフが解けるまでの十分間。

それを過ぎれば、レイの勝算は限りなく薄《うす》くなる。


華牙《かが》重兵衛の戦闘《せんとう》スタイルは十を超《こ》える武器の精密操作。単独にしてコンビネーション。

今の重兵衛の武器は浮遊武器六つ、妖刀三本、そして生身の両手で握《にぎ》る一刀。

それぞれが特典武具やそれらと同等以上の代物《しろもの》で、振《ふ》るう重兵衛は戦闘特化の超級職《スペリオル・ジョブ》。

即ち、必殺剣の十段構え。十刀流の【阿修羅王《キング・オブ・アシュラ》】。

なおかつ、彼女の〈エンブリオ〉であるアシュラは必殺スキルにより、ダメージを伴《ともな》わないデバフや状態異常を無効化する。

攻守《こうしゅ》ともに隙《すき》が無い、純粋《じゅんすい》な強さで構成された修羅である。

対するレイ・スターリングの戦闘スタイルは変則のカウンター使い。

攻撃《こうげき》を受ける前に当てるカウンターヒッターではなく、攻撃のダメージを喰《く》らって固有スキルの《復讐するは我にあり《ヴェンジェンス・イズ・マイン》》で敵に叩《たた》き返す。

自分の生命《HP》さえもチップにして、格上の相手に致命《ちめい》の一撃《いちげき》を与えることを狙《ねら》う……修羅以上に狂気《きょうき》じみた型とも言える。

今、この両者が戦ったならば……勝敗は九九％以上の確率で重兵衛に傾く。

ダメージを蓄積《ちくせき》しても、重兵衛の間合いに踏《ふ》み込《こ》まない限り《復讐》は機能しない。

六種の浮遊武器を掻《か》い潜り、妖刀三刀流を越えて、初めて重兵衛に届く。

しかし、それは至難の業。

最初の交戦では、重兵衛自身に被弾《ひだん》への好奇心《こうきしん》があったが……真剣《しんけん》勝負を始めた今は全力で迎撃《げいげき》するだろう。

カウンター攻撃には遠距離追尾型《えんきょりついび》の《応報《ペイバック》》もあるが、一分というチャージ時間は重兵衛を相手にするにはあまりに長い。

そしてレイの戦力の要である特典武具も、強力無比なスキルは発揮できない状態《じょうたい》。

戦力差は明白過ぎるほどに明白だ。

普通《ふつう》ならば諦める以外の選択肢《せんたくし》はない。


——だが、彼我の戦力差が開いた程度でレイ・スターリングが諦めるはずもない。


「…………」

彼《かれ》の両目は重兵衛を見据《みす》え、彼女に勝利する可能性を探り続けている。

（ブレス払《ばら》い、魔法消去、防御無視《ぼうぎょむし》、回復禁止、霊体《れいたい》殺し、そして神速の返し刀）

視線が向いた先は、今も重兵衛が用いている六種の浮遊武器。

効果は実際に確認したものもあれば、アルトからの説明で知ったものもある。

いずれも強力な特典武具だが……レイはそれらの共通点を見出《みいだ》していた。

（どれも……特定状況への対策装備《メタ》だ）

特に『相手の速さに関係なく攻撃を当てる刀』など、誰を……どこ、の、最、速を対策した装備かはレイでも分かる。

それらは非常に有用な装備である……が。

(特定の相手には有効だが、それ以外には十全に効果を発揮しない。俺に対しても、だ)

短期決戦ゆえに回復禁止にさほどの意味はなく、魔法対策はより無意味。

まして呪《のろ》いで霊体を殺す槍《やり》など、【紫怨走甲】の餌《えさ》か《逆転》の契機《けいき》になりうる。

(俺との一対一という状況になってもそれらの装備を変えない。いや……)

レイがそこまで考えたとき、

「ふふ……。何か、お分かりになりましたか？」

思案するレイの表情を読んで……楽しんでいた重兵衛がそう問いかけた。

その問いかけにレイは……。

「ああ。——【阿修羅王】のスキル、装備した浮遊武器を簡単には変えられないんだな」

——相手の秘密を断言することで返した。

「まあ……」

重兵衛は驚《おどろ》き、しかしその鋭《するど》さにこそ喜びを覚えた。

《修羅道《しゅらどう》戦架》。

【阿修羅王】のジョブスキルであり、念動力によって最大六本の武器を操《あやつ》る。

ただし、日の初めにその日使う武器を設定する必要があり、設定した後は対象の武器が破壊《はかい》されるまで別の武器を設定することはできない。

単純に装備スロットだけを拡張して手に持つ必要がある【超闘士《オーヴァー・グラディエーター》】とは違《ちが》い、自身と同じステータスの見えず触《さわ》れない六本の腕を作り出す代償《だいしょう》がこの制限だ。

重兵衛は情報を自ら明かすことで、逆に自身に課された制限を隠していた。

しかし、レイはそれを見破った。


（……正解か）

重兵衛の反応から、自分の推測は正しいとレイは察した。

浮遊武器は変更《へんこう》不可。そして今日の重兵衛は、多種多様な参加者がひしめくこのイベントに対応するため、各種対策装備を設定していた。

それが一対一の戦いでは十全に活《い》かせないとしても、だ。

決闘《けっとう》仕様の重兵衛であれば、浮遊武器はより殺意の高い構成になっていただろう。

（なら、浮遊武器は……突破《とっぱ》できる）

元より耐久型《たいきゅう》に近い構成であるレイのステータスが倍加した今、防御無視の【ホーラ】以外は当たり所が悪くなければ致命傷《ちめいしょう》にはならないだろう。

その時点で、レイにとって重兵衛は十刀流から五刀流にまで半減した。

(致命傷でなければ被弾しても問題はない。叩き返すダメージが増えるだけだ)

そんなネジが外れた思考に踏み込みながら、レイは機を窺《うかが》った。

(流石《さすが》はレイ様と言うべきですね。私の縛《しば》りを見切られている)

最初の交戦では初見だったこともあり、重兵衛の戦闘スタイルに驚くばかりだった。

しかし、一度の交戦を経ただけで、明かしていない情報までも読み解く。

格上との戦いで、突破する隙を見出す力と言うべきもの。

それを自ら体感して、重兵衛は嬉しさで身を震わせた。

(それに、気配も先刻の試《ため》しのときとはまるで違います)

重兵衛が繰り返し見た動画の中の、【大教授《フランクリン》】や【魔将軍《ローガン》】、【獣王《ベヘモット》】を相手取ったレイ・スターリング。それに近い雰囲気《ふんいき》を、今の彼は発していた。

(【獣王】を相手に戦った。あの死闘の中のレイ様こそが、全身全霊《ぜんしんぜんれい》)

実力差を覆《くつがえ》し、【大教授】の目論見《もくろみ》を砕《くだ》き、【魔将軍】を破り、【獣王】に致命傷を負わせた男。それこそが、重兵衛の望むレイ・スターリングだ。

（けれど、まだ少しだけ……足りない）

【獣王】との戦いの後、彼は少しずつ平常時に戻《もど》りつつあった。

それも、重兵衛との初戦やカルルとの戦い、そして仲間との約束を経て、再び常人離《ばな》れした領域に突入《とつにゅう》しつつある。

だが……重兵衛の望む、期待以上の力量を発揮する状態までは、あと一歩。

「…………」

――レイ様。また後でお会いしましょうね。

――今の内に、私の何が足りなかったのか考えておいてください。私も考えますので。

初戦の別《わか》れ際《ぎわ》に告げた言葉である。

そのときの言葉通り、重兵衛は何が足りないのかについて……他の参加者を斬《き》り殺しながら考え続けていた。

そして、目に焼きつけた彼の動画を思い返しながら、うっすらと理解した。

如何《いか》なる事態が、レイという〈マスター〉にあと一歩を踏み込ませるのか、と。

（……嫌われてしまうかもしれませんね）

彼を理解し、方法を考えついたからこそ、躊躇《ためら》いもある。

（けれど……）

彼女は……華牙重兵衛。

相手に嫌われるよりも自らが愛し、殺し合うことを優先する修羅。

「レイ様。この勝負に私も一つ願掛《がんか》けをしたいと思います」

「願掛け？」

「ええ」

そして重兵衛は艶然《えんぜん》と一笑《いっしょう》し、決定的な言葉を発する。

「レイ様に勝ったならば――天地に戻り次《し》第《だい》、あの【抜忍】をＰＫ《殺》します」

「――あ？」

その声音《こわね》に、その目に、重兵衛は地雷を踏んだ《スイッチを入れた》ことを自覚する。

『き、貴様！　何を言っておるのだ⁉』

「レイ様で楽しめなければ、その分の埋め合わせということで。彼女もこのイベントをクリアした猛者《もさ》。追い詰め《殺し》続ければ、才能が開花して楽しめるかもしれません」

ブラフではない。半ば本気の言葉であり、絶対に実行するという宣言である。

レイが自分を倒《たお》せなければ、アルトのリスポーンキルも辞さない。

自分の風評や、レイやアルトの感情など関係ない。

今この場で、本気のレイと殺し合いができるかどうかが彼女には重要だった。

そしてこの宣言こそが、レイの戦いを分析《ぶんせき》した重兵衛が気づいた絶対の一手。

レイというマスターは、取り返しのつかない事態《悲劇》を前にしてこそ、自らのスペックを超えるのだ。

「彼女の手の内はほとんど見えませんでしたし、それはそれで楽しみな未来ですね」

そして、重兵衛の分析と思惑《おもわく》は……。

「安心しろよ。――そんな未来は来ない」

――〝不屈《アンブレイカブル》〟に最後の一歩を踏み込ませるには十分だった。

◇
◆

言葉の応酬《おうしゅう》を機に、二人は動き出す。

騎士は地を蹴《け》り、傍《かたわ》らの騎馬《きば》に飛び乗った。

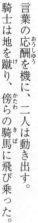

自らの足ではなく、少しでも速く、強く進むために銀の馬を駆る。
修羅の剣閃に愛馬を晒《さら》すとしても、友の未来を護《まも》るためにその選択《せんたく》を下した。
騎馬もまた、主の意に沿って力強く駆け出す。

人馬一体の主従に向かうは、五振りの浮遊武器。
太刀《たち》が、槍が、小刀が、円月輪が、大鉈《おおなた》が、複雑怪奇《ふくざつかいき》な軌道《きどう》で迫《せま》る。
どこを抜《ぬ》ければ痛み少なく済むかなど、重兵衛以外には分からない。
ゆえに、騎士はただ只管《ひたすら》の直進を選ぶ。
痛み少なく、傷少なく、ではない。
死せずに突破できればそれでいいとばかりに、人馬は進む。
太刀だけは回避《かいひ》した。
槍が腹を穿《うが》ち、小刀が胸を突《つ》き、円月輪が二の腕を斬り裂《さ》き、大鉈が馬体に食《く》い込む。
一瞬《いっしゅん》にして、半死半生。
それでも風の如き騎馬の疾走《しっそう》は止まらない。
倍加したＨＰとＥＮＤで、常ならば致命的《ちめいてき》な傷もまだ致命ではない。

その疾走を迎《むか》え撃《う》つは、神速の返し刀。
かつて、最速の抜刀術《ばっとうじゅつ》を使う少年に敗れた後、〈UBM〉より獲得《かくとく》した神速殺し。
それは主に迫る人馬に対しても機能し、回避不可・絶対命中の抜刀を行使する。
その刃《やいば》は狙いを誤らず、
『くぅ！』
騎士が構えた武器、大剣《たいけん》が変じた黒円盾に打ち込まれた。
回避ができずとも、防げばいいと。
神速のカウンターが発動する距離を初戦で見ていたがゆえに、備えていたのだ。
浮遊武器の間合いを、人馬が越える。
「《地獄瘴気《じごくしょうき》》、全力噴射《ふんしゃ》！」
その瞬間《しゅんかん》に、馬上の騎士の右手からは黒紫の煙《けむり》が噴出《ふんしゅつ》する。
三重状態異常を巻き起こす地獄の瘴気。
ブレスを払《はら》う大鉈は騎馬の胴《どう》に埋《う》まり、効果を発揮しない。
ゆえに黒紫の煙は瞬時《しゅんじ》に空間に満ちる。
修羅に毒は通じず、煙幕《えんまく》程度にしか意味はない。
だが、騎士にはそれでよく、修羅もまた知っている。

瘴気を煙幕《えんまく》とする戦法も、この騎士の常套手段《じょうとうしゅだん》であるゆえに。
しかし、瘴気の先こそが伏魔殿《ふくまでん》。
「アハァ♪」
化生の如き笑《え》みを浮《う》かべた修羅が、欠けた義腕で構える妖刀。
竜《りゅう》の首をも斬断する一閃《いっせん》が、三重に絡《から》む地獄絵図。
右に一閃、左に二閃。見える右目と閉じた左目。
地獄の二択《たく》の果てに、進む人馬が選んだ道は――左。
見えぬ目を煙幕でさらに閉ざしても、必殺の刃が二本待つ地獄。
修羅には見えぬ。されど聞こえる。
元より周囲の気配と音で浮遊武器による全周攻防《こうぼう》を可能としていた怪物《かいぶつ》。
ゆえに、騎馬の足音は実に素直《すなお》に、騎士の位置を教えていた。
馬上から飛び退《の》いてもいないと気配を察し、見えぬままに左の刃を振るう。
二振りの妖刀は騎士を捉《とら》え――しかし肉を裂く音ではなく、金属音が打ち鳴らされる。
「！」

二本の妖刀、それを振るう義腕の手首が黒い双剣《そうけん》に阻《はば》まれている。
そう、騎士の両手に握られた武器は双剣。
光の壁《かべ》で返し刀を防いだ直後に、黒大剣が変じた姿。
そして双剣と対になった鏡が、修羅を映し出している。
今、騎士の速さは修羅の速さ。
見えぬ左目、閉ざされた視界、そして同じ速さが双剣を義腕に触れさせ……。
「『《復讐するは我にあり《ヴエンジエンス・イズ・マイン》》』」
騎士と双剣の発した言霊《ことだま》と共に、義腕を二本断《た》ち切った。
半死半生の傷を負った上での、強度を無視した固定ダメージ。
それは、〈エンブリオ〉の義腕を手首から消滅《しょうめつ》させるのに十分な威力《いりょく》を発揮した。
「あはははは！」
自らの義腕の半数を破壊されても、修羅は笑う。
実力差を超え、期待以上の動きを見せる騎士こそは、正しく彼女の望んだ姿。
そんな相手と殺し合う楽しさが彼女の胸を震《ふる》わせ、右の義腕を振るわせる。
双剣に盾はない。両者の速度は等しいが馬上では動けない。
ゆえに義腕が振るう妖刀は、実に簡単に……騎士の胴を上下に両断した。

致命傷。誰《だれ》がどう見ても、人間にとっては致命傷。

――だが、騎士は止まらない。

その身に宿した【死兵《デス・ソルジャー》】の力が、命尽《つ》きてもなおその体を動かしてみせる。

むしろ妖刀の一撃は、あえて受けた。

その身に今一度、因果応報の力を宿すために。

「――《復讐するは我にあり《ヴェンジェンス・イズ・マイン》》」

左の剣が、最後の義腕を消し飛ばした。

アシュラを象《かたど》った修羅の腕は、生身を残して全てが消えた。

「――――」

修羅に、既に言葉はない。

歓喜《かんき》と驚愕《きょうがく》と闘争心《とうそうしん》が、腕だけでなく彼女の言葉を失わせていた。

彼女も、刃を振るい続ける。

彼女の切り札。彼女が刻み続けた傷を力に変える、累傷《るいしょう》の必殺剣【カサネヒメ】。

『《カウンター・アブソープション》！』

騎士は双剣と鏡を黒大剣に変え、光の壁を築いてその攻撃に備える。

最後の斬撃を防ぎ、その力も重ねて倍返しにすることで勝利するつもりなのだ。

だが、それは決して叶《かな》わない。

狩人《かりゅうど》との交戦の後、修羅が積み上げたダメージは……値にして一〇〇万を超える。

三〇万の威力まで防ぐという壁も容易《たやす》く断ち割《わ》り、その先の騎士を騎馬ごと一片《いっぺん》も遺《のこ》さず消滅させて余りある威力。

ゆえに、防ぐ時点で悪手であり、ここで勝負は決する。

「──《抎惨武傷《ウンサンムショウ》》」

──必殺の一斬は光の壁を何もないかの如く叩き割った。

──しかし、その先の人馬を捉えなかった。

「え？」

霞《かすみ》の如く、人馬が消えた。

人馬に食い込んでいたはずの武器だけが残されていて、一斬の余波で消滅した。

人馬はいない。確かにそこに在ったはずのモノが、まるで満ちた瘴気の霧《きり》に溶《と》けてしまったかのように消えた。

——直後、人馬は修羅の背後に現れ出でる。

「————」

何が起きたのか、修羅には理解できなかった。
騎士にも、黒大剣にも、理解できていなかっただろう。
だが、騎士は理解できずとも、動いていた。
消える前にすべきだった行動を、その意志のままに。

「——《復讐するは我にあり》《ヴェンジェンス・イズ・マイン》!!」

——黒大剣を振り下ろし、修羅を一片《いっぺん》すら遺《のこ》さず消滅させた。

そこが、決着。
騎士と修羅の、この祭典最後の……血で血を洗う死闘の幕切れだった。

第十二話 約束

■？？？

『……うふふ』

全身が悉《ことごと》く消え失《う》せた重兵衛《じゅうべえ》の意識は、暗い空間……チェルシー達《たち》の言う『待機スペース』にあった。

彼女《かのじょ》もサブジョブに【死兵《デス・ソルジャー》】を持ってはいるが、全身が消滅して動かす肉体がないのではどうしようもない。

いや、正確に言えば彼女ならば《修羅道戦架》で浮遊《ふゆう》武器を動かすことはできるが、……肝心《かんじん》の浮遊武器が【カサネヒメ】の攻撃で消えてしまった。

いずれも特典武具なので時間経過で修復はされるだろうが、今はどうしようもない。

ゆえに彼女の敗北で仕合は決した。そのことに不満はない。

むしろ『これぞレイ・スターリング』という戦いを十二分に味わい、夢心地《ゆめごこち》だ。

イベントのことなどもう完全にどうでも良くなっている。
そもそも殺し合いが目的で、ヒントやプレートもまるで集めていなかった。
一人だけ違うイベントをやっていたとさえ言える。
『レイ様は時間切れの前にゴールできたでしょうか』
ゆえに、自分に勝利したレイがクリアしたか純粋に心配していた。
何にしても、彼女は今回のイベントを満喫《まんきつ》した。
そうして【死兵】の時間切れによる死亡と転送を待っていたが……。
ふと、考えたことがある。
『空似でしょうけれど、レイ様はよく似ていますね』
自分と真剣に殺し合った人物の、顔。
『昔、私を助けてくれたあの方達に』
それがどこか……記憶《きおく》の中にある恩人に似ている気がしたのだった。
かつてトラックによる交通事故から彼女を助けてくれた、兄弟に。

◇◆◇

□【聖騎士《パラディン》】レイ・スターリング

今、俺達《おれたち》はどこかキラキラした上下の区別のない亜空間《あくうかん》にいた。

「…………死ぬかと思った」

「ギリギリだったのぅ……」

重兵衛を死闘《しとう》の末に撃破《げきは》した俺達だが、危《あや》うく《ラスト・コマンド》の時間切れでデスペナルティになるところだった。

武器への変形を解いたネメシスが急いでゴールに正解を入力してくれたお陰《かげ》で、効果が切れる前にクリアすることができたのである。

「……クリアすると傷やらなんやらも全部治ったな」

体中穴だらけで胴体《どうたい》も真っ二つにされたが、今は綺麗《きれい》なもの。

今回のイベントの仕様でなければ、相討《あいう》ちが限界だった。

ただ、シルバーや装備に刻まれた傷は残っているようだ。

「ああ……。自然に治らないようならブルースクリーン氏にお願いしないとだな」

「うむ。なんだか、今回もこやつに助けられた気がするしのぅ」

『…………』

俺《おれ》とネメシスの言葉を受けても、シルバーは嘶《いなな》きもせずに無言だった。

けれどきっと、最後の攻防はシルバーのお陰なのだろう。

「レイくーん。おつかれさまー」

シルバーについて考えていると聞き覚えのある間延びした声が聞こえた。

声の方を見れば、イベント説明の時と同じタキシードを着たチェシャの姿があった。

「チェシャ」

「イベントクリアおめでとー。最後すごかったねー」

「ああ、ありがとう。ところで、先にクリアした二人は？」

「もう賞品渡《わた》して帰ってもらったよ。残りたいって言ってたけど、規則だからー」

「そうか……」

まぁ、そもそも俺達のようにチームを組んで、その全員がクリアするというケースは想定していなかったのかもしれない。先着三名なのだし。

今回、恐らく一番クリアに近かっただろう【阿修羅王《重兵衛》】と【神獣狩《カルル》】が、俺達に倒されたことでこうなったのだ。

しかし二人は先に帰されたか。

アルトは大学で会えるとして、ジュリエットは……ギデオンに帰ってからかな。

「それじゃレイ君にも賞品渡すねー」

「ああ。ところで賞品って何なんだ？」

「グルメカタログとかかのぅ」

……流石にお中元とか引き出物で送られてきそうな奴《やつ》じゃないと思うぞ。

「はーい。賞品はこれでーす。おめでとー」

そう言ってチェシャが手渡してきたのは……一枚のチケットだった。

「チケット？　また何かのイベントの招待か？」

まさか今回のイベントは予選で、これが本選への招待券とか？

流石に今回以上の死闘は厳しすぎるぞ。

「んーん。それ、ガ、ガ、ガ、ガチャチケット」

「…………なんて？」

なんか、すごく聞き覚えのある単語だったような……。

「レイ君は知ってるだろうけど、ギデオンとかにお金を入れて回すガチャがあるよね？」

うん、よくお世話になってる。ギデオンに戻ったらまた引くつもりだった。

「あれと同じかな。――S、S、S、Sランク確定だけど」

へー、Sランク確定かー。…………………………なにぃいぃいいい⁉

「それってルークが特典武具引いた奴じゃないか⁉」

「あ、でも必ずしも特典武具ってわけじゃないから、そこは了承してねー」

あれは大当たり中の大当たりってことか。だがそれでもSランク確定はでかい。

「……御主《おぬし》、これまでガチャを引き続けておるのに一度も出ておらぬからのぅ」

「……たしかに」

そう考えると、自力でSランクを引いてから使いたい気持ちもある。

「まぁ使うタイミングは自分で考えてねー」

「ああ。そうする」

しかし確定ガチャチケットとは、ゲームのイベント賞品らしいと言えばらしいのか。

おっと、そうだ。このイベントについて、ちょっと聞きたいことがあったんだった。

「なあ、チェシャ」

「なーにー？」

「今回のイベント、何で〈アニバーサリー〉ってタイトルだったんだ？　引っかけかと思ったけど、それならもっと他にもありそうだしな」

「…………えーとね」

チェシャは俺を見上げながら、しかし少し気恥《きは》ずかしそうにしていた。

「今日はねー……誕生日なんだよー」

「誰の？」

「僕《ぼく》の」

……誕生日とかあったのか、管理ＡＩ。

しかしなるほど。それで記念日《アニバーサリー》、か。

わりと職権乱用なイベントタイトルであった訳だ。

「まぁ、誕生日おめでとう」

「ありがとー。じゃあ王都に送るねー」

チェシャがそう言うと、足元が光り始める。

「ああ。またなチェシャ」

「息災でな」

「またねー」

そうして俺達は手を振る白猫《しろねこ》に見送られ、波乱万丈《はらんばんじょう》のイベントから帰還《きかん》した。

◇

転送が済んだ瞬間、俺達は王都のセーブポイントである噴水《ふんすい》の前にいた。イベントに送られた場所ではないが、そういえばセーブポイントに帰されると言っていた気がする。

「…………」

手の中には、賞品として貰《もら》った確定チケット。

「まぁ、まだ取っておこう」

いずれ何かの記念で使うことにしよう。折角《せっかく》のSランク確定だし。

「うぅむ。空が白んでおるのぅ」

「出発したのは真夜中だったけど、イベント説明から終了《しゅうりょう》までに結構時間が掛《か》かったな」

噴水の周辺にもあまり人の姿はない。

空を見上げれば、夜の雲が地平線の向こうの陽光に照らされはじめている。

「……？」

その雲の合間に、鳥のような影《かげ》が見えた。

その影は次第に大きくなって。

やがて……俺のよく知る姿がはっきりと見えた。

「レイ！」

彼女は……ジュリエットは俺の名を呼んで、まっすぐこちらに飛んできていた。

「ジュリエット……」

「あちらで待つことができぬから、ギデオンからここまで飛んできたということだのぅ」

超音速《ちょうおんそく》飛行とはいえ、無茶《むちゃ》をする。

けれどきっと、俺の戦いの結果を聞きたかったのだろう。

そんな彼女に……俺が伝える言葉は一つだ。

「勝ったよ」

俺は彼女も持っているだろうチケットを見せながら、約束を果たす言葉を口にする。

「……うん！」

そうして、歓喜の表情で空から降りてきた彼女と、手を打ち合わせたのだった。

□■管理ＡＩ十三号作業領域

「ふぅー……」

イベントという大仕事を終えて、チェシャは自分の作業スペースに戻る。

イベント場所になった孤島《ことう》については、またいつか他のイベントで使うかもしれないので環境《かんきょう》担当のキャタピラーに保全をお願いした。

その他諸々《もろもろ》の処理も済ませている。

今回も〈超級エンブリオ《スペリオル》〉への進化はなかったけれど、いつものことだ。

もっとも今回のイベントは予《あらかじ》めアリスに参加者のアバターを追加で用意してもらい、終了時には無事なアバターに入れ替える仕様だったのでいつもより手間はかかっている。

あまりリスクが大きいとお祭りとして楽しめない人が増えると考えての、仕様だった。

「…………」

ふと思い立って、データベースの中にある一枚の写真を表示する。

それはずっと昔の……二〇〇〇年以上も昔の写真だ。

小さな女の子と、白い子猫《こねこ》が写っている。

白い子猫が入っているのは、小さなゆりかご。

生まれてくる〈エンブリオ〉のために、女の子が用意したものだ。

しかしながら、白い子猫は〈友達《エンブリオ》〉。生まれたてでも赤ん坊《あかぼう》ではなかった。

なので、ゆりかごも本当はいらなかったけれど……女の子が嬉《うれ》しそうにするから、孵化《ふか》してからしばらくはそこで眠《ねむ》っていた。

瞼《まぶた》を閉じれば、その頃《ころ》の記憶が鮮明《せんめい》に蘇《よみがえ》る。


——トムのお誕生日にはお祭りしたいねー。

——普通、個人の誕生日にお祭りはしないよ。そもそも、僕は〈エンブリオ〉だし。

——それに〈マスター〉の合同生誕祭があるじゃない。

——えー、いいじゃん。わたし達はみんな誕生日一緒《いっしょ》だもん。

――トム達の方が、誕生日に個性でてるしお祭り日和《びより》だよ。

――そうかなぁ……。

――〈エンブリオ〉ごとにお祭りしてたら、ほぼ毎日じゃないかなぁ……。

――楽しそうじゃん！

――だからいつかやってみてね、トム！

「やってみたけど……ちょっと物騒《ぶっそう》だったかもー……」

自分が主催《しゅさい》した『お祭り』を振《ふ》り返って、トムは苦笑《くしょう》した。

それでも楽しんでくれた参加者はいて、これで良かったのかな……と彼《かれ》は思った。

◇◇◇

□リアル・黒崎《くろさき》家

四月二〇日、午後四時の少し前。

ジュリエット……黒崎樹里《じゅり》が友人達と〈アニバーサリー〉を駆《か》け回った時間はリアルでは夜中だったが、今は学校も終わり夕方だ。

そして今、彼女は黒崎家のリビングのソファに座《すわ》り、今日顔合わせにやってくる家庭教師を待っていた。

母の話ではT大に現役《げんえき》合格した優秀《ゆうしゅう》な大学一年生であるらしい。

きっと真面目で勉強一辺倒《いっぺんとう》な人物なのだろうと樹里は思った。

〈Infinite Dendrogram〉をはじめとする娯楽《ごらく》を禁じられるかもしれない。

(……でも、レイやアルトもT大の一年生らしいし、もしかすると二人のどっちかがわたしの家庭教師になったら……)

そんな巡《めぐ》り合わせがあれば、自分も〈Infinite Dendrogram〉をやめずに済み、またチェルシー達と遊ぶことができるだろう。

だが、そこまで考えた樹里は……独り首を振った。

(……ううん！　二人じゃなくても！　誰が相手でも、自分の意見を伝えなきゃ！)

友達と約束した未来は、自分の勇気で切り拓《ひら》く。

〈アニバーサリー〉の時のように、チェルシーとの約束を果たすべく決意する。

樹里がソファで意気込《いきご》んでいると……インターホンが鳴る。

『失礼いたします。四時にお約束していたファインダー家庭教師協会の者です』

「はーい。樹里ちゃん、先生がいらしたわよ」

家庭教師の先生に出す紅茶を準備していた母に促《うなが》され、母と共に玄関《げんかん》に向かう。

そして母が玄関の扉《とびら》を開けたとき、樹里は微《かす》かに〈Infinite Dendrogram〉でチームを組んだ二人の姿を思《おも》い浮かべたが……。

「お邪魔《じゃま》します」

玄関に入ってきたのはメガネとスーツを着用した、とても真面目そうな女性だった。

女性なのでレイではなく、真面目そうなのでアルトでもない。

(うっ……ううん、こうなると思ってたもん。大丈夫《だいじょうぶ》……)

出鼻を挫《くじ》かれた樹里だが、まだ挫けない。

自分の意思を伝えて〈Infinite Dendrogram〉を続けるんだ、と勇気を奮い起こす。

ただ、家庭教師との初対面でいきなり『ゲームがしたいです』などと言おうものなら、家庭教師以前に母親からストップが出るだろう。

樹里は機を窺うことにした。

玄関でひとまずの自己紹介《しょうかい》を済ませた後、リビングで樹里の母親と家庭教師は授業時間や曜日の取り決めを始めている。

母親は段々と成績が落ちていることを気にしており、できるだけ沢山《たくさん》授業を入れたいようだった。

なお、その原因には〈Infinite Dendrogram〉での夜更《よふ》かしなども含《ふく》まれるので、『禁止する』と言われてもそれなりに筋が通ってしまう。

自分の弱みもあるため、どういう風に話せばいいだろうかと樹里は家庭教師の顔を見ながら思い悩《なや》んでいたが……。

「成績を考えると、週五回以上はお願いした方が良いんでしょうか？」

母親が言い出した内容に『冗談《じょうだん》じゃない』と思い、樹里は表情をこわばらせる。

しかし、成績が悪いのは自業自得《じごうじとく》なので樹里は言葉が出ない。

そんなとき、助け舟《ぶね》は意外なところから出た。

「お母様。週一回か二回、月六時間ほどで大丈夫ですよ」

「でもこの子の成績が心配で……」

「授業時間を増やしてもお嬢《じょう》さんが集中できません。それよりもマンツーマンの授業で集中力を切らさず勉強する方法や解き方のコツを学んでいただき、日頃《ひごろ》のお嬢さんの自主学習自体をクオリティアップさせることを推奨《すいしょう》します。それに、あまり授業時間を増やすと『その時間だけ勉強すればいい』と逆にお嬢さんの勉強意欲を削《そ》ぐことになりかねません」

「まぁ！　そうなの？」

助け舟ではなかったかもしれない。樹里の母親を上手《うま》いこと説得しているが、しかし勉強には真剣《しんけん》だし自主学習させる気も満々だ。

ただ、説得が上手いので、こんな相手からどうやって〈Infinite Dendrogram〉のプレイ時間を勝ち取ればいいのかと樹里は思い悩む。

（い、一日一時間とか……。……駄目《だめ》、あっちでも三時間にしかならないし……）

そうして独りで樹里が途方《とほう》に暮れていると、家庭教師がそんな樹里に気づいた。

彼女は追い詰められたような顔の樹里に何事かを思い、樹里の気分を紛《まぎ》らわせるためなのかその手の中で何かを動かし……。

「――大丈夫？　あやとりする？」

既視感《きしかん》のある言葉と共に、あやとり紐《ひも》を差し出した。

「…………え？」

「何かに思い悩んだときは、頭の体操にもなるあやとりがいいですよ」

そうして笑いかける表情にも、やはり既視感があり……。

「………アルト？」

「ほえ？」

家庭教師……親御《おやご》さんからの印象アップのためにスーツを着てフェイスペイントも消して眼鏡までかけた夏目《なつめ》高音《ソプラノ》は、予想外の名前で呼ばれ、それまでの真面目さからすると随《ずい》分《ぶん》と間の抜けた声を上げたのだった。

余談だが、樹里が〈Infinite Dendrogram〉や娯楽を禁じられることはなかった。

◇◇◇

□【聖騎士《パラディン》】レイ・スターリング

大学から帰宅した俺は、すぐにデンドロにログインした。

大学で顔を合わせた夏目によれば、【ホロビマル】は問題なく戻《もど》ってきたらしい。

ちなみに、あいつはさっさと確定チケットを使っていた。

運よく特典武具が手に入ったらしいが、「……こういうの持ってると、また猛者《もさ》と勘違《かんちが》いされて襲《おそ》われるのかな……」と遠い目をしていた。

あいつのネガティブどうこうではなく、天地という国が厄介《やっかい》な気がしてきた。

というか、それだと三個持ってる俺は襲われまくるだろうし、七個も持ってた重兵衛《じゅうべえ》はどんな生活をしているのだろうか。

「さて……」

俺は広いスペースのある路地で、シルバーをアイテムボックスから呼び出した。

重兵衛との戦いで負った損傷の経過を見るためだ。

確認《かくにん》してみると目に見えて損傷は小さくなっており、この分ならば自然回復するだろう。

「大丈夫そうで良かったのぅ」

「ああ」

懸念《けねん》事項《じこう》の一つが片付き、ホッとした。

だが、シルバーに関しては、もう一つ気にかかることがある。

重兵衛との戦いでシルバーが発動した瞬間移動……未《いま》だ開示されていない第三スキル。

カルチェラタンでの戦いに続いて二度目の使用だが、発動条件も効果もはっきりしない。

シルバー自体に「あれはどういうスキルなんだ」と聞いてみても、ガルドランダと違《ちが》って現実でも夢でも答えてはくれない。

「どこかに専門家がいれば聞けるんだが……」

しかしシルバーは先々期文明の兵器であり、専門家などそうそういるものではない。

以前シルバーについて尋《たず》ねたマリオさんは皇国の人間であるので、今は聞けない。

あと詳《くわ》しそうなのは【黄金之雷霆】の修理や【セカンドモデル】の量産に関わっている
ブルースクリーン氏くらいだろうが……特に煌玉馬《こうぎょくば》関連の新情報が出たとは聞いていない。

「それこそ、シルバーを創った名工フラグマンに聞ければ話は早いのだがのぅ」

「二〇〇〇年前のティアンだからなぁ。……ん？」

……そういえば、最近どこかでその名前を聞いたような。

その後、街中で諸々の用事を済ませた後、仮宿にしている王都の宿屋に戻った。

「あ。スターリングさん、お手紙預かってますよ」

すると、宿屋の店主さんがそんなことを告げた。

「お手紙？」

そうして渡された手紙には日付と時間帯が幾《いく》つか列記されており、『都合が良ければこのいずれかの時間に訪ねてきてほしい』と書かれていた。

ただ、俺に……俺達にとって重要なのは差出人の名前だった。

「レイ」

「ああ。うん。詳しそうな人、王国にもいたな」

差出人の名は――インテグラ・セドナ・クラリース・フラグマン。

第一王女《アズライト》の幼馴染《おさななじみ》にして、当代の【大賢者《アーチ・ワイズマン》】。

かの名工の名を継《つ》ぐ者から……俺は呼び出しを受けたのだった。

To be continued

あとがき

猫　「あとがきの時間ですよー。猫ことチェシャでーす」

熊　『……』

猫　「この十七巻は僕も出番あり挿絵ありでフル出勤でしたー」

熊　『……』

猫　「ふふ、お誕生日だからおめかししてタキシードまで着ちゃったからね！」

熊　『……』

猫　「あれ、クマニーサンってば今回はやけに無口……ハッ」

熊(白)　『…………』

猫　「白熊「カルル」の方だこれー!?　いや、この巻で熊って言ったら君だけども！」

熊(白)『……』
猫「え？　もしかしてカルルが喋らないからその分も僕が喋る流れ？　本当に？」
熊(白)『……』
猫「おぉう……。これが本編で職権濫用した報いだというのかー……」
猫「掛け合いできないとページ数が……よし、ここはこぼれ話でお茶を濁そう！」
猫「内容は今回のイベントの背景とカルルの参戦理由について！」
猫「度々作中で述べられてきましたが、僕達の目的は第七形態を増やすことです」
猫「なので、その手前である第六形態には成長を促す働きかけをよくしています」
猫「〈SUBM〉襲来や僕の決闘、クロノのPK、それに今回のようなイベントです」
猫「ただ、まだ総数が百にも届いていないことから分かるように成功率は低いです」
猫「そこで今回のイベントでは参加対象の幅を広げてみました」
猫「まだ第六形態に達していないけれど特異な活躍をしたレイ君やアルトちゃん」
猫「そして既に第七形態に到達しているカルルです」
猫「普段とは違う基準の参加者を混ぜて、カンフル剤になることを期待したのです」
熊(白)『……』
猫「カルルの役割は、簡単に言えば『ホラーゲームのクリーチャー』です」

猫「孤島という閉鎖環境で追ってくる倒せない『無敵』の存在」
猫「その脅威こそが進化のきっかけになるのではと双子が期待していました」
猫「実際、普段〈超級〉とぶつかる機会のない人達にはいい刺激だったと思います」
猫「メタ的にも最初期から名前の出ていた彼の満を持しての登場」
猫「WEB版では描かれなかったレイ君と〈超級〉のバトルでもあります」
猫「『登場した瞬間にビックリしてもらいたかった』とは作者の弁」
猫「そんなカルルですが、この巻では中ボスとして敗北することになりました」
猫「場外負けの有無。装備スキルを消してくるホロビマル。レイ君の爆発力（物理）」
猫「『無敵』の筈の彼が負けた要因は色々とありましたが、強いて言えば……」
猫「『無敵』は大なり小なり、破られることが前提のワードということでしょうか」
熊(白)『……』
猫「ともあれ、カルルはまだまだ見せていない手札の多い〈超級〉ですので」
猫「次の登場と活躍にご期待ください」
猫「それではここで作者のコメントタイムです」

十七巻をお読みいただきありがとうございます、作者の海道左近です。

書籍では初の全編書き下ろしとなりましたが、ご満足いただけたでしょうか。

これまで加筆エピソードや電子限定の童話分隊、アニメ一巻の特典小説で書き下ろしを行ってきましたが、ついに書籍としては初の全編書き下ろしとなります。

中々に大変で誤字修正にも苦労しましたが、作家として一段階成長できた気がします。

また、今回は作品内でも珍しいライトでゲームチックなイベントです。

これまでティアンの生死や都市の滅亡や国の運命が掛かった負けられない戦いの多かったレイですが、今回は友人達と楽しむイベントでした。

タイキさんの描いてくれた表紙も明るくて爽やかで健康的。今までにはあまり見ない雰囲気で良かったですね。黄色いアルトも良い感じです。

この十七巻ではクロウ・レコードの四人も活躍しました。

元々このエピソード自体がクロウ・レコードのプロットを基礎にしていたからでもありますが、四人ともに活躍の機会を作ることができました。

あの四人の中では特に死音がとても書きやすかったです。おバカは正義。

ただ、死音が全く推理しなかったので彼女と戦ったジュバのギミックは明かされないままとなりました。彼女についてはいつか再登場するまでお待ちいただければと思います。

さて、十五巻、十六巻と視点がレイから離れ、この巻でもいつもと違う面子でのイベントとなりましたが、次の第十八巻では〈デス・ピリオド〉の面々との再会となります。

ギデオンの街に戻ったレイを待つ新展開、第十八巻にご期待ください。

それと、今井神先生がマリーVSベルドルベルを素晴らしいクオリティで描いてくださった漫画版第九巻も発売中ですので、そちらもお手に取っていただければと思います。。

これからも、インフィニット・デンドログラムをよろしくお願いいたします。

海道左近

猫「はい。作者のコメントも終わったところで次巻の発売告知を……」

熊(白)『18かんは、2022ねん、3がつはつばいよてい』

猫「え!?」

熊(白)『……』

猫（……ずっと喋らなかったのって、告知のために喋る気力を溜めていたのかな?）

猫「ま、まぁそんな訳で次巻もよろしくー。またねー!」

熊(白)『……おつです』

発売予定!!

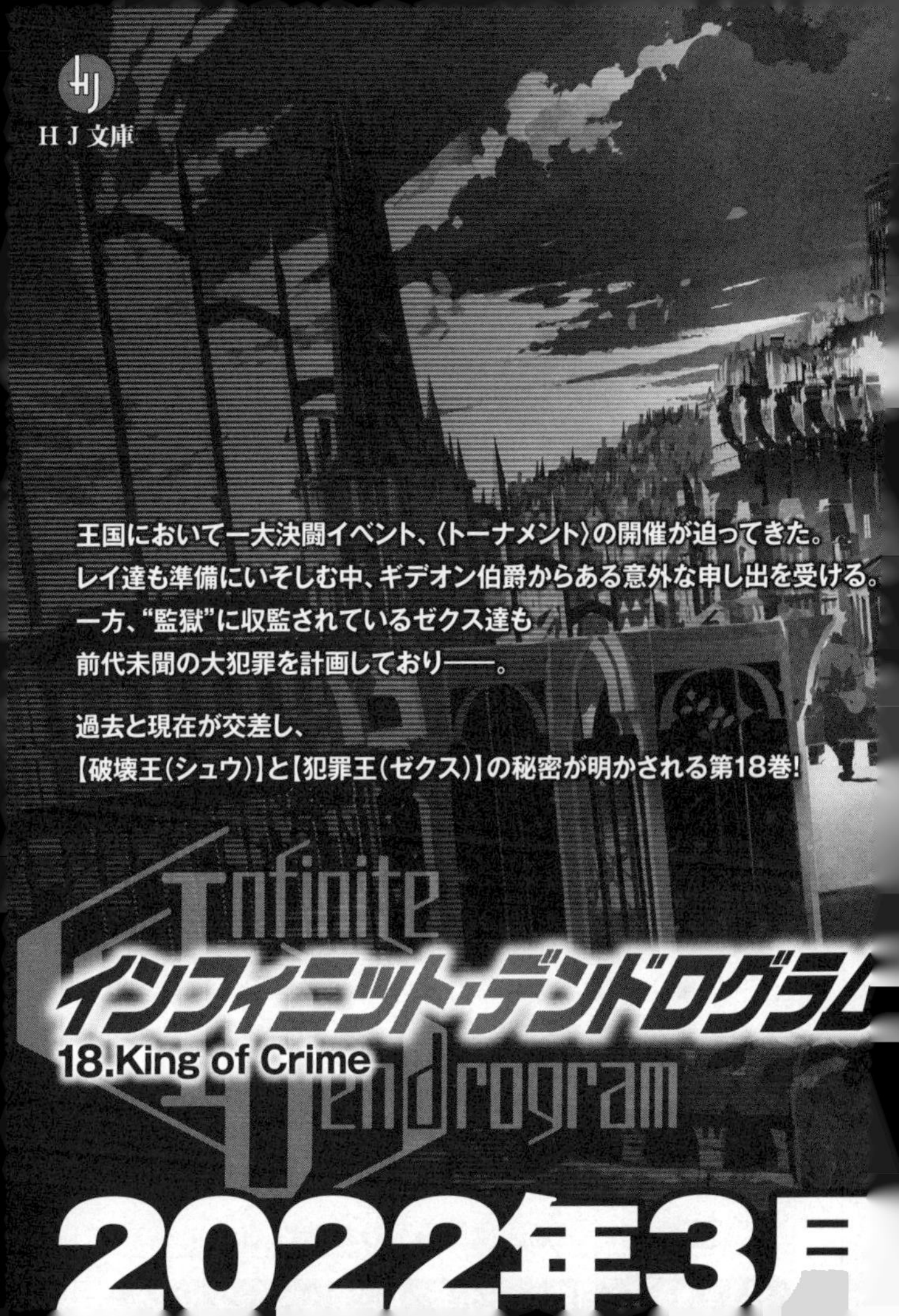
HJ文庫
王国において一大決闘イベント、〈トーナメント〉の開催が迫ってきた。
レイ達も準備にいそしむ中、ギデオン伯爵からある意外な申し出を受ける。
一方、“監獄”に収監されているゼクス達も
前代未聞の大犯罪を計画しており――。
過去と現在が交差し、
【破壊王(シュウ)】と【犯罪王(ゼクス)】の秘密が明かされる第18巻!
Infinite Dendrogram
インフィニット・デンドログラム
18.King of Crime
2022年3月

HJ文庫 https://firecross.jp/
962

〈Infinite Dendrogram〉-インフィニット・デンドログラム-
17.白猫クレイドル

2021年11月1日　初版発行

著者――海道左近

発行者―松下大介
発行所―株式会社ホビージャパン

〒151-0053
東京都渋谷区代々木2-15-8
電話　03(5304)7604（編集）
　　　03(5304)9112（営業）

印刷所――大日本印刷株式会社／カバー印刷　株式会社広済堂ネクスト

装丁――BEE-PEE／株式会社エストール

Printed in Japan

ISBN978-4-7986-2637-6　C0193

ファンレター、作品のご感想
お待ちしております

〒151－0053　東京都渋谷区代々木2－15－8
(株)ホビージャパン HJ文庫編集部 気付
海道左近 先生／タイキ 先生